Regine Kölpin

Muschelgrab

LEDA

Regine Kölpin
Muschelgrab
Inselkrimi
1. Auflage 2011

ISBN 978-3-939689-66-9

Leda-Verlag, Kolonistenweg 24, D-26789 Leer
info@leda-verlag.de
www.leda-verlag.de

Lektorat: Maeve Carels, Satz: Heike Gerdes
Titelillustration: Carsten Tiemeßen
Gesamtherstellung: Bercker Graphischer Betrieb GmbH
Printed in Germany

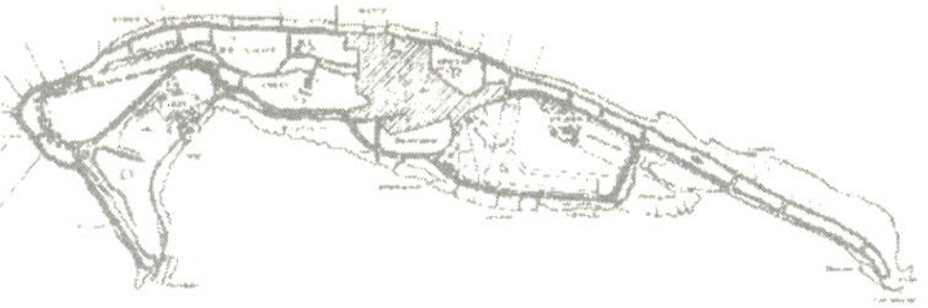

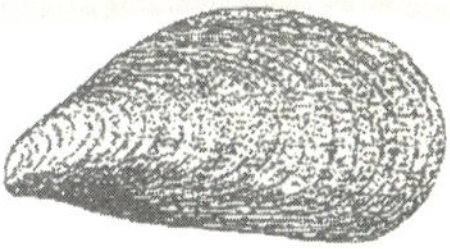

Regine Kölpin

Muschelgrab

InselKrimi

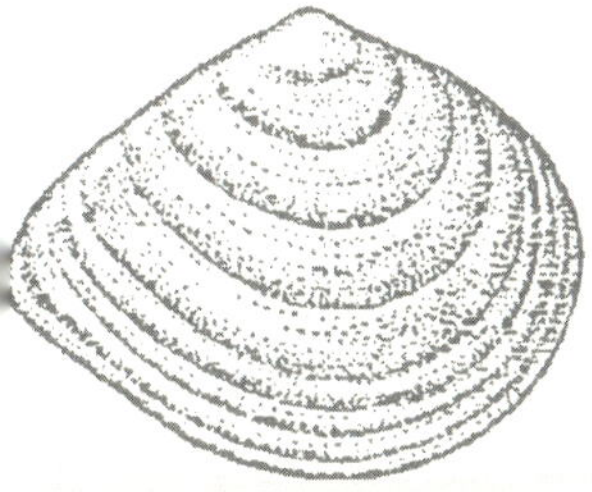

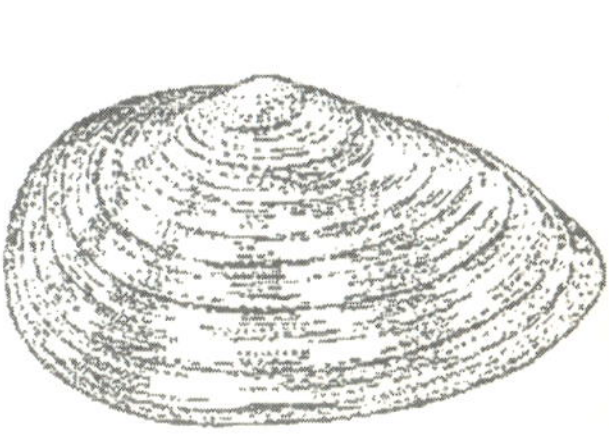

LEDA

STIPENDIUM TATORT TÖWERLAND

Die ersten vier Kapitel des Romans sind im Rahmen des Krimistipendiums *Tatort Töwerland* auf Juist entstanden.

Ich bin vielseitig inspiriert worden, hatte so viel Ruhe, dass ich mit Freude an diesem Roman arbeiten konnte.

Ich bedanke mich an dieser Stelle ganz herzlich bei dem Organisator **Thomas Koch** von der Buchhandlung Koch für die tolle Betreuung und Unterstützung.

Ein weiterer Dank gilt **Uda Haars vom Friseursalon Haars**, die mir während des Stipendiums die gemütliche Ferienwohnung und die Sauna zur Verfügung gestellt und mir für die Lesung einen tollen Haarschnitt verpasst hat. Ich durfte mich all die Zeit wie zu Hause fühlen.

Und ein Dank geht an das **Hotel Atlantic und das tolle Team** dort. Ich habe grandios gegessen und bin so herzlich aufgenommen worden, dass ich auch dieses Hotel nur empfehlen kann.

Februar 1979

Das Letzte, was sie in ihrem Leben sieht, ist Schnee. Sie sieht den Tanz der Flocken, der von lautem Tosen und Dröhnen des Windes begleitet wird. Es ist kein seichter Reigen, der sich vor ihrem Auge abspielt, es ist der Schneesturm, der genau zu dem passt, was gerade mit ihr geschieht. Sie stirbt. Inmitten des Gebrülls. In dieser dreckigen Höhle. Sie würden sie irgendwo verschwinden lassen. Niemand soll erfahren, was sie getan haben.

Mit dem Rauschen des Windes wird sie in die Hölle fahren oder sonst wohin. An das Leben im Himmel glaubt sie nicht. Sie hat Fehler gemacht. Viele Fehler und am Ende einen zu viel. Sie hat die andere unterschätzt, sie nicht ernst genommen. Das war der größte Irrtum. Der, der ihr jetzt das Leben nimmt.

Der Frau ist kalt, ihre Haut ist fahl und sie zittert. Es gibt für sie kein Entrinnen mehr und sie weiß nicht einmal, ob sie entrinnen will. Vielleicht ist es gut so, dass es mit ihr ein Ende nimmt. Die Frau sucht nach ihrer Kette, die sonst ihren Hals schmückt. Immer wieder tastet sie über die Haut. Es gibt keinen Zweifel: Die Kette ist weg.

Der Atem der Frau geht schneller. Wo ist ihre Kette? Wo die Muscheln, die daran hängen? Warum nur ist ihr das in diesem Augenblick so wichtig?

Dumpf kriecht eine Erinnerung in ihr hoch. Sie denkt an den Ruck und dass dabei ihr Kopf nach vorn geschnellt ist. Es hat wehgetan, aber das ist kein neues Gefühl für sie. Sie kennt den Schmerz, den das Leben verursacht. Sie kennt das Gefühl von harten Händen auf ihrer Haut. Das Gefühl, das alles andere tötet und einen absterben lässt. Das man zulässt, weil es Macht gibt. Macht über die Erbärmlichkeit der Männer. Es gibt nicht einen, der wirklich gut zu ihr war. Das mussten alle spüren, sie hat sie kollektiv leiden lassen. Einen nach dem anderen.

Einmal verraten, immer verraten. Der Dolch, der ihr die tiefe Verletzung zugefügt hat, sitzt fest und tief, lässt die Wunde immer weiterbluten. Nie ist sie zu heilen.

Dafür mussten sie zahlen. Alle. Jetzt ist es schiefgegangen. Total schief.

Sie hat es provoziert, die Gefahr in Kauf genommen. Wollte etwas erleben, das Sein, die Macht einfach genießen. Es war ein Fehler. Ein Fehler, der sie jetzt hier dahinsiechen lässt, ihre Seele aus dem Körper zieht. Sie stirbt. Obwohl sie eigentlich den Rest ihres Lebens Salsa tanzen wollte. Salsa am Rand des Vulkans, nie auf sicherer Fläche. Das ist ihr schon klar gewesen von Beginn an.

Nun ist sie ausgerutscht. Ein tödlicher Fehltritt. Sie hat es gewusst.

Sie stirbt, obwohl das Leben ihr Ziel war. Leben, singen, alles möglich machen, was ihr gefiel. Als Trost für die erlittene Schmach hatte sie es allen zeigen wollen.

Sie stirbt, allein in diesem Loch in den Dünen, die immer mehr vom Schnee gepudert werden. Sie sehen aus wie Eisberge, aus denen ab und zu ein Halm schaut. Ihre Seele wird bald eins sein mit dem Wind, dem Sand und dem Schnee.

Sie tastet mit der Hand über den harten Boden, spürt den Dreck. Hört dieses Lied, das schon die ganze Zeit dudelt. »*Bright eyes, burning like fire*«. Unter ihrem Kopf ist es warm, die Lache wird größer. Das warme Nass verlässt ihren Körper, es schwächt sie, das Wort »ausbluten« bekommt eine neue Dimension. Sie merkt, wie ihre Kräfte schwinden. Sterben. So fühlt es sich an.

Ihr Zeigefinger erhascht die harte Spitze einer Muschel, umfängt die Glieder der Kette. Trotz ihrer schwindenden Kräfte zieht sie sie zu sich hin. Bis auf die eine sind alle Muscheln fort. Fort wie bald ihre Seele, die jede Sekunde stärker darauf drängt, sich zu verabschieden. Die Zeit verrinnt, zerrinnt, beginnt neu.

Die Frau ist sehr müde. Sterben ist ein komisches Gefühl. Sie hat keine Angst. Die hört irgendwann auf, wenn man die Realität akzeptiert hat.

Ein letzter kalter Wind streift über das Gesicht. Sie fährt mit der Zunge über die blauen Lippen, die schon halb erfroren sind. Ja, sie wird gehen und Fragen hinterlassen. Fragen, auf die es keine Antworten gibt. Und sie wird ein Stück von sich selbst hier lassen. Trotzdem wird sie vergessen sein, weil niemand je nach ihr suchen wird. Vergessen, wie jede einzelne Flocke, die draußen um diese Höhle herumtanzt und einfach eines Tages dahinschmilzt.

1.

Herzmuschel – *Cerastoderma (cardium) edule*

Die Herzmuschel ist eine häufige Muschel der Nordsee. Sie gräbt sich nicht tief ein, kann aber in mehreren Hundert Metern Wassertiefe leben, existiert jedoch am liebsten dort, wo Ebbe und Flut herrschen. Sie ist ungefähr drei bis vier Zentimeter breit und hat eine geriffelte Oberfläche. Wenn es den Tieren bei der nächsten Flut nicht rechtzeitig gelingt, sich einzugraben, sterben sie, werden an den Strand gespült und sind verloren …

Als der Sand auf den Sargdeckel fiel, hörte es sich dumpf an. Siri kämpfte mit den Tränen, schluckte den immer wieder nach oben drängenden Kloß hinunter. Hanna war tot. Sie hatte keine Mutter mehr. Es blieben noch so viele Dinge ungesagt. Wie jedes Mal, wenn jemand starb.

Hannas Grabstelle lag am hinteren Teil des Friedhofes, kurz bevor der Zaun das Areal von den Dünen abgrenzte. Mit erhobenem Kopf nahm Siri die Beileidsbekundungen entgegen. Und sie schluckte die Wut über manche Bemerkung herunter, die ihr deutlich machte, dass Hannas Freundinnen ihr das Fortgehen von der Insel aufs Festland nicht verziehen hatten.

Sie würde auch jetzt wieder verschwinden. So rasch es ging, Wangerooge wieder verlassen. Auf sie wartete Elmar. Sie hatte ein neues Zuhause. Außerhalb der Enge.

Siri war kein Mensch, der auf so wenigen Kilometern Erde, vom Meer umgeben, auf Dauer glücklich werden konnte. Zu eng war ihr der Radius, zu eng die Beziehungen der Menschen untereinander. Eigentlich wunderte es sie, dass sie so dachte, weil sie doch hier aufgewachsen war. Trotzdem hatte Siri schon als kleines Mädchen davon geträumt, dass ihr Flügel wachsen sollten, dass sie einfach abheben und davonfliegen würde. Sie sah sich hoch über den Wolken schweben und manchmal hatte sie davon geträumt, dass sie es war, die die Wolken zu den Gebilden formte, die den Himmel so interessant machten.

Als sich schon alle Trauergäste in Richtung Dorf verabschiedet hatten, stand Siri noch immer vor dem offenen Grab und blickte auf die vereinzelten Rosen, die sich auf dem Sargdeckel verteilt hatten. Das schwarze Haar umwehte ihr Gesicht, verfing sich an ihren trockenen Lippen. Siri rührte sich nicht, ließ das Spiel des Windes zu. Sie war wie gelähmt.

Ihr wurde schmerzhaft bewusst, wie wenig Nähe sie zu Hanna Gerken empfunden hatte. Ihr war das Wort »Mutter« nie über die Lippen gekommen. Ihre Beziehung zueinander war immer mehr von Pflichtbewusstsein als von Liebe geprägt gewesen. Siri mochte Hannas Geruch nicht, sie war oft genervt von ihrer hektischen Betriebsamkeit, die ihr Zuhause unbehaglich machte. Siri kam sich meist eher vor, als wohne sie in einem Bienenstock. Sie mochte die kräftigen Hüften, die stämmigen Oberarme nicht, Hannas Haut war trocken gewesen und spröde. Siri fragte sich, warum ihr diese Dinge jetzt so deutlich wurden. Es zeugte von Gefühlskälte, so etwas gerade an einem solchen Tag zu denken, dem Tag des endgültigen Abschieds.

Eine Böe wehte Siri das Haar erneut aus dem Gesicht. Von nebenan drang ein dumpfer Ton an ihr Ohr. Kurz darauf ertönte ein metallisches Klicken. Siri wandte ihren Kopf, trat einen Schritt zurück und sah, wie die Plastikgießkannen, die auf einem Gestell aneinandergereiht waren, gegeneinanderschlugen. Neben den Kannen befand sich eine Wasserstelle, an deren Hahn das Schild *Kein Trinkwasser* angebracht war. Jedes Mal, wenn eine Windböe es erreichte, meldete es sich zu Wort.

Eine Weile lauschte Siri den dunklen Tönen, die sich

mit dem immer wiederkehrenden hellen Klicken abwechselten, als seien es die Geräusche, die sie sich zukünftig merken müsse, wenn sie an Hanna dachte.

Sie warf noch einmal einen Blick auf das offene Grab, über das sich bereits eine dünne Sandschicht gelegt hatte. Der Inselwind hatte mit seiner Arbeit begonnen.

Siri plante, ihr Elternhaus schräg gegenüber des Inselgymnasiums möglichst schnell zu verkaufen. Es würde hoffentlich nicht zu schwer sein, dafür einen Käufer zu finden, schließlich lag es günstig.

Siri fror und hoffte, bald alles hinter sich zu haben. Sie hasste Beerdigungen, und wenn sie direkt etwas damit zu tun hatte, erst recht.

Die anschließende Kaffeetafel hatte sie im *Hotel Hanken* gebucht. Die anderen Gäste würden dort sicher schon auf sie warten.

Im Hotel war die Atmosphäre familiär und gemütlich. Das Restaurant war mit vielen Details ausgestattet, die dem Raum so etwas wie eine Wohnzimmeratmosphäre gaben. Im kleinen Saal reihten sich alte Schreibmaschinen neben antiken Waagen und anderen ausgesuchten Dingen. Siri wusste, dass sich im Nebenraum die Drehorgel von Curt Hanken befand. Darauf saß ein großer Stoffaffe.

Wie oft hatte sie als Kind seinem Spiel mit großen Augen gelauscht und von den Jahrmärkten auf dem Festland geträumt, wo es riesige Karussells mit ebensolcher Musik gab. Siri liebte die Drehorgel.

Sie seufzte auf. Wenn sie zur Kaffeetafel rechtzeitig im Hotel sein wollte, musste sie sich beeilen. Mit raschen Schritten eilte sie der Beerdigungsgesellschaft hinterher.

Es duftete nach frischem Kaffee, als Siri das Hotel betrat. Die warme Luft tat ihr gut. Sie setzte sich an die Stirnseite eines der Tische, kaute auf dem Kuchen herum. Insgeheim hoffte sie, die Tür würde sich öffnen und Curt Hanken würde mit seiner Melone oder dem Schlapphut heraustreten und zu spielen beginnen. Irgendeins der Stücke, die sie als Kind so unglaublich gemocht hatte. Siri würde versöhnt werden mit all ihren traurigen und bitteren Erinnerungen, die ihr ein schlechtes Gewissen bescherten. Die Insulaner waren eigentlich ein so nettes Volk, warum zum Teufel konnte sie sich hier einfach nicht zu Hause, sich wie eine von hier fühlen?

Siri nippte am Kaffee, den sie stets schwarz trank. Das bittere Gefühl passte zu ihren Empfindungen.

Glücklicherweise blieben die meisten nicht lange, keiner schien Interesse daran zu haben, sich lange mit Siri zu unterhalten. Sie wusste, dass sie ihnen arrogant und abgehoben vorkam. Sie, die fremde Siri, die der Insel schon so lange den Rücken gekehrt hatte.

Als auch die Letzten gegangen waren, gönnte sie sich einen Spaziergang am Strand. Das war etwas, was sie in der Form auf dem Festland nicht hatte. Diese Weitläufigkeit, die schönen Dünen im Hintergrund und das Tosen des Meeres, das jeden Tag sein Lied in unterschiedlichsten Tonlagen sang, ganz wie der Wind es vorgab. Jedes Mal, wenn sie einen Blick über die Dünen warf, überkam sie kurz das Gefühl der Wehmut, die Furcht, einen Fehler damit gemacht zu haben, dass sie gegangen war. Sie hatte schließlich auch viele nette Menschen verlassen, Menschen, die ihr Trost und Zuflucht gegeben hatten, wenn sie sich allein gefühlt hatte. Jetzt waren auch die ihr fremd geworden.

Siri wohnte seit Jahren in Wilhelmshaven, aber seit dem Bau des Jade-Weser-Ports gab es nicht einmal mehr einen schönen Sandstrand. Der Geniusstrand war nur ein Tribut, den die Gegend für den Hafenausbau gezahlt hatte.

So schön es am Südstrand mit dem Helgoland-Kai auch war: Es fehlte der Sand, es fehlte diese unglaubliche Freiheit, die sie fühlte, wenn sie über das weite Meer sehen konnte. Und ihr fehlten vertraute Menschen. Auch Elmar war ihr nie wirklich nahgekommen, sosehr er es auch immer wieder versuchte.

Siri sog die Luft tief ein. Wangerooge war schön, eigentlich ein Paradies. Für alle anderen.

Sie ließ ihren Blick über die Nordsee schweifen. In der Ferne schoben sich ein paar Tanker in Richtung Horizont, würden sich irgendwann mit ihm vereinen und dann aus dem Blickfeld verschwinden. Das Meer schillerte heute braun-grau, hatte nicht das Blau, mit dem es im Sommer sonst oft glänzte. Die Wellen rollten recht träge an den Strand. Ein paar Möwen tummelten sich am Spülsaum, stritten um ein vergessenes Brötchen.

Siri lief von der Uferpromenade direkt zum Wasser, störte sich nicht an dem Sand, der sofort in ihre Schuhe rieselte. Sie atmete die klare Herbstluft tief ein. Die Saison neigte sich dem Ende, nur ein paar Unermüdliche kämpften gegen den Wind. Sie sahen alle gleich aus. Allwetterjacken, die Kapuzen tief über die Augen gezogen und bunte Rucksäcke auf dem Rücken, die ihre Körperhaltung bestimmten. Siri hatte einen langen Mantel an, dazu einen roten Schal, den sie dreimal um ihren Hals gewickelt hatte. Sie wirkte nicht wie eine Touristin, eher wie eine Frau, die nur aus Versehen ihren Fuß auf die Insel gesetzt hatte und nun zusehen musste, wie sie möglichst rasch wieder von hier verschwand.

Sie wandte sich nach Westen, hatte so den Wind schräg von vorn. Ihr Tuch zog sie tiefer in die Stirn, denn wenn er ihr zu scharf ins Gesicht blies, hatte das für sie immer fürchterliche Kopfschmerzen zur Folge.

Allzu oft würde sie nun nicht mehr auf die Insel kommen, wenn sie alles verkauft hatte. Vielleicht nie mehr.

Nie mehr war eine endgültige Aussage. Siri wunderte sich, dass sie der Gedanke nicht erschreckte.

Gemeldet hatte sich kaum jemand nach ihrem Fortgang. Siri glaubte aber nicht daran, dass ihr wirklich alle böse waren. Hier mussten eben alle hart und oft rund um die Uhr an sieben Tagen der Woche arbeiten. Keine gute Voraussetzung, um Freundschaften zu pflegen, zwischen denen eine neunzig Minuten dauernde Bahn- und Schiffsfahrt und etliche Kilometer auf dem Festland lagen. Eine Freundschaft, die über zwei Welten ging und deshalb nur selten aufrechterhalten werden konnte.

Siri bückte sich und hob eine kleine Herzmuschel auf, fuhr mit der Fingerkuppe über die geriffelte Oberfläche. Sie mochte Muscheln, konnte nie am Strand entlanglaufen, ohne eine aufzuheben. Wenn eine Muschel eine besonders schöne Färbung hatte, nahm Siri sie mit und bewahrte sie in der Schublade ihres Nachtschrankes auf. Dort befand sich ein kleines Zigarrenkästchen mit ihrer Sammlung. Niemals würde Siri sich davon trennen. Muscheln waren so besondere, so schöne Tiere des Meeres. Siri bezeichnete sie gern als Schätze. Das Muschelsuchen, das würde sie vermissen, wenn sie endgültig ging. Bei keiner anderen Tätigkeit war es so leicht, den Kopf freizubekommen. Aber sie konnte ja auch nach Hooksiel oder in die anderen Küstenbadeorte zum Sammeln fahren. Allerdings gab es nur hier am Spülsaum diese große Vielfalt.

Siri warf einen Blick auf die Uhr. Sie sollte jetzt nach Hause gehen und sich etwas ausruhen. Am Schwimmbad wendete sie und lief auf der Strandpromenade zurück. Jetzt wehte der Wind schräg von hinten, schien immer stärker aufzufrischen.

Am *Café Pudding* ging sie die Zedeliusstraße hinunter, bog an der Apotheke in die Charlottenstraße ab. Am Frischemarkt kaufte Siri noch ein Netz Orangen, vielleicht würde ihr der süßlich bittere Geschmack guttun.

Am Inselgymnasium machte sie kurz halt, betrachtete die Fahnen, die im Wind flatterten, und ließ ihre Blicke an der Fassade des roten Backsteingemäuers emporwandern. Sie war gern hier zur Schule gegangen. Die Erinnerung daran schmerzte Siri.

Sie kam sich vor wie eine Verräterin, denn das Lernen in diesem Haus war definitiv eine der schöneren Erinnerungen ihrer Kindheit. Die kleinen Klassen boten genug

Raum, um auch Querköpfen wie Siri Halt und Liebe zu geben. Wenn doch einmal jemand über Siri gelästert hatte, war das den Lehrern nicht lange verborgen geblieben und von ihnen rasch unterbunden worden. In der Schule hatte Siri stets das Gefühl gehabt, Luft zu bekommen, was bestimmt auch daran lag, dass sie schon als Kind äußerst wissbegierig gewesen war.

Siri seufzte tief, dachte an die Zeit außerhalb des Unterrichts, verdrängte die Erinnerung aber sofort. Sie machte ihr Angst. Immer wieder hämmerten sich Worte durch ihren Kopf, zerschlugen alle guten Gedanken, die Siri zwischendurch gekommen waren. Sie setzte sich wieder in Bewegung und verschwand rasch im Haus.

Dort empfing sie ein leicht muffiger Geruch. Es war, als habe sich der Tod auch bereits in die Möbel, die alten Gardinen und die Teppiche gefressen. Siri riss alle Fenster auf, um diesen Mief loszuwerden.

Doch damit wurde sie das Gefühl der Vergänglichkeit nicht los. Es war nicht nur die Tatsache, dass Hanna nie mehr zurückkommen würde. Da war noch etwas anderes, das Siri Angst machte. Etwas, das ihr ganzes Leben bestimmt hatte und von dem sie nun sicher war, dass es mit diesem Haus, mit Hanna zu tun hatte. Fast war es, als flüsterten die Möbel miteinander, als streife mit dem Wind der Nordsee ein kalter Hauch durchs Haus, der sich nie mehr verflüchtigen würde.

ooo

Sören und Martin waren in der Wangerooger Heide unterwegs.

Sören kämpfte sich durch die Rosen, ignorierte die stacheligen Fangarme der Büsche, die sich in seinen Pullover und seine Hosen krallten, als wollten sie ihn daran hindern, dass er weiter in den Dünen nach den alten Bunkern suchte. Vorhin war auf dem nahe gelegenen Friedhof noch eine Beerdigung gewesen, doch nun war es still. Gerade ritten zwei Mädchen auf einem Norweger und einem Haflinger vorbei, aber sonst verirrte sich jetzt nicht so rasch jemand hierher.

Martin war ein ganzes Stück kleiner als Sören und er lief jedes Mal Gefahr, dass ihm einer der stacheligen Äste ins Gesicht traf, wenn sie hinter seinem Freund wieder zusammenschlugen.

»Ich habe keine Lust mehr«, rief er Sören zu. »Die sind doch alle gesprengt, da gibt es keine Eingänge mehr. Und wenn, dann sind sie zugewachsen!«

Sören antwortete nicht, sondern stapfte verbissen weiter. »Die haben hier nach dem Krieg Feten gefeiert, da können doch nicht alle kaputt gewesen sein!«

»Heile sind nur die im Dorf, denke ich«, rief Martin und schaute interessiert einem Falken zu, der mit den Flügeln rüttelnd über ihm in der Luft verharrte. »Da haben sie damals doch auch Kartoffeln gelagert.«

Sörens Kopf tauchte aus den Büschen auf. Er hatte einen blutigen Kratzer an der Stirn. »Den haben sie für Besucher umgebaut, da können wir doch nichts machen. Wir brauchen einen Piratenunterschlupf. Hier oder noch näher am Meer.«

»Den für Besucher meine ich auch nicht. Ich rede von dem hinter dem alten Krankenhaus.«

Sören runzelte die Stirn. »Da ist ein Bunker?«

Martin nickte und in dem Augenblick ging ihm auf, welch fatalen Fehler er damit gemacht hatte, diesen Bunker zu erwähnen. Er wusste es auch nur, weil sein Vater davon gesprochen hatte.

Sören gab seine vergebliche Suche in den Dünen sofort auf. »Zeig, wo der ist!«, befahl er. »Los, das muss ich mir ansehen!«

Nur widerwillig kam Martin Sörens Aufforderung nach. Sie gingen durch die Charlottenstraße zurück, bogen dann vor der Inselschule links zum alten Krankenhaus ab. Sie durften dort nicht entlang, es war Privatgelände, aber wenn sie von der Meerseite her gekommen wären, hätten sie über die Zäune der dahinterliegenden Häuser klettern müssen und das wäre noch auffälliger gewesen.

»Wenn das unsere Unterkunft werden soll, müssen wir uns einen besseren Zugang suchen«, sagte Sören, der sich immer wieder zum alten Krankenhaus umsah, ob sie auch keiner beobachtete. Aber es blieb ruhig und sie wurden rasch von den Dornenbüschen verschluckt. Es war fast unmöglich, sich hindurchzukämpfen. Die Büsche standen hier noch höher als in den Dünen. Mit viel Mühe konnten sie einen kleinen Trampelpfad entdecken, dem sie aufwärts folgten.

»Da darf man sowieso nicht rein, Sören!«, versuchte Martin seinen Freund davon abzuhalten, weiterzugehen.

»Wenn man immer nur das täte, was man darf, wäre das Leben verdammt langweilig, du Schisser!« Sören kämpfte sich unermüdlich durch das Dornengestrüpp, das sich immer wieder in seinen Anziehsachen verhakte. »Da könnten wir ein fantastisches Versteck haben. Das Ding ist so gottverlassen und vergessen, da kommt doch keiner drauf, wenn wir unseren Stützpunkt dort einrichten.«

Martin folgte ihm mit kleinen Schritten. Ihm war nicht wohl dabei, in den Bunker hineinzugehen, fürchtete er sich doch vor Ratten und fetten schwarzen Spinnen, die es darin sicher zuhauf gab. Aber das durfte man vor Sören nicht zugeben, dann hätte man auf ewig verloren.

»Der andere Bunker ist doch auch zu, wieso sollte man in den nun gerade reinkommen? Bestimmt hängt dort auch ein Schloss vor dem Gitter.« Martin sagte das, weil er hoffte, dass es so war.

»Blöde Frage, Kleiner. Weil das andere ein Besucherbunker ist, der unter Denkmalschutz steht. Den haben sie hübsch weiß angepinselt und alle Räume mit Schildern versehen, damit man sich vorstellen kann, wie das damals abgegangen ist.« Sören hielt kurz an, drückte mit dem Ellenbogen ein besonders dickes Dornengestrüpp beiseite.

Er musterte das Gemäuer, das sich vor ihnen auftat. »Das hier ist ein Luftschutzbunker, anders als der Besucherbunker dort unten. Die sehen nur von draußen gleich aus mit ihren komischen Einbuchtungen an der Mauer. Außerdem war es doch dein Einfall, hierherzukommen.«

Martin schwieg beeindruckt. Sören kannte sich aus, es war sinnlos, dagegen anzuquaken. Er zog doch ohnehin immer den Kürzeren.

»Gleich haben wir es geschafft. So bewachsen, wie das hier ist, war ewig keiner mehr darin. Ein super Versteck!« Sören sah sich anerkennend zu Martin um. »Klasse Idee von dir!«

Martins Knie wurden weich. Er fürchtete sich davor, in dieses alte Gemäuer einzusteigen. Er hatte Angst vor dem Dreck, vor der Dunkelheit, vor allen möglichen Tieren, dass es dort bestialisch stank. Und dass man dort während des Krieges vielleicht einen Toten vergessen hatte.

Trotzdem stolperte Martin hinter Sören her. Er umklammerte seine Taschenlampe, als wäre sie der einzige Halt, der ihm noch blieb.

Die erste Tür war tatsächlich verschlossen. Ein Eisentor versperrte den Weg und auch Rütteln und Schieben war zwecklos. In Martin keimte so etwas wie Hoffnung auf.

Sören war vom Entdeckungsfieber gepackt, wollte unbedingt in den Bunker hinein. Er trat ein paar Schritte zurück auf den Trampelpfad und tastete sich weiter. »Jeder Bunker dieser Größenordnung hat zwei Eingänge«, belehrte er Martin. »Hab mal so eine Führung durch den anderen mitgemacht.«

Martin wurde immer kleinlauter. Hätte er seinem Freund bloß nichts erzählt. Er wäre längst zu Hause und würde einen warmen Kakao trinken, den seine Mutter ihm immer hinstellte, wenn er vom Spielen zurückkam. Jetzt wurde es schon dämmrig und er stand vor diesem schwarzen Eingang und sein Freund würde gleich von ihm verlangen, dass er ihm dort hinein folgte. Ganz selbstverständlich, so, als sollte er mit ihm in sein Zimmer gehen.

Die andere Tür war tatsächlich offen. Hier hing nur ein rostiges Gittergebilde zur Tarnung vor der Tür, das Schloss war schon vor langer Zeit aufgebrochen worden. Man hatte es wie zum Spott an den oberen Rahmen gehängt.

Sören war nicht zu stoppen. Er betrat den Vorraum sofort, Martin klebte ihm vor lauter Furcht am Rücken. »Hier dürfen wir gar nicht sein«, flüsterte er in einem letzten Versuch.

Sören hörte gar nicht hin, sondern fingerte seine Taschenlampe aus der Hosentasche. Noch während er das tat, stolperte er über etwas. »Autsch!«, rief Sören und knipste das Licht an. Zu seinen Füßen lag ein merkwürdiges, recht großes Eisenstück mit einem Propeller. »Wow«, grinste er. »Sieht aus wie ein Riesenventilator!«

Martin sah gar nicht hin. Er fürchtete noch immer, dass ihm gleich eine große Ratte am Bein kleben würde.

Sören war ohnehin schon einen Raum weiter gegangen und leuchtete mit wachsender Begeisterung auf mehrere ineinander gestapelte Blechwannen. »Darin haben sie meinen Opa gebadet.« Er klopfte vorsichtig gegen das Metall. »Bestimmt hat er in einer von denen gelegen, ich spüre so etwas.«

Das interessierte Martin überhaupt nicht. Er wollte hier raus und zwar so rasch es ging.

Er griff nach Sörens Ärmel. »Riechst du das auch?«

Sören hob die Nase in die Luft. »Hm«, antwortete er, ging aber vorsichtig weiter. Der Strahl der Taschenlampe huschte über den Boden. Sören musste jeden Schritt ausleuchten, damit er nicht gegen irgendetwas stieß, das achtlos in den Bunker hineingeworfen worden war.

»Das riecht hier doch komisch«, wiederholte Martin.

Mit jedem Schritt schlug den Jungen ein seltsamer Mief entgegen. Es war ein süßlich penetranter, ekelhafter Geruch, der fast einen Würgereiz verursachte. Martin drehte den Kopf zu Seite, versuchte flacher zu atmen. »Ich geh keinen Schritt weiter, das stinkt«, sagte er.

Sören ignorierte die Bemerkung, hielt sich ein Taschentuch vor die Nase und murmelte etwas wie der Geruch verginge sicher gleich, wenn man sich daran gewöhnt habe. Er tastete sich im Schein des Lichts weiter in das Innere des Bunkers, leuchtete den linken Raum aus. Plötzlich raschelte es. Martin hielt die Luft an, als etwas Weiches sein Bein streifte. »Eine Ratte!«, stieß er aus, machte sich vor Angst ganz steif. Doch kurz darauf hörte er ein durchdringendes Maunzen.

»Das war eine Katze, du Schisser!«, lachte Sören. Er ließ den Lichtkegel an den grauen Wänden auf- und niedergleiten. Der ganze Bunker war voll gestellt mit altem Gerümpel. »Da steht sogar ein Rasenmäher. Marke Rosttot!«

Martin glaubte alte Bettgestelle zu erkennen, war sich aber nicht sicher, ob es welche waren. In der Ecke des einen Bunkerraumes befand sich ein Holzlattierung, daneben waren dicke Tampen aufgerollt.

Sören war hellauf begeistert. »Echt super! Wenn wir hier unseren heimlichen Treffpunkt aufbauen, dann sind wir wirklich völlig ungestört. Wir räumen ein bisschen auf, und dann wird es richtig gemütlich, das kannst du mir glauben.«

In diesem Teil des Bunkers war der Gestank von eben lange nicht so penetrant. Trotzdem hing Martin der süßlich schwere Geruch noch in der Nase. Ähnlich hatte es mal gerochen, als seine Maus ausgebüxt war und er sie eine Woche später tot am Boden einer großen Vase gefunden hatte.

Da Sören noch viel zu sehr damit beschäftigt war, jeden Winkel auszuleuchten, dachte Martin, es könne nicht schaden, zumindest vorübergehend wieder etwas Tageslicht zu tanken, zumal seine Taschenlampe den Geist aufgegeben hatte. Er tastete sich rückwärts zum Ausgang. Auf der Schwelle sah er etwas glitzern. Er hob es auf und hielt einen Ring in der Hand. Er war silbern mit dunklen Mustern und sah billig aus. Fast wie aus einem Automaten. Martin ließ ihn in der Hosentasche verschwinden.

Vor der Tür warf er einen Blick auf die Wohnhäuser mit ihren Balkons, die den Bunker rückwärtig säumten. Zur anderen Seite lag im Dünental das alte Krankenhaus in seinem Weiß. Es schien alles in Ordnung zu sein, nichts war passiert, obwohl sie in dieses gespenstische Gebäude hineingegangen waren. Die Welt draußen war noch in Ordnung.

Um sich abzusichern, warf er noch einen Blick über die Dünenlandschaft, die sich friedlich wie eh und je präsentierte. Ein paar Möwen hatten ihren Weg nach Hause noch nicht gefunden und segelten lautlos im Wind. Hin und wieder durchbrach der Ruf eines anderen Seevogels die Stille. Gleich hinter den Häusern hörte er das Meer an den Strand rollen. Ein normaler Herbsttag in den Dünen der Insel. Martin bekam trotzdem eine Gänsehaut. Er wollte diesen Bunker nicht mehr betreten. Um nichts in der Welt. Es würde etwas Böses geschehen, wenn er es tat. Martin war sich ganz sicher. »Komm lieber wieder raus, Sören«, rief er in die Räume hinein.

Doch von seinem Freund war nichts mehr zu hören. Er schien ganz und gar eingetaucht in diese neue Welt. Sören liebte Orte, an denen man sich gruseln konnte, Orte, die nicht für jeden zugänglich waren. Er hatte so viele Dinge über alte Schlösser, Burgen und Bunker gelesen, dass es ihm ganz natürlich erschien, auch welche in der Wirklichkeit aufzusuchen. Der grausame Gestank schien ihn nicht zu stoppen.

»Wo steckst du?« Martin reckte seinen Kopf tiefer in das Gemäuer, wartete aber, ob er wirklich weiter hineingehen musste. Als er erneut keine Antwort bekam, wagte er doch noch einen ersten Schritt. Es blieb weiter still, Martin traute sich gar nicht, noch einmal zu rufen. Er tastete sich Schritt für Schritt in den Eingangsbereich des Bunkers hinein, sah aber kaum mehr als den nächsten halben Meter. Er begann zu würgen, weil es dermaßen unangenehm roch. Warum nur störte Sören dieser Gestank nicht?

Es wurde sofort dunkel, als er den ersten Raum betrat. Je tiefer er sich an den Wänden entlangtastete, desto mulmiger wurde ihm. Martin konnte die Hand vor Augen nicht sehen. Vorhin waren sie links in dem Raum gewesen. Doch da war alles still. »Sören?«, raunte er. »Sören, wo steckst du?« Martins Stimme klang arg verloren in der Dunkelheit. Er fürchtete sich, wie er sich noch nie in seinem Leben gefürchtet hatte.

Mit klopfendem Herzen tastete er sich an den Blechwannen vorbei in den rechts dahinter liegenden Raum. Er stieß gegen etwas aus Eisen, das aus der Wand ragte. »Sören?«, fragte er wieder. Martin rieb sich den schmerzenden Kopf, lauschte in das Dunkel. Der Gestank hüllte ihn förmlich ein. Er übergab sich, danach ging es etwas besser. »Sören?«, fragte er wieder, doch er erhielt keinerlei Antwort.

Martin tastete sich vor, stieß mit dem Fuß gegen Sörens Taschenlampe, die kurz aufleuchtete und gleich wieder verlosch. Sein Freund hockte neben etwas, das Martin nicht erkennen konnte.

ooo

Kommissar Rothko schnappte sich den Stapel Briefe, die im Büro der Dienststelle gestapelt lagen. Er musste ein bisschen Ordnung reinbringen, bald würde wieder ein Kollege zu ihm auf die Insel kommen und er wollte nicht den Eindruck hinterlassen, er habe nicht gearbeitet. Kollege Kraulke sollte es dieses Mal nicht sein, hatte man ihm gesagt. Wenigstens etwas. Als der nach dem letzten Fall seine Koffer gepackt hatte, war es gewesen, als beginne für Rothko ein neues Leben. Der grausame Mord an den Jungen war geklärt, Kraulke wieder in Wilhelmshaven – und die Kaffeemaschine in der Wohnung funktionierte tatsächlich, nachdem Rothko sie einer gewaltigen Entkalkungsaktion unterzogen hatte. Ob das ökologisch der richtige Weg war und ob das, was sich nun in die Kanne ergoss, gesundheitlich zu vertreten war, hinterfragte er lieber nicht. Hauptsache, er hatte das schwarze Gesöff in der Tasse, ohne dafür zum Bäcker oder in ein Café laufen zu müssen.

Dass es hier in der Dienststelle an Cappuccino mangelte, daran hatte er sich gewöhnt. Auf den Milchschaum konnte er verzichten, auf die schwarze Brühe darunter leider nicht. Allein der Gedanke verursachte ihm ein Gemisch aus Magenschmerzen und schlechter Laune.

Rothko beschloss, die Briefe in der Wohnung zu öffnen. Es war ohnehin Mittagszeit, er musste sich nicht mehr unten in der Dienststelle aufhalten. Er ging nach oben in seine Miniküche, füllte das Pulver in den Filter, gab Wasser in den Behälter. Danach stellte er die Maschine an. Schon beim Betätigen des Schalters gab sie ein leises Glucksen von sich. Er fand, das sei ein gutes Zeichen, deutete es fast als guten Willen der Maschine, ihm von nun an sein wohlverdientes Gebräu zu kochen. Mit einem selbstgefälligen Grinsen im Gesicht nahm Rothko das beginnende Durchlaufen des Wassers zur Kenntnis, sog den Duft des frischen Kaffees ein.

Was hatte er ein Glück, hier auf der Insel zu sein und das wirkliche Leben nur noch schemenhaft wahrnehmen zu können, weil von jetzt an zwischen Mord und Totschlag und allen Bösartigkeiten der Welt das Wattenmeer mit der Nordsee lag!

Rothko wollte die Zeit, bis der Kaffee durchgelaufen war, nutzen, um die Post zu öffnen. Er hatte sie auf die Kiefernkommode gleich neben dem Kücheneingang gelegt. Nun griff er nach dem Stapel Briefe und nahm sie mit in sein Zimmer. Durch die sechs Dachfenster strahlte die Sonne und stimmte ihn fröhlich. Er ließ sich rücklings aufs breite Bett fallen, starrte in den Himmel und sah den Wolken zu, die rasch über den Himmel fegten.

Nach einer Weile umfing ihn ein unangenehmer Geruch, der auf eigenartige Weise an schmelzendes Gummi und verbranntes Plastik erinnerte. Rothko hastete in die Küche. Aus seiner so gut entkalkten Maschine fauchte und qualmte es. Dann folgte eine Flamme, die sich kurz in Richtung Decke flüchtete und schließlich ermattet in sich zusammensackte.

Fast schien es, als räche die Kaffeemaschine sich für die Behandlung, die ihr der Kommissar hatte zuteil werden lassen. Rothko fluchte und zerrte den Stecker heraus. Es stank bestialisch. Er wedelte mit den Briefen hin und her, öffnete das Fenster.

Das alles war ein schlechtes Zeichen. Kein Kaffee war immer ein schlechtes Zeichen. Wie sollte seine Welt ohne existieren? Alle gute Laune war verflogen.

Als der Geruch wieder annehmbar war, warf Rothko die defekte Kaffeemaschine in die Mülltonne. Er würde weiter seinen Cappuccino, seinen Latte Macchiato oder auch nur den einfachsten Kaffee woanders einnehmen müssen. Das Leben war ungerecht. Auch ohne Mord.

Dann setzte er sich wieder auf die Bettkante und begann, die Briefe aufzuschlitzen.

Es waren die üblichen Rechnungen und Werbebriefe. Eben der Papierkram, der in der Inseldienststelle so auflief. Zwei Briefe stachen ihm besonders ins Auge. Als er den ersten öffnete, war er gleich ein wenig versöhnlicher gestimmt. Man hatte ihm tatsächlich zwei Kaffeemaschinen bewilligt. Eine fürs Büro und eine für die Dienstwohnung. Ein Staubsauger stehe ihm aber nach wie vor nicht zu, da der Boden wischbar sei und er ihn auch fegen könne.

Na immerhin, er würde sich zwei Kaffeemaschinen kaufen können. Der Betrag, dem man ihm zugestand, war allerdings lächerlich gering, so dass es nur für die einfachen Geräte reichen würde. Aber besser als nichts.

Der andere Brief trug die Handschrift seiner Frau.

Erst dachte er, es sei mal wieder einer ihrer Beschwerden, weil er nur alle paar Tage anrief. Meist schimpfte sie per E-Mail, aber hin und wieder schickte sie ihm auch diese Sinnkarten mit irgendwelchen vorgefertigten Sprüchen, die auf schöne Landschaften, vorwiegend mit Strandmotiven, Bächen oder Blumen mit Gartenbank gedruckt waren. Er hatte diese Botschaften als Weiberkram immer einfach so hingenommen. Dieses Mal schien aber keine Karte im Umschlag zu stecken.

Er zog den Brief heraus, faltete ihn auseinander. Dann stockte ihm doch der Atem. Er hatte nicht gedacht, dass sie so reagieren würde, obwohl er selbst oft genug mit dem Gedanken gespielt hatte, seine Ehe zu beenden. Nun hatte seine Frau die Scheidung eingereicht. Da sie schon über ein Jahr getrennt wohnten, wäre das nur pro forma, schrieb sie. Außerdem möge er sich bitte damit abfinden, dass sie derzeit bereits eine andere Beziehung habe, sie wäre folglich nicht umzustimmen.

Rothko ließ die Hand mit dem Brief sinken. Er war siebenundvierzig Jahre alt und tatsächlich bald ein geschiedener Mann. Es fühlte sich an, als tanze ein Messer durch seinen Bauch.

Im Prinzip würde sich für ihn nichts ändern. Er lebte seit Jahren für sich allein. An den letzten Sex mit seiner Frau konnte er sich kaum noch erinnern. Doch es war schon etwas anderes, an so etwas wie Trennung nur zu denken, als es wirklich zu tun. Für einen Augenblick war er versucht, den Telefonhörer in die Hand zu nehmen, seiner Frau Liebesschwüre hineinzusäuseln, wollte sie irgendwie umstimmen. Aber dann hielt er inne, atmete tief ein. Vielleicht war es besser so. Er war jetzt ein freier Mann, brauchte sich für nichts in der Welt mehr zu rechtfertigen und viele Dinge würden nun leichter. Doch noch während er das dachte, fühlte er eine Träne die Wange herunterrinnen. Er, der coole Kommissar, weinte. Er weinte, weil er all die Jahre nicht um seine Frau gekämpft und ihre Liebe leichtfertig verspielt hatte. Immerhin hatte sie es fünfzehn Jahre mit ihm ausgehalten. Er, Rothko, war nun allein.

Er legte den Kopf auf den Tisch und ließ seinen Tränen freien Lauf.

ooo

Siri hatte sich einen Tee gekocht und saß mit unter den Po geschobenen Füßen auf dem Sessel. Sie hatte nie viel von der friesischen Teezeremonie gehalten, hasste es, aus den kleinen Tassen zu trinken, die einem allenfalls mit einem winzigen Schluck den Mund füllten. So hielt sie einen großen Becher zwischen den Händen und trank ihn langsam leer. Immer wieder ließ sie ihren Blick über die düstere Schrankwand aus Eiche gleiten. Wie jedes Mal beschlich sie dabei dieses bedrückende Gefühl, das nicht erklärbar war, aber sie von Kindesbeinen an belastet hatte. Sie würde froh sein, wenn sie dieses Haus los wäre, weil sie nie hierher gehört hatte, so paradox das auch klang.

Siri seufzte laut auf. Ein Blick auf die Uhr zeigte ihr, dass sie sich jetzt um ein paar Dinge kümmern musste, wenn sie es schaffen wollte, übermorgen pünktlich zum Dienst im Krankenhaus zu erscheinen.

Hanna hatte ihr keine persönliche Nachricht hinterlassen, dazu war am Ende wohl keine Zeit mehr gewesen. Siri wusste allerdings, dass es auch unter anderen Umständen nicht anders gewesen wäre. Hanna Gerken war keine Frau, die Gefühle zeigte oder die in irgendeiner Form zum Ausdruck brachte, was sie wirklich dachte. Für sie war nur wichtig gewesen, dass die Fassade stimmte. Kein Lächeln war ehrlich genug gewesen, um als echtes Lächeln wahrgenommen zu werden, kein Wort über die Tiefe hinausgegangen, die gerade notwendig gewesen war.

Siri hatte in dieser Welt geschwebt, nie die Beine auf den Boden bekommen. Sie war immer unwichtiger gewesen als der Schein, der die Familie Gerken umgab. Waren Freundinnen im Haus, wurde sie von einer Flut aus Liebe und Zuneigung fast ertränkt. War sie mit Hanna allein, begegnete die ihr mit einer solchen Distanz, dass Siri fröstelte.

Siri war es auf dem Festland besser gegangen, weit fort von dieser Scheinwelt. Das Leben mit all seinen Facetten war die bessere Alternative. Sie war allein gut klargekommen und seit sie Elmar hatte, war es noch besser geworden. Auch wenn es nicht die große Liebe war, die sie sich erträumt hatte. Aber Elmar war zuverlässig, ein guter Liebhaber und überaus einfühlsam. Was konnte man mehr erwarten.

Siri fiel auf, dass er sich seit gestern nicht mehr gemeldet hatte. Noch während sie das dachte, merkte sie, dass sie ihn vermisste, konnte sich aber dennoch nicht durchringen, ihn anzurufen.

Sie öffnete die Schranktüren. Alles war voll gestellt mit mehreren Sorten Porzellan, Vasen, Tischtüchern und so vielen Gläsern, dass Hanna ganz Wangerooge zum Umtrunk hätte einladen können.

Auch hier umfing sie wieder der Geruch nach Alt, Süß und Penetrant. In der letzten Tür befand sich eine offene Packung Weinbrandbohnen, dahinter eine verschlossene Metallkassette.

Siri griff nach der dahinterstehenden Vase und hörte schon beim Anheben, dass darin ein Schlüssel klimperte. Das Versteck war typisch für Hanna.

Siri steckte den Schlüssel ins Schloss. Der Deckel der Kassette sprang fast lautlos auf. Auf einem Stapel Papier lag ein Lederband, an dem eine kleine, fast weiße Herzmuschel befestigt war. Siri nahm sie vorsichtig in die Hand, strich darüber, erfühlte jede einzelne Lamelle. Ob es ihre eigene Vorliebe für Muscheln war, die sie so fesselte, wusste sie nicht. Aber sie spürte eine Verbindung zu der Kette, die sie nicht erklären konnte. Das Leder der Schnur war arg abgeschabt, als wäre die Muschel oftmals hin- und hergeschoben worden. Oder als hätten sich auch noch andere Anhänger daran befunden. Die Hand, die die Kette umschloss, wurde spürbar warm. Dann nahm Siri den Stapel Papier heraus. Ihr Herz schlug heftig. Es war, als täte sie etwas Verbotenes. Etwas, was sich nicht gehörte. Das Papier brannte förmlich unter ihren Fingern.

Siri konnte sich gar nicht daran erinnern, diese Kassette je in ihrem Leben gesehen zu haben. Es war, als habe Hanna sie kurz vor ihrem Tod dorthin gestellt, damit ihre Tochter in jedem Fall daraufstoßen würde. Siri war sich ganz sicher: In diesem Schrank hatte die Kassette all die Jahre nicht gestanden. Hanna musste es ungeheuer wichtig gewesen sein, dass Siri sie fand.

Sie faltete das oberste Stück Papier auseinander, konnte das Zittern ihrer Hände nicht verhindern. Siri war sich sicher, dass der Inhalt dieses Schreibens ihr Leben verändern würde.

ooo

»Sören!« Martin tickte seinen Freund an der Schulter an. Der reagierte gar nicht. Dann kickte er mit der Fußspitze erneut gegen die Taschenlampe, die mit einem Mal wieder schwach zu leuchten begann und deren Strahl ihren Schein gegen die Bunkerwand warf. Martin zitterte, mochte Sören hier aber auch nicht allein lassen, sosehr es auch stank und ihm immer wieder einen starken Würgereiz bescherte. »Sören«, wiederholte er. »Was ist?«

Noch immer bekam er keine Antwort. Aber zumindest begann sein Freund leise zu schluchzen. Die Schultern zuckten, als Martin seine Handfläche darauflegte. Gerade als er noch einmal fragen wollte, was denn los sei, übergab Sören sich. Er würgte, als sei es das Beste, alles aus sich herauszuspucken. Als er fertig war, sprang er auf, schubste Martin gegen die Bunkerwand und rannte an ihm vorbei in Richtung Ausgang.

Martin wusste gar nicht, wie ihm geschah. Er fasste an seinen Ellenbogen. Er hatte sich an der Wand gestoßen.

Schließlich tastete er nach der fast verglommenen Taschenlampe, die bei seiner Berührung ihren Geist ganz aufgab. Nun war es stockfinster. Martins Augen hatten sich noch nicht vollends an die Dunkelheit gewöhnt. Er war sich auch nicht sicher, ob er wirklich sehen wollte, was es hier zu sehen gab. Sören war recht furchtlos. Aber er war in Panik geraten, war weggelaufen. Ungeachtet dessen, dass er seinen jüngeren Freund, auf den er aufpassen sollte, zurückließ.

Martin kniff die Augen fest zu. Er wollte weg von diesem Gestank, raus aus der Dunkelheit.

Vorsichtig tastete er sich an der Wand entlang. Doch es war die falsche Richtung. Dann fühlte er etwas, das auch Sören gefunden haben musste. Martin sackte in sich zusammen. Es war besser, sich nicht mehr zu bewegen. Einfach nicht mehr da zu sein.

ooo

Klaas Meine war nach der Beisetzung nach Hause gelaufen. Er hatte gewusst, dass Siri zur Beerdigung kommen würde, obwohl sie schon über drei Jahre nicht mehr auf Wangerooge gewesen war. Hanna hatte immer nach Wilhelmshaven fahren müssen, wenn sie ihre Tochter sehen wollte. Das war aber nur selten geschehen.

Klaas konnte Siri verstehen. Sie war hier stets eine Außenseiterin gewesen, was nicht nur an ihrer eigenwilligen Art gelegen hatte. Siri Gerken war auch äußerlich keine von ihnen. Allein die langen Locken, die sich auf ihrem Kopf kringelten und in einem unnachahmlichen Glanz die Schultern bedeckten. Dazu diese wunderschönen blauen Augen, die wirkten, als sprühten sie Sterne.

Siri war schon als Kind fuchsteufelswild geworden, wenn sich auch nur eines der Wangerooger Kinder über ihr Haar geäußert hatte. Hanna hatte immer gewollt, dass sie es hübsch ordentlich zusammengebunden trug. Aber kaum hatte dieses eigenwillige Kind das Haus verlassen, war das Haargummi im nächstbesten Gully gelandet. Siris südländisches Temperament passte nicht zu den Insulanern und sie hatte in all der Zeit, in der sie hier gelebt hatte, auch nichts getan, um sich zu integrieren. Wie oft hatte er Hanna und Johann geraten, Siri schon vorzeitig auf ein Internat zu geben, weil sie mit der Erziehung hoffnungslos überfordert waren. Es gab sonst einfach kein so unberechenbares Kind auf der Insel wie Siri Gerken.

Doch Hanna war trotz all der Widrigkeiten, die es mit sich brachte, so glücklich gewesen, Siri zu haben, dass sie alle Ratschläge in den Wind geschlagen hatte.

Klaas hatte sich oft gefragt, ob es wirklich eine gute Idee gewesen war, Siri auf Wangerooge zu lassen. Mit der großen Lüge, von der das Kind nichts wusste und von der sie auch nie erfahren durfte. Eine Frau wie Siri Gerken würde hier auf der Insel jeden Stein umdrehen, bis sie die Wahrheit herausgefunden hatte. Sie würde nichts unberührt lassen. Eigentlich war es gut, dass Hanna jetzt gestorben war. Er hatte sie immer für die größte Gefahr gehalten. Nun war sie unter der Erde und konnte den Mund nicht mehr aufmachen. Nie mehr. Sie hatte das große Geheimnis mit ins Grab genommen.

Klaas ging ans Fenster, blickte in den Steingarten. Die aufkommende Dunkelheit malte schwarze Schatten auf den Boden, ließ sie aber bewegungslos erstarren. Klaas sah den Mond, der fast seine volle Größe erreicht hatte. Trotz des schönen Bildes machte sich in ihm Unruhe breit. »Vollmond«, flüsterte er. »Bald ist Vollmond. Wie damals. Vor dieser Schneenacht … Als der große Sturm aufgezogen war.« Er zog die Vorhänge zu.

ooo

Rothko wischte sich die Tränen ab. Er hatte den ganzen Nachmittag geweint. Nicht nur ein bisschen. Es war eine wahre Sintflut aus ihm herausgebrochen. Er war in der Dienstwohnung von Zimmer zu Zimmer gelaufen wie ein Tiger in einem viel zu engen Käfig. Jeden Meter der Wohnung hatten seine Füße berührt. Er hatte das Schaben der Sohlen auf dem Fußboden bald kaum noch ertragen können, aber er war weitergelaufen. Von Zimmer zu Zimmer. Bis er irgendwann völlig erschöpft auf seinem Bett zusammengebrochen war und sich die Schwärze in seiner Seele etwas gelichtet hatte. Er war selbst überrascht über das Gefühlschaos, das die Nachricht in ihm ausgelöst hatte. Er liebte seine Frau schon lange nicht mehr. Es war kein Funken Nähe zwischen ihnen und doch war die Ehe immer wie ein ferner Hafen gewesen, in den er notfalls zurückkehren konnte, wenn er es brauchte. Nun war der Hafen für ihn Sperrgebiet.
Er würde der Scheidung zustimmen. Was blieb ihm auch anderes übrig. Er hatte seine Frau verloren. Schon vor langer Zeit. Liebe war nicht das, was einem Mann wie ihm zuteil wurde. Er war ein Einzelgänger, unnahbar und einsam. So war es immer gewesen, so würde es immer sein. Auch wenn er sich tief im Herzen nichts mehr wünschte, als eine Liebe zu erfahren, die er sich zu leben traute. Es war das erste Mal, dass er solche sentimentalen Gedanken zuließ. Nachdem seine Ehe sich einfach nicht so entwickelt hatte, dass man sie als glücklich bezeichnen konnte, hatte er das als gegeben hingenommen. Für ihn hatte das Leben nur dieses Almosen übrig gehabt, und seine Frau wirklich endgültig zu verlassen, wäre ihm nie in den Sinn gekommen. Ob aus Bequemlichkeit oder Pflichtgefühl, war ihm nicht klar. Aber dass sie sich gleich in einen anderen Kerl verlieben musste, schmerzte ihn doch mehr, als er gedacht hatte. Er warf einen Blick aus dem Fenster. Die Insel hatte sich mit dem letzten Schiff merklich geleert. In den Straßen

setzte die altbekannte Ruhe ein, die er an Wangerooge so schätzte. Er musste in der Polizeistation noch das Licht ausschalten. Vorher machte er einen Abstecher ins Bad, schleuderte sich eine Handvoll Wasser ins Gesicht und ging nach unten.

Er hatte die Hand schon wieder an der Tür zur Treppe in seine Dienstwohnung, da klingelte es.

Vor dem Eingang der Station stand eine junge Frau. »Moin, Oltmann mein Name. Ich suche Martin.« Sie fuhr sich mit der Hand durchs Haar, raufte es. »Und Sören ist auch verschwunden. Das hat mir seine Mutter am Telefon gesagt.«

Rothko stockte der Atem. Nicht schon wieder, schoss es ihm durch den Kopf. Aber dann gewann seine kühle und kalkulierende Art Oberhand. »Kommen Sie doch erst einmal rein.«

Er umrundete den Tresen, die Frau ließ sich auf der davorstehenden Bank nieder. Ihr Blick wanderte nervös die Wände entlang, blieb kurz an der roten Spinne im Netz hängen, die neben dem Büro angebracht war, in dem Kraulke sich bis vor Kurzem ausgetobt hatte. Diese Spinne war natürlich auch ein Relikt aus der Zeit seiner Anwesenheit. Rothko beschloss, sie bald entfernen zu lassen. »Wissen Sie denn, wo die Jungs hinwollten?«, fragte er, froh, etwas von seinen privaten Problemen abgelenkt zu sein. Trotzdem fühlte er sich nicht wohl, fürchtete, seine ohnehin winzigen Augen würden nun noch kleiner erscheinen.

Die Jungen hatten sich bestimmt entweder in den Dünen verirrt oder beim Spielen die Zeit vergessen.

»Sie wollten in die Dünen. Da stromern sie immer herum«, kam es da auch schon.

Rothko nickte.»Haben Sie die beiden dort schon gesucht?«

Die Frau schüttelte den Kopf. »Ich weiß doch gar nicht, wo ich beginnen soll. Hab ja außer Martin auch noch die anderen Kleinen.«

Rothko seufzte auf. Er musste die Feuerwehr alarmieren, notfalls den Hubschrauber aus Rastede kommen lassen.

Er hoffte, die beiden Jungs rasch zu finden. Doch selbst wenn es ihn die ganze Nacht kosten sollte: Zumindest würde es ihn davor bewahren, sich ruhelos im Bett hin und her zu wälzen. Er war der Oltmann beinahe ein wenig dankbar.

»Wissen Sie, ob Ost- oder Westdünen?«

Die Frau zuckte mit den Schultern.

Rothko wollte gerade zum Telefon greifen, als es erneut klingelte und eine weitere Frau im Raum stand, die der anderen bekannt zu sein schien. Sie nickten einander kommentarlos zu und Rothko reimte sich zusammen, dass die zweite der beiden Sörens Mutter sein musste. »Sören ist gerade nach Hause gekommen. Fritsching heiße ich. Selma Fritsching«, stieß sie hervor.

»Wo ist Martin?«, fiel Frau Oltmann ihr gleich ins Wort.

»Kann ich nicht sagen. Sören ist völlig verstört. Er hat sich mehrfach übergeben, seine ganze Kleidung ist verdreckt. Er wollte in einen der Bunker, das habe ich aus ihm herausbekommen.« Frau Fritsching ließ sich neben Martins Mutter auf die Bank fallen.

»Dann ist Martin vielleicht in der Dunkelheit in ein Loch gestürzt«, stieß Frau Oltmann hervor. »Mein Sohn ist erst acht Jahre!« Sie sprang auf, stürmte auf Rothko zu und rüttelte an seinen Schultern. »Sie müssen was tun, Herr Kommissar. Sofort! Finden Sie mein Kind!«

Rothko schüttelte die Hände der Frau ab, nahm den Hörer in die Hand. Er versuchte ruhig zu bleiben, betete, dass es nicht so war, wie es aussah – nicht schon wieder ein totes Kind. Er würde sich sofort versetzen lassen, wenn das stimmte. Das Omen der Kaffeemaschine … Er hatte es gewusst!

Rothko alarmierte die Feuerwehrkollegen. »Ich brauche Hilfe. Ein kleiner Junge wird in den Dünen bei einem der

Bunker vermisst. Vermutlich steht er unter Schock. Sind die Dinger denn zugänglich? Dachte, die sind alle gesprengt.«

ooo

Siri las den Brief nun schon zum dritten Mal, konnte nicht glauben, was dort stand und war gleichzeitig so sicher wie nur was, dass es seine Richtigkeit hatte. Das Schreiben war von ihrer Mutter.

Meine liebe Siri,

du hast dich hier nie zu Hause gefühlt und konntest dir, wie alle anderen, nie erklären, warum es so war. Du bist nicht mein leibliches Kind, wohl aber meine Tochter, weil ich nie eine andere hatte. Ich habe mir so sehr ein Kind gewünscht, ich hätte alles dafür getan. Und dann hat Gott dich mir zugeweht. Während das Land 1979 unter den Schneemassen versank, bist du zu mir gekommen. Ich habe dich gehütet wie meinen Augapfel, geliebt, als habe es nie eine andere Mutter in deinem Leben gegeben. Aber du hast die Fremdheit gespürt, immer gewusst, dass du nicht mein bist, dass die Insel nicht dein Zuhause ist. Es hat mir wehgetan, liebe Siri. Aber ich habe es geduldet und geschwiegen, weil ich zu feige war, dir die Wahrheit zu gestehen. Die Furcht, dich zu verlieren, war unerträglich, und doch habe ich dich von Beginn an verloren, weil du nie ganz zu mir gehört hast. Nicht einmal Mama, Mutti oder wenigstens Mutter hast du zu mir gesagt. Mich schon als kleines Kind nur mit dem Vornamen angesprochen, als hättest du es die ganze Zeit über gewusst.

Ich habe viele Abende darüber nachgedacht, dir die Wahrheit über deine Herkunft zu sagen, und es doch immer wieder verworfen. Nun naht mein Tod und noch immer fehlt mir der Mut, dir dabei in deine blauen Augen zu sehen, die eigentlich alles längst wissen, nur die Zusammenhänge nicht begreifen.

Ich habe dich adoptiert, frag nicht nach deiner wirklichen Mutter. Es ist besser, du tust es nicht. Dank Gottes Fügung durfte ich dich behalten und aufwachsen sehen. Gott möge mir verzeihen, dass ich dir all das verschwiegen habe, aber nun nehme ich mein Geheimnis zumindest nicht mit ins Grab. Du hast ein Recht auf die Wahrheit. Die Adoptionspapiere findest du in dem grünen Ordner am Schreibtisch, versiegelt in einem großen Umschlag.

Bitte pass mit diesem Wissen auf dich auf. Es gibt Menschen, die daran interessiert sind, dass dieses Wissen mit mir ins Grab gelangt und dort auf ewig verschüttet wird.

Deine Hanna im Oktober

Siri knüllte den Brief zusammen und warf ihn in die Ecke. Ihr ganzes Leben war also eine einzige Lüge. Das, was sie schon immer gespürt hatte. Für einen Augenblick überlegte sie, Elmar anzurufen. Aber etwas hielt sie zurück. Das hier musste sie alleine lösen. Elmar würde nicht begreifen, was gerade in ihr vorging. Er hatte ein so gerades, unspektakuläres Zuhause, wie sollte er das verstehen?

Siri hielt kurz inne, stürmte zum Schreibtisch und riss den Ordner heraus.

Dann hatte sie es schwarz auf weiß: *Mutter:* ----- Der Name war geschwärzt, der Vater war unbekannt. Kind 1979 geboren und 1979 von Hanna und Johann Gerken adoptiert.

Siri ließ sich auf den Stuhl fallen. Neben dem Schreibtisch hing ein großer Spiegel, der sie in ihrer ganzen Länge zeigte. Wer war ihre wirkliche Mutter? Besaß sie das gleiche dunkle, fast schwarze Haar, trug sie es genauso lang? Siri wollte wissen, ob ihre Mutter von demselben Wirbel geärgert wurde, der eine Teilung des Haares genau in der Mitte unmöglich machte. Siri wollte wissen, welche Farbe ihre Augen hatten. Augen waren der Spiegel der Seele, Augen sagten so verdammt viel über einen Menschen aus.

Siri hätte so gern mehr über ihre Mutter gewusst.

Das Einzige, was sie von ihr besaß, war diese Kette mit der verlorenen Herzmuschel daran.

Siri holte sie aus der Kiste und erspürte jede einzelne Riffel mit dem Zeigefinger. Sie stellte sich vor, wie ihre Mutter das getan, wie sie diese Muschel gestreichelt und geliebt hatte. Denn dass sie eine besondere Bedeutung gehabt haben musste, war klar. Sonst hätte sie die nicht an die Kette gehängt, schon gar nicht im Mittelpunkt. Wahrscheinlich war es ein Zeichen. Ein Zeichen für das große Herz ihrer Mutter.

Siri durchfuhr ein so warmes Gefühl. Das schlechte Gewissen Hanna Gerken gegenüber war mit einem Mal wie weggeblasen. Sie musste sich nicht mehr schlecht fühlen, weil sie Hanna nie hatte so lieben können, wie es eine Tochter normalerweise tat. Aber für die fremde Frau, deren Geruch, deren Stimme sie gar nicht kannte, überschwemmte sie ein dermaßen großes Gefühl der Liebe ... Siri hätte nie geglaubt, so tief und intensiv fühlen zu können.

Sie strich mit dem Finger über die letzte Muschel, fragte sich, was aus den anderen geworden war. »Wer bist du, Mama. Gibt es dich noch?«, flüsterte sie.

ooo

Schweig, Muschel! Du konntest noch nie reden, du darfst nicht reden ... Ich kappe dir deine Siphonen, wenn du den Mund aufmachst, und du wirst elendiglich ersticken ...

2.

Venusmuschel – *Venus (Chamelea) gallina*

Die Venusmuschel lebt in fast allen Küstengewässern, mag es aber lieber warm. Sie hat eine Größe von etwa drei Zentimetern und sie ist nicht symmetrisch gebaut. Die Venusmuschel kann mit dem Fuß springen und hat sehr lange Siphonen. Hin und wieder liegen sie am Spülsaum. Vereinzelt und allein …

Rothko führte die eine Suchmannschaft an. Der Mond thronte schon recht früh an seinem angestammten Platz, es war bereits dämmrig, der Herbst zeigte Flagge. Ein eiskalter Wind pfiff über die Insel, drückte die Dünengräser platt. Es dröhnte jedes Mal, wenn eine Böe nahte, der Wind hatte aufgefrischt.

Rothkos Lederkappe bedeckte mit ihren Klappen die Ohren. Ihm war dieses alte Teil aus der hintersten Ecke der Schublade entgegengefallen. Sie war ein Geschenk seiner Frau. Es fühlte sich gut an, die Kappe am heutigen Tag auf dem Kopf zu tragen. Sie wärmte nicht nur seine Ohren, sie war einfach ein Stück Vergangenheit, das er im Augenblick gern bei sich trug, auch wenn es schmerzte und eigentlich ein Stück Folter war. Er winkte mit dem rechten Arm, seine Leute folgten ihm wortlos. Es gab nichts, worüber sie im Augenblick reden oder spekulieren wollten.

Sören war sehr verstört gewesen. Rothko hatte sofort veranlasst, dass er in ärztliche Obhut kam. Der Junge war nicht in der Lage gewesen zu antworten, und so konnte er nicht sagen, ob sie sich im Westen oder Osten herumgetrieben hatten. Vorsichtshalber hatte Rothko wirklich in Rastede angerufen und den Hubschrauber angefordert. Damit gab es eine fast hundertprozentige Aufklärungsquote und bei einem verschwundenen Kind durfte er keine Zeit verlieren. Von wegen Ruhe und Beschaulichkeit auf der Insel. In Wilhelmshaven hätte er mehr davon gehabt.

»Wir beginnen im Westen, in der Heide«, hatte der Feuerwehrhauptmann angeordnet. Er hatte in der Kürze der Zeit zwar eine Menge Leute zusammengetrommelt, aber es reichte natürlich nicht, um auf die Schnelle das ganze Dünengebiet durchforsten zu können. Rothko war froh, dass der Hubschrauber gleich kommen würde.

Die auf- und abtanzenden Lichter der Gruppe malten eine gespenstische Szene in die Dünenlandschaft. Mal wanderten sie nach rechts, mal nach links. Immer häufiger ertönte auch der Ruf nach dem kleinen Martin, doch die zwei Silben wurden vom Wind umfangen und so schnell fortgetragen, dass sie ungehört in der Weite verschwanden. Einen Bunker nach dem anderen suchten sie auf.

Dann ertönte das Donnern der Rotoren und die Lichter des Hubschraubers zeichneten sich ab.

»Ich glaube, wir suchen hier aber an der falschen Stelle«, ließ sich einer der Feuerwehrleute vernehmen. »Die Bunker sind doch alle dicht. Mag sein, dass die Jungen hier gesucht haben und es kann auch sein, dass Martin sich hier in den Dünen befindet. Wenn das so ist, wird der Hubschrauber ihn finden. Aber wenn die Jungen wirklich in einem Bunker drin waren, dann kommt nur einer in Frage.«

Rothko sah den Feuerwehrmann an.

»Es gibt einen, ganz versteckt, hinter dem alten Krankenhaus. Dort kann man rein. Den kennen nicht viele hier.«

»Dann nichts wie hin. Sie kommen mit mir mit, der Rest sucht weiter!« Rothko übergab das Kommando an einen der Feuerwehrleute und lief mit zwei anderen in Richtung Dorf.

Sie kämpften sich durch dichtes Dornendickicht, bis sie schließlich vor dem Bunker standen. Ein süßlicher, ekelerregender Geruch schlug ihnen entgegen. Rothko schob sich sofort ein Taschentuch vor die Nase, damit er dem Würgereiz nicht nachgab.

»Da liegt bestimmt ein Toter drin«, sagte einer der Feuerwehrmänner sofort. »Zumindest etwas, das größer ist. Ein Hund oder eine Katze oder eine …« Der Mann sprach Letzteres nicht aus.

Rothko schluckte. Er musste ihm recht geben. Genau das war ihm auch eben durch den Kopf geschossen. Sosehr er etwas Ablenkung von seiner Trauer gewünscht hatte: Eine weitere Leiche war nicht das, was er sich als erstrebenswert vorgestellt hatte.

Der Feuerwehrmann ging voran, kam kurze Zeit später wieder heraus. Er nickte stumm. Es war, wie er es vorausgesagt hatte, und der Gestank rührte nicht von einem Tier.

Rothko kniff die Zähne zusammen, starrte in den Herbsthimmel, der wie zum Gruß seine ersten Sterne angezündet hatte, über die nun auch dunkle Wolkenfetzen glitten und ihnen ständig das Licht nahmen.

Was für ein Scheißtag, dachte Rothko. Die Frau war weg, durchgebrannt mit einem anderen Stecher, dessen Namen er nicht einmal kannte, ein Kind verschwunden und zu allem Überfluss lag hier auch noch ein Toter. Es war aber nicht nur das: Er dachte an den Stress, den die Sache mit sich brachte. Zunächst müsste er gleich in Wilhelmshaven anrufen. Am anderen Ende der Leitung würde Oberkommissar Kraulke zu hören sein. Und seine Mitteilung, dass er persönlich kommen würde. Auf der Insel, an der Seite Rothkos, zu ermitteln, sei ihm eine besondere Freude. So einen Mist würde Kraulke ablassen. Der Kommissar schüttelte sich. Kraulke war einfach gnadenlos stumpfsinnig, ihm fehlte das Fingerspitzengefühl. Manchmal beschlich Rothko die Befürchtung, dass der

Kollege ihn wirklich mochte und tatsächlich nicht merkte, wie nervtötend er ihn fand.

Rothko straffte den Rücken. Vielleicht hatte der Feuerwehrkollege sich doch geirrt. Es war gar kein Toter, der dort lag. Es war bestimmt ein verendetes Tier. So viele Morde konnte es auf dieser Insel doch gar nicht geben. Und schon gar nicht, seit er auf Wangerooge weilte. Jahrelang war es gut gewesen, hier eine Auszeit zu nehmen, doch kaum hatte er seinen Fuß auf den Boden gesetzt, hatten anscheinend alle Mörder Frieslands beschlossen, ihr Wirken zukünftig auf die Insel zu verlegen. Es war nicht normal. Hier blies der Wind vielleicht ein bisschen schärfer als auf dem Festland, aber hier kannte auch jeder jeden und Verbrechen waren nicht an der Tagesordnung. Er würde den Tierkadaver, es war bestimmt einer, gleich aus dem Bunker entfernen lassen, Martin finden, Sören beruhigen und dann würde er im Hotel Hanken speisen gehen. Als kleinen Trost für einen völlig verkorksten Tag.

Rothko tippte auf eine Katze, die sich in den Bunker verirrt hatte.

»Es ist eine Männerleiche«, hörte er den Feuerwehrmann. »Auf seiner Brust lag eine Muschel. So eine, wie man sie am Strand findet. Mit braunen Streifen.« Er hielt sie Rothko hin, der sie kurz anleuchtete.

»Eine Venusmuschel«, sagte er. »Die wird hin und wieder vereinzelt angespült. Wird wohl Zufall sein.«

Der Feuerwehrmann räusperte sich. »Ein Kind sitzt aber nicht mehr da drinnen.«

ooo

Klaas Meine sah den in den Dünen verschwindenden Lichtern hinterher. Damals waren sie mit Fackeln losgezogen, hatten nach Hinnerk gesucht. In dieser Kälte, in den Schneesturm hinaus. Die Feuer waren der Reihe nach verloschen, hatten dem Wind nicht trotzen können. Sie waren am frühen Morgen durch die Dünen gestolpert und hatten gar nichts gesehen.

Der Schnee war wie ein Verbündeter des Wissens darüber, was in der Nacht zuvor geschehen war. Niemand konnte oder niemand wollte sagen, was passiert war, und so waren alle Geschehnisse mit dem Schneesturm in die Unendlichkeit davongeweht. Der Schnee: ein kalter, frostiger Verbündeter, der sich immer erbarmte und die Wahrheit des Lebens mit seinem weißen Tuch gnädig zudeckte.

Am Ende war dieses Kind da, das zu keinem gehörte, das sich die Lunge aus dem Leib schrie. Schon damals hatten sich auf dem hochroten Kopf diese dunklen Locken befunden, die sich hartnäckig bis heute gehalten hatten. Siri war ein anstrengendes Wesen, setzte immer und überall um, was durch ihren hübschen Kopf schoss. Hanna war ihr schon bald nicht mehr gewachsen, hätte das aber nie im Leben zugegeben. Sie liebte das Mädchen mit einer Affenliebe, die für Klaas schon grenzwertig war. Aber das sollte nicht sein Problem sein. Nun war Hanna tot und Siri würde Wangerooge bald für immer verlassen. Sie war kein Mensch, der sein Leben auf einem von Wasser umgebenen Eiland verbringen würde. Über dreißig lange Jahre hatte Klaas gezittert, ob Hanna Gerken wirklich ihren Mund halten würde. Ob sie dem Druck, den das Mädchen unbewusst auf sie ausübte, wirklich standhalten konnte. Doch Hanna hatte geschwiegen. Es war ihr schwergefallen, vor allem in den Augenblicken, in denen Siri ihre Tobsuchtanfälle bekam, weil sie sich so verloren fühlte, inmitten der Inselidylle, in der sie wie eine Lilie war, die auf dem Dünensand einfach nicht gedeihen konnte.

Klaas sah wieder hinaus. Der Suchtrupp war in den Dünen verschwunden. Er hätte sich ihm anschließen können. Sollen. Müssen. Klaas hatte Schmerzen vorgetäuscht. Seit der Suche im Schnee war er nicht mehr bereit, so etwas zu tun. Es hatte ihn seinen dicken Zeh gekostet. Er hasste seitdem den Schnee, der seine Flocken tanzen ließ, immer mit dem Wind. Der Schnee, dem diktiert wurde, wo er sich auftürmte und wo kaum Spuren bleiben sollten.

Klaas war damals ganz im Westen der Insel mit dem Fuß in einer Wehe stecken geblieben, umgeknickt und konnte nicht sofort zurückgebracht werden. Er war mehr und mehr eingeschneit, seine Lippen hatte eine dünne Eisschicht überzogen, die bei jeder Bewegung schmerzhafte Einschnitte verursachte.

Aus seiner Nase hatten Zapfen gehangen. Nach zwei Stunden war er befreit worden, doch da war sein rechter Zeh schon so blau gefroren, dass eine Amputation seine letzte Rettung war.

Seitdem lehnte er die Beteiligung an Suchtrupps jeglicher Art ab. Es war egal, ob Sommer oder Winter, ob Herbst oder Frühling. Hinnerk war ohnehin von allein wieder aufgetaucht, gleichgültig über die Sorgen, die er bereitet hatte. Klaas' Zeh war umsonst verloren.

Wahrscheinlich hatte sich jetzt nur ein Kind verlaufen. Sie würden es auch ohne ihn finden. Er würde hier warten. So wie er dreißig lange Jahre gewartet hatte, ob das Leben irgendwann kippte, ihn einholte.

Doch nichts war geschehen. Er hätte es auskosten sollen, das Leben. Er hätte sich am Kreischen der Möwen erfreuen können, er hätte jeden Sonnenstrahl, der seine haarige Haut gestreichelt hätte, dankbar annehmen dürfen. Er hätte den Gesang der Vögel in sein Ohr lassen sollen, das Lächeln auf den Gesichtern der Menschen genießen. Aber Klaas hatte nichts dergleichen getan. Er hatte auf die große Katastrophe gewartet, immer angstvoll in seinem kleinen Haus am Steingarten versteckt. Und nun war Hanna Gerken tot.

ooo

Siri saß schon über eine Stunde auf dem Sofa, nahm so gar nichts mehr um sie herum wirklich wahr. Sie hatte weder den Schlag der Uhr gezählt noch das Knurren ihres Magens gespürt. Sie war tot. Und doch gleichzeitig so lebendig, wie sie sich noch nie gefühlt hatte. Es war einerseits der unglaubliche Betrug, dem sie jahrelang aufgesessen war, andererseits aber diese Erleichterung, dass mit dem Adoptionsschreiben alles erklärbar geworden war.

Sie hob den Kopf. Der Himmel verdunkelte sich von Minute zu Minute. Vorhin hatte die untergehende Sonne sich noch rot in den Scheiben gespiegelt, jetzt sah man bereits die ersten Sterne. Davor bauten sich aber dunkle Wolkengebilde auf, die nichts Gutes verhießen. Dazu fegte der Wind weiter um die Ecken, aber das war Siri von klein auf gewohnt, auch wenn sie es nie gemocht hatte.

Ein Tanz der Gedanken fegte durch ihren Kopf und Siri beschloss am Ende, noch nicht aufs Festland zurückzufahren. Sie konnte jetzt nicht abreisen. Nicht, nachdem sie die Wurzeln ihres Daseins so offen präsentiert bekommen hatte. Sie musste wissen, wer ihre Mutter war. Und dazu war es notwendig, hier vor Ort nachzuforschen. Vielleicht gab es noch Akten, irgendetwas. Ihre Mutter musste es ja geben, auch wenn Hanna sie geschwärzt, sie zu »Mutter unbekannt« gemacht hatte. Irgendwoher musste sie doch gekommen sein.

Siri zweifelte seltsamerweise nicht eine Sekunde daran, dass ihre Mutter sie nicht freiwillig und nicht aus böser Absicht weggegeben hatte. Es war kein Eigenschutz, der sie das glauben ließ. Es war das unerschütterliche Wissen um eine Verbindung, die sie zu ihrer wirklichen Mutter all die Jahre verspürt hatte. Wahrscheinlich war die genauso verzweifelt wie Siri, wahrscheinlich suchte sie nach ihr und wusste nicht, wo sie beginnen sollte. Es war für Siri so wichtig, sie zu finden. Weil sie nur dann wissen würde, wer sie selbst war.

ooo

Rothko hatte sein Handy gezückt und das vermaledeite Gespräch mit Wilhelmshaven geführt. Es war exakt so abgelaufen, wie er befürchtet hatte. Kraulke wollte gleich heute Abend noch einfliegen. Er hatte tatsächlich »einfliegen« gesagt. Und er würde die Überraschung schlechthin mitbringen. Das war wieder typisch für Kraulke. Rothko rief ihn wegen einer Mordermittlung an und sein Kollege sprach von einer wunderbaren Überraschung, die er dabeihaben würde. Wobei Rothko sich gleichzeitig fragte, warum Kraulke überhaupt eine Überraschung hatte. Woher zum Teufel hätte Kraulke wissen können, dass man auf Wangerooge einen Toten finden würde? In seiner Wut verstieg Rothko sich so weit, dass er Kraulke unterstellte, der habe dafür gesorgt. Er wusste selbst, dass es Blödsinn war.

Sein Kollege hatte anscheinend ohnehin vorgehabt, nach Wangerooge zu kommen, um Rothko diese Überraschung zu bringen.

Die Spurensicherung war ebenfalls schon auf dem Weg, nun galt es abzuwarten, ob es verwertbare Spuren an der Leiche des Mannes gab. Rothko raffte sich auf und nahm den Toten im spärlichen Licht der Taschenlampe in Augenschein. Bei der schlechten Beleuchtung war es etwas schwierig, aber es wurde besser, als die Feuerwehrleute eine helle Lampe angeschleppten, die die Szenerie in der ganzen Grausamkeit ausleuchtete.

»Das ist doch Hinnerk Heiken«, sagte einer der Männer und die anderen nickten. Es herrschte betretenes Schweigen.

Rothko schickte sie alle hinaus, wollte sich in Ruhe ein Bild von dem Toten machen, bevor er von Mutmaßungen, Gerüchten und fremden Einschätzungen beeinflusst werden würde. Er band sich den Schal fester vor die Nase. Rothko hatte ihn zuvor mit dem Minzöl beträufelt, das er wegen seiner Kopfschmerzen, die ihn in der letzen Zeit häufiger anfielen, immer in der Tasche trug. Dann stülpte er sich die Latexhandschuhe über, die ihm einer der Feuerwehrleute wie selbstverständlich gereicht hatte. Anschließend berührte er die Leiche so vorsichtig, als sei sie aus feinstem Porzellan und die geringste falsche Bewegung könne sie zerstören.

Allzu lange konnte der Mann noch nicht in dem Bunker gelegen haben, die Verwesung hatte erst eingesetzt. Rothko vermutete etwa eine Woche, wenn er sich den Zustand des Toten betrachtete. Es gab erste Maden, die Haut war wegen der großen Feuchtigkeit im Bunker aufgedunsen, warf vereinzelt Blasen, wirkte braun. Die Augenlider waren dick aufgequollen. Ein schöner Anblick war das weiß Gott nicht. Rothko fand auch den Gestank unerträglich, konnte sich kaum erklären, was die Jungen dazu bewogen hatte, den Bunker überhaupt zu betreten. Das war nur mit ihrem übermütigen Abenteuerwahn zu erklären.

Über dem Dorf kreiste der Hubschrauber, er schien seine Suche jetzt nach Osten zu verlagern.

Rothko wandte sich dem Opfer erneut zu. Der Mann hatte nur noch spärlichen Haarwuchs, er schätzte ihn auf etwa fünfzig Jahre oder älter. Er schien mit dem Kopf gegen den Rest eines Ofens oder was auch immer das war, das dort aus der Wand ragte, gestoßen worden zu sein. Jedenfalls klebte dort noch ein Rest Blut.

Die Kleidung erweckte den Eindruck, als habe der Mann etwas auf sich gegeben. Er trug einen Ring, silbern mit dunklen Intarsien, der nicht wie ein Ehering aussah. Der Tote schien folglich nicht verheiratet gewesen zu sein.

Rothko war gespannt, ob es Abwehrspuren gab, ob er sich gewehrt hatte. Oder ob es nur ein Unfall gewesen war, der ihm das Leben genommen hatte.

Der Kommissar richtete seinen Oberkörper auf, verließ den Bunker rückwärts. Draußen zog er sich den Schal vom Mund, sog die klare Herbstluft in seine Lungen. Doch auch die konnte den penetranten Geruch des Todes nicht vertreiben.

Es war draußen ungewöhnlich still geworden, er vermisste das Dröhnen der Rotoren. »Hat inzwischen jemand das Kind gefunden?«, rief er in die Dunkelheit hinein. »Jou, der Hubi ist eben abgedreht. Die Jungs haben den Kleinen nicht weit von hier entdeckt. Er sitzt dort und wartet auf seine Mutter!«

Rothko war erleichtert. Wenigstens das. »Keiner rührt hier etwas an, bis die Spurensicherung da war. Sperrt alles weiträumig ab!«

Mit diesen Worten entfernte sich der Kommissar und hatte das Gefühl, seine Beine würden mit jedem Schritt ein bisschen schwerer.

ooo

Siri saß auf der Stufe vor der Polizeistation. Es war dort alles dunkel. Nichts rührte sich, obwohl sie schon mehrfach geklingelt hatte.

»Die sind alle in den Dünen«, raunte ihr eine alte Frau zu. Sie zog einen dieser Einkauftrolleys hinter sich her und Siri fragte sich, woher die Alte so gut Bescheid wusste. Aber unter den Einheimischen blieb nur selten lange etwas geheim. Es war wie eine stille Post, die den ganzen Tag ihre Runde machte und stets weitergab, was weiterzugeben war. Es war wie in jedem Dorf, wo sich alle kannten.

»Warum sind alle dort?«, fragte Siri.

»Die suchen den Lütten von der Oltmann. Er war mit Sören in den Dünen und nun ist er nicht zurückgekommen.«

Siri seufzte. Das konnte dauern, ehe sie den Kleinen gefunden hatten. Sie sollte morgen wiederkommen. Ein Blick auf die Uhr sagte ihr, dass es ohnehin schon sehr spät war. Außerdem fröstelte sie.

Sie erhob sich, als ein schwer und behäbig wirkender Mann um die Ecke schoss. Er hielt abrupt an. »Wer sind Sie?«, fragte er wenig freundlich.

»Siri Gerken. Ich habe mal eine Frage.«

»Kommen Sie morgen wieder. Oder besser übermorgen«, sagte er.

»Oder besser gar nicht«, vollendete Siri seinen Satz.

Er schien überrascht und nicht gewohnt, dass eine junge Frau ihn dermaßen respektlos behandelte.

»Das haben Sie gesagt«, konterte er und Siri war über die Änderung in der Stimmlage arg überrascht. Der Polizist hatte plötzlich so etwas Weiches, Verletzliches an sich, das überhaupt nicht zu den stechenden Augen und seiner Erscheinung passte.

»Es ist wichtig. Für mich.«

Der Mann schloss die Dienststelle auf und bat Siri herein. Er legte seine Jacke und den Schal ab, deutete auf die Bank vor dem Tresen. »Rothko mein Name. Nehmen Sie bitte Platz. Ich habe wirklich wenig Zeit.« Er räusperte sich. »Sie werden es ja ohnehin erfahren. Es gibt einen Toten auf der Insel und ich warte nur auf die Spurensicherung. Hier geht jetzt alles drunter und drüber. Was aber kann ich auf die Schnelle für Sie tun?«

»Meine Mutter. Sie ist weg. Ich muss sie finden!«

Rothko zog die Mundwinkel nach unten. Seine Begeisterung schien sich in Grenzen zu halten. »Noch eine Vermisste.« Er zog ein Formular aus der Schublade. »Bitte eine kurze Personenbeschreibung, seit wann ist ihre Mutter verschwunden und wo haben Sie sie das letzte Mal gesehen?«

Siri sah den Kommissar fest an, wusste genau, was gleich geschehen würde. »Ich weiß weder, wie meine Mutter aussieht, noch wie sie heißt. Ich weiß nur, dass sie während der Schneekatastrophe 1979 verschwunden sein muss, weil ich dann auf der Insel zu Hanna Gerken gekommen bin. Gesehen habe ich sie vermutlich das letzte Mal ein paar Wochen nach meiner Geburt.«

Der Kommissar sprang so abrupt vom Stuhl auf, dass er krachend hintenüberfiel. »Wollen Sie mich auf den Arm nehmen? Ich habe wirklich Besseres zu tun als diesen Unsinn!« Er deutete auf die Tür, wollte sie so schnell loswerden, dass selbst ihr die Worte fehlten.

ooo

Rothko war rasch hoch in die Wohnung gelaufen. In ungefähr einer halben Stunde würde das Flugzeug samt Kraulke und dem ganzen Team landen. Er ärgerte sich, dass er die Frau überhaupt mit hineingenommen hatte. Er war heute einfach sentimental. Etwas an dieser Siri Gerken hatte ihn angerührt.

Sie war ziemlich selbstbewusst, trug die Nase unverschämt weit oben und auf den Mund gefallen war sie auch nicht. Meist verbargen solche Charaktere etwas, überspielten mit der großmäuligen Art ihre Verletzlichkeit. In den Augen der Frau hatte etwas gelegen, das ihn neugierig gemacht hatte. Vermutlich täuschte er sich aber. Es war ausgemachter Blödsinn, was sie da erzählt hatte, und damit kam sie ausgerechnet nach Dienstschluss.

Verschwunden während der Schneekatastrophe. Sehr lustig. Der Spaß war über dreißig Jahre her. Sie wusste nicht einmal den Namen. Wie sollte er da wohl herausfinden, wer das sein könnte? Damals hatte es noch nicht einmal Computerdateien gegeben, die man mal eben kurz befragen konnte. Obwohl das auch nichts gebracht hätte, bei den vagen Angaben, die die junge Frau zu bieten hatte. Das war ja fast so, als suche man im Meer nach einem Wassertropfen. Lächerlich. Absolut lächerlich war das.

Trotzdem ärgerte er sich jetzt, dass er die Frau nicht nach ihren tieferen Beweggründen gefragt hatte. Sie hatte trotz allem nicht gewirkt, als wolle sie Rothko auf den Arm nehmen. Na ja, wenn es wirklich wichtig war, würde sie bestimmt wiederkommen. Jetzt hatte er wahrlich gravierendere Dinge zu tun.

Rothkos Handy klingelte. »Hallo, Kollege. Nun sind wir am Start, oder besser danach, weil wir schon gelandet sind. So rasch sieht man sich wieder, was? Eine Leiche … und der Inselkommissar ist nicht mehr allein.« Kraulke lachte über seine eigenen Sprüche.

Das muss er auch, dachte Rothko. Sonst macht es ja keiner. Er beschloss in diesem Augenblick, den Fall vornehmlich von Kraulke bearbeiten zu lassen. Er hielt das für die beste Lösung. Sollte sich doch sein Kollege die Lorbeeren verdienen. Er selbst würde sich weiter um die Lappalien auf der Insel kümmern. Das eine oder andere Fahrrad wurde bestimmt vermisst. Er könnte in Ruhe die Dünenwege absuchen, bis er die in der Regel nur »ausgeliehenen« Räder wiedergefunden hatte. Er hätte Ruhe, um den Polizeibericht für den *Inselboten* zu schreiben und alles zu tun, was im Alltag auf der Insel so anstand. Mehr nicht. Wozu gab es Kollegen wie Kraulke? Dass er so dachte, zeigte ihm wieder einmal, dass er wirklich über einen Berufswechsel nachdenken sollte. Rothko war es tatsächlich das erste Mal egal, ob Kraulke den Fall allein lösen würde, und das sagte eine ganze Menge aus.

»Sie können gleich voll einsteigen und mit der Sicherung zum Bunker gehen, wo der Tote liegt.«

»Ich allein?«, japste es durch den Hörer.

Rothko stellten sich die Nackenhaare auf. Dass der Kerl immer so weibisch sein musste, grenzte an Folter. Sein Blick fiel auf den leeren Patz, an dem bis zum Morgen die Kaffeemaschine gestanden hatte. Noch gab es keine neue.

ooo

Siri irrte durch die Straßen des Dorfes, die um diese Zeit leer waren. Die Saison war am letzten Wochenende zu Ende gegangen, nun tummelten sich nur noch Rentner von siebzig Jahren aufwärts und ein paar unermüdliche junge Paare hier, die ihre letzten Urlaubstage auf der Insel verbrachten. Ein großer Teil der Insulaner war bereits selbst in den Urlaub aufgebrochen und verbrachte seine Zeit unter der Sonne Tunesiens oder auf den Kanaren, wo es jetzt noch warm war. Den Sommer konnten die Einheimischen auf der Insel nie genießen, denn in dieser Zeit waren sie rund um die Uhr und sieben Tage in der Woche damit beschäftigt, den Feriengästen den Urlaub so angenehm wie möglich zu gestalten.

Siri hörte das Rauschen des Meeres, das an fast jedem Punkt Wangerooges präsent war. Zu Beginn eines jeden Besuches hörte sie es noch, aber schon bald nahm man es wie selbstverständlich hin. Feriengäste dachten oft, dass es der Wind sei, der über die Insel strich, doch es war das immer wiederkehrende Brechen der Wellen, das dieses Geräusch verursachte.

Sie hatte das Gespräch eben falsch begonnen. Der Kommissar hatte unter Druck gestanden und sie war ihm mit einer so blöden Frage gekommen. Wie hätte er sie ernst nehmen sollen? Sie musste es morgen ein weiteres Mal versuchen und ihm etwas detaillierter und plausibler klarmachen, warum sie ihre Mutter suchte. Es war kein Kriminalfall, das wusste sie selbst. Sie war ordnungsgemäß von Hanna adoptiert worden, wer wusste schon, aus welcher Gosse man sie aufgegabelt hatte. Warum es besser war, den Namen ihrer Mutter zu schwärzen und den Vater als unbekannt zu nennen.

Aber vielleicht gab es ja irgendwelche Möglichkeiten, über die Polizei auf Identitätssuche zu gehen. Siri hatte sonst keine Idee, wen sie fragen sollte. Hannas Ansage war sehr klar gewesen: Wenn sie forschte, würde jemand etwas dagegen haben, warum auch immer. Bestimmt gab es den einen oder anderen, der hier etwas wusste. Aber alle schwiegen. Seit über dreißig Jahren. Und genau das machte Siri so nervös.

Sie setzte sich auf eine Bank unterhalb des *Café Pudding*. Es war windig, ihr Haar wehte. Sie legte den Kopf in den Nacken und betrachtete die Sterne, die heute besonders hell blinkten, aber immer wieder von Wolkenfetzen verdeckt wurden. Dann betrachtete sie die Skulpturen auf dem Platz. Das Mondlicht brach sich in dem Material. Die Welt erschien so heil, so richtig. Und doch war es nicht so. Keine wusste es besser als sie.

Vorhin hatte Elmar angerufen, sie gefragt, wann und ob sie denn vorhabe, zurückzukommen. Sie hatte keine Antwort für ihn gehabt. Zwischendurch hatte sie das unendlich traurig gemacht, weil sie ihn vermisste, aber kurz darauf war er so schrecklich weit weg gewesen.

»Traurig, Siri Gerken?«

Siri blickte auf und wieder stand die alte Frau mit dem Einkaufstrolley vor ihr. Wobei Siri sich jetzt fragte, warum die Alte das Ding immer mit sich herumschleppte, denn einkaufen konnte die jetzt wohl kaum gewesen sein. Sie zog den Schal fester um den Hals. »Wer sind Sie?«

Die Alte kicherte.

Siri lächelte freundlich zurück, denn die Frau war offensichtlich dement.

»Ich bin Karla. Meines Zeichens eine Ordensschwester vom alten Schlag. Ich bin für die Kinder der Insel verantwortlich. Lang ist's her. Lang, lang, lang … Ich habe die halbe Insel auf ihrem Weg in die Welt betreut.«

Siri nickte freundlich. Jetzt erinnerte sie sich. Aber bei ihrem Fortgang war Karla noch nicht ganz so durchgeknallt gewesen. »Das war sicher spannend.«

»Die halbe Insel. Heute fliegen sie weg und es gibt keine richtigen Wangerooger mehr! Ich habe sie noch hier, hier auf der Insel versorgt, wenn die Hebamme sie geholt hat. Ich weiß, wie das geht. Ich weiß das, ich weiß das …«

Siri nickte wieder und hoffte, die Alte möge weitergehen.

»Ist schon mal ein Flugzeug nicht drüben auf dem Festland angekommen«, kicherte die Alte. »War Nebel und konnte nicht landen und musste umkehren. Das Kind ist dann ein Helgoländer geworden. Hätte nicht sein müssen. Die Hebamme und ich, wir wären da gewesen.«

Siri nickte freundlich, sah auf die Uhr, aber die Alte war noch nicht fertig.

»Ich kann aber immer noch Kinder pflegen. Hab stets alles dabei!« Sie deutete auf ihr kleines Wägelchen und Siri verstand.

»Das ist schön, Karla. Da werden die Wangerooger aber beruhigt sein, wenn sie den Flieger mal nicht bekommen, um ins Krankenhaus zu gehen.«

»Der Wangerooger braucht keine Flügel. Der braucht Karla.« Sie kicherte wieder. Im Schein der Straßenlaternen konnte Siri fünf fast schwarze Zähne im Mund ausmachen. Irgendwie hatte die Frau etwas von einer Hexe. Siri schämte sich, dass sie das dachte. »Ich muss jetzt gehen, Karla. Mir ist kalt. Ich habe heute meine Mutter beerdigt.«

Karlas Augen blitzten, Siri fühlte sich, als habe sie ein elektrischer Schlag getroffen.

»Deine Adoptivmutter, meinst du. Deine Adoptivmutter. Hanna war es nicht, die dir deine Seele eingehaucht hat.« Die Alte griff nach ihrem Trolley und wackelte davon.

Siri sprang auf. »Karla, was wissen Sie über meine Mutter? Was?«

»Kommt Zeit, kommt Zeit!«, sagte sie und verschwand in Richtung Strandpromenade.

In einer ersten Eingebung wollte Siri ihr nachlaufen, aber sie war nicht dazu in der Lage. Es war heute einfach zu viel gewesen.

ooo

Kraulke hatte den Toten abtransportieren lassen. Es war ein gutes Gefühl, dass ihm die Feuerwehrleute hier Respekt entgegenbrachten, wenn Rothko nicht dabei war. Obwohl es ihn schon wunderte, dass der den Fall so mir nichts dir nichts an ihn abgegeben hatte. Bislang war Kraulke immer der Ansicht gewesen, Rothko traue ihm nicht allzu viel zu und er wäre ihm irgendwie lästig. Da es nun offenbar doch nicht so war, denn sonst würde der Kollege ja nicht ein solch großes Vertrauen in ihn setzen, war es bestimmt ein toller Einfall von ihm gewesen, Rothko sein Geschenk mitzubringen. Kraulke war aufgeregt wie ein kleines Kind vor der weihnachtlichen Bescherung, nur dass jetzt nicht er auspacken durfte, sondern Rothko. Was war er gespannt auf dessen erfreutes Gesicht!

Aber nun musste er ein paar Vernehmungen durchziehen, sonst würde er den Vertrauensvorschuss gleich wieder verspielen. Er fand, jetzt war genau der richtige Moment dafür.

»Wer kannte Hinnerk Heiken?« Kraulke hatte die Helfenden um sich herum versammelt.

Es gingen alle Hände hoch. Was für eine dumme Frage. Hinnerk war Wangerooger. Natürlich kannte man sich.

»Ich meine, wer kannte ihn richtig? Als Freund?«

Jetzt blieben alle Hände unten. Auf den Gesichtern war auch keine besondere Regung zu erkennen. Kraulke vermisste so etwas wie Bestürzung oder sogar Trauer.

»Wenn ihn keiner so gut kannte, muss ich alle befragen.«

»Ich sach nix«, räusperte sich einer der Männer. »Der Hinnerk war 'n fein' Kerl, hat nix Böses getan. Immer nur seine Eisenbahn, das war's. Bisschen Handwerk hat er hier gemacht, sich durchgeschlagen eben.«

Die anderen nickten. »'n fein' Kerl war dat. Mehr wissen wir auch nicht.«

»War denn wirklich niemand mit ihm … befreundet?«

Keiner regte sich.

»Wollen Sie nun alle sagen, dass er ein feiner Kerl war, es aber für eine Freundschaft nicht gereicht hat?«

»So sieht das aus, Herr Kommissar. So sieht das aus.«

»Hatte Hinnerk eine Frau, Kinder, Freundin?«

Allgemeines Kopfschütteln.

»Hat er sich abends mit irgendwem getroffen? In einer Kneipe oder so?«

»Manchmal war der in der *Kogge*.«

»Bei Bounty, jou, da ging er manchmal hin.«

»Manchmal.«
»Nicht oft.«
»Sach ich ja. Manchmal.«
»Hast du gesacht.«
»Jou.«
Kraulke glaubte, hier wahnsinnig zu werden. Da war nichts, aber auch gar nichts herauszukriegen. Vielleicht gab es wirklich nichts.
»Ich fasse das kurz zusammen: Herr Heiken lebte allein, führte ab und an Reparaturen durch und spielte sonst mit der Eisenbahn? Ach, und in der *Kogge* bei Bounty war er auch manchmal.«
»So kann man das sagen. Der mochte das da so, weil darin diese Figuren waren und diese Atmosphäre, die eine Kneipe braucht. Wir gehen da alle gern hin.«
»So muss eine Kneipe sein, die man mag. Fischreusen an der Decke, Galionsfiguren mit Vorbau ...«
»Rettungsringe, schöne Bilder ... Gemütlich eben.«
»Liegt ja auch an Bounty.«
»Liegt nur an Bounty. So einen Wirt muss man ja erst finden, nicht?«
»Weißt du noch, neulich ...«
Kraulke unterbrach die Männer. »Ich möchte jetzt nichts über die Kneipe wissen, in die Hinnerk ging, sondern alles über Hinnerk Heiken.«
»Da können wir eben nichts sagen«, bekam Kraulke zur Antwort.
»Nichts für ungut, Herr Kommissar, aber der Mann lebte für sich, war keiner von uns.«
»Ich danke Ihnen, meine Herren«, sagte Kraulke. Seine Stimme war recht dünn.
»Da nich' für!«
Kraulke war froh, als alle in Richtung Dorf verschwunden waren. Er selbst blieb allein zurück. Hatte Rothko gewusst, gegen welche Mauern er anrennen würde, wenn ein Toter aus den eigenen Reihen auftauchte, und

ihn deshalb eiskalt ins offene Messer rennen lassen? Er, Polizeioberkommissar Kraulke, hatte sich vorführen lassen. Wahrscheinlich tranken sie jetzt alle ein Bier auf seine Dummheit.

Kraulke wandte sich zum Strand und lief den ganzen Weg gegen den Wind zum Dorf zurück.

ooo

Schweig, Muschel! Ich kann dich zertreten. Es kostet mich nur das Anheben des Fußes, dann wird es knirschen und es gab dich mal. Bist ein Rest von vielen …

3.

Miesmuschel *Mytilus edulis*

Die Miesmuschel wird auch Pfahlmuschel genannt und ist eine beliebte Speisemuschel. Sie hat eine schwarze, längliche Schale und eine Größe von etwa sechs Zentimetern. Sie filtert das Meerwasser, hat einen Ein- und einen Ausgang, kann sich in Größe und Form dem Nahrungsangebot, den Strömungsverhältnissen und dem Salzgehalt anpassen. Sie befestigt sich mit Fäden an Pfählen oder Steinen. Diese Fäden können durchgerissen werden …

Klaas hatte schlecht geschlafen. Natürlich war er gestern noch wie zufällig bei der Feuerwehr vorbeigelaufen und hatte in Erfahrung gebracht, warum die Suchtrupps losgezogen waren. Sie hatten dabei Hinnerk tot aufgefunden. Hinnerk, der sich aus dem Staub gemacht hatte. Für den auch damals ein Suchtrupp losgeschickt worden war. Jetzt hatte es sich gelohnt.

Die Polizei vermutete einen gewaltsamen Tod, und so weilte die gesamte Mordkommission mal wieder auf der Insel. Seit dieser schweinsäugige Kommissar hier aufgetaucht war, häuften sich die Toten. Es wurde Zeit, dass er wieder verschwand.

Hinnerks Tod würde unnötige Fragen aufwerfen. Klaas trauerte nicht um seinen alten Freund.

Dieser Rothko schien ihm ein Fuchs zu sein, der immer das richtige Gespür hatte. So würde er bohren, vielleicht tiefer in die Vergangenheit eintauchen, als es für alle gut war.

Klaas wählte Frerichs Nummer. Der lebte am Rand des Dorfes, in Richtung des Anlegers mit Blick auf die Salzwiesen. Er wollte mit den Dörflern nicht viel zu tun haben. Er vermietete einige Zimmer, war sonst aber einer der wenigen Insulaner, die ein eigenes Schiff besaßen. Frerichs Frau war seit Jahren krank, im Ort sprach man von »Herzeleid«. Klaas nannte es Depression, aber solche neumodischen Worte erreichten Frerich nicht.

»Freersen.« Frerichs Stimme klang dumpf, als sei er eben aus dem Schlaf hochgeschreckt.

»Hinnerk ist tot. Man sagt, er sei ermordet worden.«

Frerich schwieg. Klaas nahm nur den schweren Atem zur Kenntnis, der durch den Hörer floss und ihm die Panik deutlich machte, die diese Nachricht auslöste.

»Wie?«, fragte Frerich schließlich.

»Weiß auch nicht. Habe gehört, mit dem Kopf gegen den alten Ofen geschlagen. In unserem Bunker.«

»Der war doch bestimmt wieder besoffen und ist hingeknallt«, sagte Frerich schließlich. »Mord ist doch absurd.«

»Und wenn?«

»Dann werden sie graben und wühlen.«

»Eben«, schloss Klaas. »Eben.«

»Was sollen sie finden? Es gibt nichts.«

»Hanna ist tot.«

»Hanna ist tot.«

Sie schwiegen sich weiter an, waren sich der Tragweite der neuen Situation bewusst, hofften aber, dass es ruhig bleiben würde. Klaas durchbrach die Stille als Erster. »Siri fährt bald wieder, hat sie auf der Beerdigung gesagt. Sie will alles verkaufen und für immer verschwinden.«

»Siri gehört nicht hierher. Es ist besser. Sie hat es nicht geschafft, Insulaner zu werden. Wenn sie fort ist, herrscht Ruhe. Hanna ist ja tot«, fügte Frerich noch einmal hinzu. Für ihn war das Gespräch beendet. Er legte einfach auf.

Klaas warf einen Blick nach draußen. Von Nordwest zogen immer dunklere Wolkengebilde auf. Das Wetter würde bald umschlagen und der Herbst völlig von der Insel Besitz ergreifen. Klaas hoffte, dass der Regen viele Dinge gnädig wegwaschen würde. Gerade so wie damals der Schnee erst alles barmherzig bedeckt und dann fortgeschwemmt hatte, so dass es dreißig lange Jahre verschwunden geblieben war.

ooo

Rothko war heute schon früh erwacht und gleich vor Kraulke ins Bad gegangen. Der war gestern Abend mit einer so miesen Laune von seinem Einsatz zurückgekehrt, dass er Rothkos Überraschung gar nicht mehr erwähnt hatte. Nun war es nicht so, dass Rothko dieser Sache etwas abgewinnen konnte, oder dass er ihr sogar entgegenfieberte, doch ein bisschen enttäuscht war er doch, dass Kraulke es anscheinend vergessen hatte. Rothko rasierte sich gerade, als sein Handy anging. Es war seine Frau. Sie hatten ewig nicht mehr telefoniert und unter diesen Umständen ihre Stimme zu hören, haute Rothko so aus der Bahn, dass er sich erst einmal heftig schnitt. »Shit«, entfuhr es ihm.

»Das ist ja eine nette Begrüßung. Ich wollte dir auch nur sagen, die Scheidungspapiere sind auf dem Weg, der Termin steht. Wäre gut, wenn du dann antraben würdest und zumindest dafür Zeit hättest.«

»Wir haben hier einen Mord, ich weiß nicht …«

Rothko sprang nur noch das Tuten aus dem Hörer entgegen. Seine Frau hatte weder Lust auf Ausflüchte noch auf ein Gespräch.

Er legte das Handy beiseite, fragte sich zum wiederholten Mal, wie tief ihn die Situation berührte. Seit seiner Trauerattacke von gestern ging es ihm doch erheblich besser.

Er hatte seine Frau seit einem halben Jahr nicht gesehen und das letzte Zusammentreffen war wie zwischen zwei Fremden verlaufen. Ihm war aufgefallen, wie alt sie geworden war und dass ihre Mundwinkel ein Stück weiter nach unten hingen. Sie hatte ihm gesagt, er sähe ungepflegt aus und dass er dicker geworden sei. Im Nachhinein war es, objektiv betrachtet, wirklich kein erquickliches Miteinander gewesen. Wenn man sich nach so vielen Jahren Ehe nur noch sagen konnte, was man an dem anderen nicht so sehr mochte, war das sicher ein Alarmsignal, das er aber völlig verdrängt hatte. Wie alles, was mit seiner Ehe zusammenhing.

Kraulke klopfte an die Badezimmertür. »Ich möchte heute auch noch rein. Ich muss ermitteln.«

Über Rothkos Gesicht glitt, trotz der misslichen Situation, in der er sich befand, ein Grinsen. Kraulke musste ermitteln und dafür veranstaltete er schon in der Wohnung so einen Rabatz …

»Ich muss arbeiten«, schrie Rothko zurück und stellte den Föhn an, damit er Kraulkes Gelaber nicht mehr hören musste.

Als er die Tür öffnete, war sein Kollege schon fertig. Er stand nicht, wie erwartet, im Schlafanzug vor der Tür. »Habe mich am Waschbecken im Klo gewaschen.« Kraulke wirkte arg verschnupft. »Ich habe Ihnen ja auch noch die Überraschung versprochen!«

Rothko lächelte. Er wusste, dass es gequält aussah, aber es war schon in gewisser Weise rührend, wie sehr Kraulke seine Überraschung anpries.

»Wo ist sie denn?«

Über Kraulkes Gesicht huschte ein verschmitztes Lächeln und er deutete mit dem Zeigefinger nach unten.

»Also nach dem Frühstück«, grunzte Rothko. So neugierig er auch war, er wollte es seinem Kollegen einfach nicht zeigen.

Rothko öffnete das Brotfach, war dabei, sich ein Stück Schwarzbrot aus der Folie zu nehmen.

»Schimmelig. Alles schimmelig«, sagte Kraulke und hüpfte von einem Bein auf das andere. »Kommen Sie mit runter. Da kann ich Ihnen weiterhelfen.«

Rothko seufzte. »Also gut.«

Kraulke sprang, zwei Stufen auf einmal nehmend, vor Rothko hinab. Er wollte gerade die Tür zum Vernehmungsraum öffnen, als es Sturm klingelte.

»Es ist neun, unser Dienst beginnt«, sagte Rothko. Er schlurfte zur Tür, betont langsam, obwohl es in ihm brodelte, denn nun war nicht klar, wann er endlich seine Überraschung bekam.

Vor der Tür stand wieder die Frau von gestern. Die, die seit dreißig Jahren ihre Mutter suchte. Ihr Haar hing feucht über der Stirn. Sie hatte es anscheinend noch nicht geföhnt, denn noch hatte es nicht begonnen zu regnen.

»Was wollen Sie denn schon wieder?«

»Ich weiß, das klang gestern alles etwas seltsam, aber ich muss ein paar Dinge herausfinden und Sie sind der Einzige, der mir dabei helfen kann.«

Rothko öffnete die Tür ein bisschen weiter und bat die Frau herein. »Den Weg kennen Sie ja.«

Kraulke stand im Flur und ließ Kopf und Schultern hängen »Dann machen wir es später, Herr Rothko. Ich wollte noch mit ein paar Leuten reden, in Oldenburg anrufen wegen der Todesursache und des Todeszeitpunktes und …«

»Ist gut, Herr Kraulke. Ist gut. Sie müssen Ihren Job machen, keine Frage.«

Kraulke trollte sich.

Rothko saß nun Siri gegenüber, die anscheinend nicht so recht wusste, wie sie beginnen sollte. Schließlich legte sie ihm einen völlig zusammengeknüllten Brief vor die Nase, den sie aber versucht hatte zu glätten, was angesichts der vielen Kniffe allerdings völlig unmöglich war.

Rothko las ihn, sah dann Siri lange und nachdenklich an. »Sie wollen also, dass ich etwas über Ihre Mutter herausfinde?«

Siri nickte. »Wenn Sie so freundlich wären. Ich weiß nicht, wen ich hier fragen soll. Es ist alles so verworren.« Sie schob ihm noch die Muschelkette herüber, die er mit einem Blick streifte, sie aber nicht in die Hand nahm.

»Will sehen, was ich tun kann, Frau Gerken. Aber viel Hoffnung kann ich Ihnen nicht machen. Man müsste mal beim Jugendamt nachfragen.«

Siri lächelte ihn an. Rothko bemerkte zwei dunkelblaue Augen, die in der Mitte strahlten wie der Sirius. Sie fixierten ihn für den Bruchteil einer Sekunde. Das genügte, um etwas in ihm auszulösen, was er geglaubt hatte, nie mehr erleben zu dürfen. Noch als Siri die Dienststelle längst verlassen hatte, flatterten in seinem Bauch Schmetterlinge herum und streichelten ihn mit ihren weichen Flügeln.

ooo

»Was bist denn du so still?« Birgit Freersen setzte die Kartoffeln auf. Heute war ein guter Tag, heute war sie in der Lage, für ihren Mann zu sorgen. Sie hatte sogar der Putzfrau freigegeben.

»Du bist fein gestellt heute?«

»Ja, ein schöner Tag.«

Frerich blickte durch das kleine Fenster zum Wattenmeer hinaus. Es regnete seit ein paar Minuten und die Windstöße, die das schlechte Wetter begleiteten, fegten die Tropfen in kleinen Wassersäulen um die Ecken. »Wie man's nimmt«, sagte er. Gerade donnerte eine heftige Böe ums Haus.

»Ich mache heute Labskaus. Es *ist* ein schöner Tag.«

Frerich widersprach seiner Frau nicht. Es war auch völlig egal, was sie als schönen Tag bezeichnete. Hauptsache, sie ruhte mal wieder in sich. Das war selten genug der Fall. Oft saß sie, leise vor sich hinsummend, vor einer Murmelbahn und sah sich stundenlang das Rollen der Kugeln an.

Dann gab es Tage, wo sie überhaupt nicht aufstand, und andere, an denen sie hektisch durchs Haus stob, die Gardinen von den Fenstern riss, um sie zu waschen, oder die Fußböden fünfmal hintereinander wischte.

Essen hatte sie seit ewigen Zeiten nicht mehr gekocht. Für Birgit war es wirklich ein guter Tag.

Frerich wollte ihr lieber nichts von Hinnerk sagen. Zu groß war seine Furcht, sie könne augenblicklich in ihre Lethargie zurückfallen. Sein Tod würde ihr zwar keine Angst bereiten, sie wusste nicht genug, aber man konnte nie sicher sein, wie ihre Psyche auf bestimmte Begebenheiten reagierte. Obwohl sie ungewöhnlich aufgeräumt wirkte. Schon in den letzten Tagen hatte er eine Verwandlung an ihr festgestellt. Sie wirkte auf eine seltsame Art lebendig. Fast, als sei ein Ruck durch ihre Seele gegangen.

Birgit räumte in dem kleinen Haus herum, schließlich kam sie zu Frerich und legte ihm einen Gegenstand auf den Tisch. Er begann augenblicklich zu zittern, riss sich dann aber zusammen. Birgit tat so etwas öfter, ohne Sinn und Verstand. Es hatte überhaupt keine Bedeutung. Er fuhr mit dem Finger über das Schwarz der Schale.

»Wo hast du die her?«

»Ich war gestern am Strand und habe sie gefunden, die Muschel. Sie ist so wunderschön, ich konnte sie nicht liegen lassen. Sie glänzt so, oder nicht? Seit ich sie gefunden habe, ist es gut und schön.«

Frerich nickte. Es war eine recht kräftige Miesmuschel, von denen am Strand Unmengen herumlagen. Warum sie für Birgit etwas Besonderes war, konnte er nicht sagen.

Birgits Gedanken waren eben nicht zu erklären. Sie lebte in ihrer eigenen Welt, die sich von der banalen Realität sehr unterschied.

Frerich stand auf und stach in die Kartoffeln. Ein wenig würden sie noch brauchen. Was wäre es schön, wenn seine Frau ihren Kummer irgendwann vergessen oder wenigstens verdrängen könnte. Er wusste auch nicht, was sie zu dem gemacht hatte, was sie war.

Klaas hatte immer gesagt, sie müsse aufs Festland in eine Klinik oder zu einem Psychologen. Aber wie peinlich war das denn? Seine Frau in der Klapsmühle? Nein, Frerich würde schon allein mit ihr klarkommen, irgendwann würde es bestimmt besser werden, irgendwann wäre das alles vorbei.

Birgit brauchte die Insel, brauchte die klare Luft. Sie ging oft am Strand spazieren, brachte Muscheln oder anderes Strandgut mit, das sie im Schuppen aufbewahrte. Sie hatte schon die skurrilsten Dinge gefunden. An anderen guten Tagen hatten sie abends zusammengesessen und über die unterschiedlichen Formen der Dinge nachgedacht. Hatten Geschichten dazu erfunden, überlegt, auf welche Weise sie wohl nach Wangerooge gekommen waren.

Frerich liebte Birgit, so schwierig sie manchmal auch war. Sie war sein Halt, seine Versicherung, dass sein Leben nicht aus der Spur gelaufen war. Nicht wegen der Sache vor dreißig Jahren und auch nicht die ganze Zeit danach. Er und Birgit waren stark, auch wenn es nach außen einen ganz anderen Anschein hatte.

Birgit stellte die Teller hin. Ihre Bewegungen wirkten ruhig und ausgeglichen, sie hatte sogar etwas Rouge aufgelegt. Wenn sie das tat, würde sie heute mit ihm schlafen.

Es war nicht nur ein guter Tag, es war ein sauguter, dachte Frerich, während er die Kartoffeln abgoss.

»Habe gehört, Hinnerk ist tot«, sagte Birgit. »Für euch sicher nicht schlecht.«

Frerich sah seine Frau entsetzt an. Doch sie war schon

wieder damit beschäftigt, über die Schale der Muschel zu streichen.

ooo

Siri war zufrieden. Der Kommissar würde sich kümmern, hatte er gesagt. Sie musste etwas über ihre Mutter herausfinden. Es konnte doch nicht sein, dass sie einfach abgetaucht war, ohne Spuren zu hinterlassen.

Es wäre so schön, wenn sie wenigstens ein Bild hätte.

Es war Mittagszeit und Siri hatte sich in die Dünen aufgemacht. Sie wollte ein Stück laufen, um den Kopf freizubekommen. Sie musste sich sortieren. Gerade, als sie sich entschlossen hatte, den Weg in Richtung Friedhof zu gehen, hörte sie das leise Klappern eines Trolleys hinter sich. Dazu leicht schlurfende Füße. »Sieh an, da ist sie ja wieder. Und sie sucht und sucht und sucht.«

»Sie wissen, dass Hanna Gerken nicht meine Mutter ist.«

»Wohl, wohl. Deine Mutter hatte das Feuer deiner Haare und sie hat dir ihren Geist vererbt.«

»Kannten Sie meine Mutter?«

Die Alte kicherte. »Ich weiß, wer du bist. Aber mein Mund ist seit über dreißig Jahren fest verschlossen, hütet das, was war, wie einen Schatz, den man nicht öffnen darf. Unter dem Deckel lauern dicke, schwarze, giftige Schlangen. Sie würden dich vernichten, mich und noch viele andere hier. Siri Gerken, verlasse die Insel und lass ruhen, was besser verdeckt bleibt. Du wirst mit der Wahrheit nicht glücklicher sein.« Die Alte schüttelte den Kopf. »Fürwahr, nicht glücklicher. Gefahr, Gefahr, mein Kind. Große Gefahr, Gefahr, Gefahr …« Dann zockelte sie mit ihrer kleinen Pflegestation weiter. Siri sah ihr nach, beobachtete, wie sie einer werdenden Mutter ihre Dienste anbot.

»Die Frau hat einen Knall«, sagte Siri zu sich. »Ich sollte sie wirklich nicht ernst nehmen.«

ooo

Kraulke hatte sich vorgenommen, mit den Feuerwehrleuten zu reden. Hinnerk Heiken war mit voller Wucht gegen das Teil an der Bunkerwand geschlagen worden. Seine Schläfe war gegen den Ring des Ofens geknallt. Er war ohnmächtig geworden und an seinen Kopfverletzungen gestorben.

»Die Wucht war gewaltig«, hatte der Rechtsmediziner gesagt.

»Also Hass?«, war Kraulkes spontane Frage gewesen und er hatte ein »nicht ausgeschlossen« zur Antwort bekommen.

Es war also eindeutig Fremdeinwirkung und heute hatte Kraulke nicht vor, sich das Heft wieder aus der Hand nehmen zu lassen. Heute würde er sich durchsetzen und alles daransetzen, die Männer zum Reden zu bewegen. Die Feuerwehrleute waren bestimmt eher daran interessiert, alles aufzuklären, als die Helfer von gestern.

Als er aber vor der Feuerwehr stand, war alles verschlossen. Kraulke hatte nicht bedacht, dass die Männer im eigentlichen Leben einer ganz anderen Beschäftigung nachgingen.

Er umrundete das Gelände, rüttelte mal hier, mal da an einer Tür. Alles war fest verschlossen.

»Suchen Sie was?« Kraulke wurde von hinten angetippt, parallel dazu schleckte ihm ein Hund die Hand ab. Da der keinen Schwanz trug, war dem Polizisten sofort klar, um wen es sich handelte. Er drehte sich um und streckte Ubbo Münkenwarf, dem Zollbeamten, die Hand hin. »Moin. Schön, Sie zu sehen. – Hallo, Buddy!«

»Kraulke?«, fragte Ubbo erstaunt. »Dann gehen Sie also Herrn Rothko wieder zur Hand?« Der Zollbeamte ließ sich nicht anmerken, wie er zu der Sache stand.

»Ich gehe ihm nicht zur Hand, Herr Münkenwarf. Ich leite den Fall.«

»Und was suchen Sie dann hier?«

»Wollte mal mit ein paar Leuten sprechen. Irgendwer muss mir doch Näheres zu Hinnerk Heiken sagen können.«

»Fragen Sie mal Klaas und Frerich. Nichts für ungut, Herr Kommissar!«

»Wie heißen die denn weiter?«, rief Kraulke Ubbo hinterher, aber der war schon um die Ecke gebogen und anscheinend nicht willens, auch nur einen Deut mehr zu sagen. Es war fast, als fühle der Zöllner sich schon mit dieser Minimalaussage als kompletter Verräter.

ooo

Schweig, Muschel! Fühl dich nicht sicher. Nichts ist sicher auf dieser Welt, gar nichts …

4

Dreieckige Trogmuschel – *Spisula suntruncata*

Die Dreieckige Trogmuschel hat recht dünne Schalen. Sie ist nur 2,5 Zentimeter groß und die Farbe der Schalen schwankt zwischen gelb und weiß. Trogmuscheln werden gern von Plattfischen gefressen, eben weil die Schalen nicht sehr fest sind. Oft sind sie angebohrt und haben ein rundes Loch.

Siri ging am Nachmittag noch einmal zur Dienststelle. Rothko hatte Wort gehalten und ihr alles herausgesucht, was es zu finden gab. Nur war das einfach verdammt wenig.

»Sie sind adoptiert worden, so weit ist hier alles in ihrer Urkunde vermerkt. Wir sollten mal ein bisschen in der

Wangerooger Damenwelt stochern, ob nicht zumindest jemand gehört hat, wie die Adoption zustande gekommen ist. Hanna Gerken war damals schließlich noch recht jung, das ist schon ungewöhnlich.«

»Und wenn ich ausgesetzt worden bin?«

»Mit Sicherheit nicht auf der Insel«, gab Rothko zu bedenken. »Das wäre aktenkundig. Das Ganze gestaltet sich wie die Suche nach der Nadel im Heuhaufen, weil wir nicht einmal wissen, nach wem wir eigentlich suchen. Ein Kind zur Adoption freizugeben ist schließlich kein Verbrechen, Frau Gerken.«

»Es sei denn, die Frau wurde dazu gezwungen«, sagte Siri. »Meine Mutter hat das nicht freiwillig getan, ich spüre das.«

Siri sah dem Gesicht des Kommissars an, dass er sich Gedanken machte, wie er ihr beibringen könnte, dass fast alle adoptierten Menschen so dachten, weil sie der Wucht der Gefühle nicht gewachsen waren. Aber er schwieg und Siri war ihm sehr dankbar dafür. »Wäre alles zu einfach, zu schön gewesen. Meine einzige Chance besteht also darin, hier auf der Insel ein paar Leute anzusprechen.«

Rothko nickte. »Am besten Freunde und Bekannte Ihrer Mutter.«

»Adoptivmutter«, berichtigte Siri.

»Okay, Adoptivmutter.« Rothko kratzte sich am Kopf. »Sie müssen das Original noch einmal besorgen. Vielleicht kann man darauf den Namen der Mutter noch lesen.«

»Und wenn es stimmt, dass es nicht gut für mich ist?« Siri schaute den Kommissar mit flehenden Augen an und er reagierte so, wie sie es sich erhoffte.

»Sie haben recht, Frau Gerken. Sie sagen mir, wer Ihrer Adoptivmutter nahegestanden hat, und ich forsche nach. Wenn Sie möchten, kann ich, unabhängig davon, auch auf dem Amt nachfragen.«

»Ich bin eigentlich wie ... wie vom Himmel gefallen.« Sie war ein Gar-nichts-Kind. Ohne Biografie, ohne Wurzeln, haltlos und schwebend. »Was ich nur nicht verstehe, Herr Rothko: Würde eine Mutter ihr Kind wirklich einfach so weggeben?« Siri hielt kurz inne, merkte, wie der Schmerz darüber sie übermannte. Warum nur hatte ihre Mutter das getan? Heute gab es Babyklappen, soziale Anlaufstellen, Hilfen für alleinerziehende Mütter. Vor dreißig Jahren war alles noch viel komplizierter gewesen, wenn eine junge Frau in Not geraten war. »Ich war, als sie mich weggegeben hat, auch kein wirklich neugeborenes Baby mehr. Zwar noch klein, aber schon ein paar Monate alt. Meine Mutter war doch nicht mehr unter Schock, sie hat mich schon im Arm gehabt, meine Haut berührt, mich gerochen …« Siri stockte schon wieder. Ab und zu träumte sie. In diesen Träumen besuchte sie eine warme Stimme, die ihr etwas vorsang, sie streichelte. Dazu kam ein bestimmter Duft. Ein bisschen fruchtig und ein bisschen nach frischer Luft. Er war untrennbar mit der Erinnerung an diese Stimme verbunden. Und beides hatte definitiv nichts mit Hanna zu tun. »Meine Mutter wurde dazu gezwungen, mich wegzugeben, Herr Rothko. Ich bin mir ganz sicher!«, wiederholte sie. Wieder schob sie ihm die Kette mit der letzten verbliebenen Muschel zu.

Wenn der Kommissar noch immer zweifelte, ließ er es sich nicht anmerken. Im Gegenteil: Sein Blick ruhte auf Siri, es war, als verstehe er genau, was in der jungen Frau vorging. »Die Kette hat etwas Persönliches«, sagte er schließlich.

»Sie ist alles, was ich von ihr habe.«

Rothko legte für den Bruchteil einer Sekunde seine Hand auf ihre, zog sie aber sofort wieder zurück. Es war, als habe Siri diese kurze Geste überhaupt nicht bemerkt. Sie steckte die Kette rasch wieder in die Tasche. »Diese alte Ordensschwester, Karla. Was kann die wissen?«

Rothko lachte auf. Aber es klang nicht von oben herab. »Die ist völlig durch den Wind. Tüdelig ist die. Rennt mit ihrem fahrbaren Pflegekoffer herum und will Kinder versorgen.«

»Schon«, gab Siri zu. »Aber sie wusste, dass Hanna nicht meine Mutter ist.«

Rothko war skeptisch. »Das Problem bei ihr ist die Vermischung von Wahrheit und Fiktion. Sie kann dazwischen einfach nicht unterscheiden. Karla bildet sich ein, fast jeden Wangerooger mit auf die Welt gebracht zu haben und das stimmt nicht. Die hatten bis 1972 hier eine Hebamme und danach haben die Frauen auf dem Festland entbunden. Karla hat im Krankenhaus als Schwester gearbeitet und unter anderem die Wöchnerinnen und deren Kinder betreut. Entbunden hat sie nicht eine.«

»Nur hatte sie ja trotzdem recht, als sie zu mir gesagt hat, Hanna wäre nicht meine wirkliche Mutter. Sie tut so wissend, als könne sie mir durchaus sagen, was damals passiert ist. Aber ich glaube, man kann sie nicht ernst nehmen.«

»Warum sollte sie auch die ganze Zeit geschwiegen haben? Das passt doch nicht.«

Siri merkte, dass die Augen des Kommissars noch immer auf ihr ruhten. Er sah sie warm an und es tat ihr gut, wie ernst er sie nahm. Es rührte sie ein bisschen.

Plötzlich knallte die Tür auf und ein Mann mit leicht verwegenem Aussehen stand im Rahmen. Er blickte von Rothko zu Siri und dann wieder zurück. »Stör ich?«, fragte er, griff in seine Hosentasche und warf sich ein paar Stücke Lakritz ein, die leicht angegraut wirkten, weil sie voller Flusen waren. Siri schüttelte sich, ließ sich ihr Befremden aber nicht direkt anmerken. Immerhin hatte sie ein Anliegen und etwas in ihr sagte, dass der Mann auch zur hiesigen Polizei gehörte.

»Mein Kollege«, brummte Rothko dann auch gleich.

Zwischen den beiden stimmte die Chemie nicht, das bemerkte Siri sofort. Rothko schien nicht vorzuhaben, sie näher bekannt zu machen.

»Was gibt es, Kraulke? Schon weitergekommen?« Rothko hatte einen väterlichen Ton angeschlagen, der den Kollegen leicht zu verwirren schien. Der war vermutlich von Rothko eine ähnlich schroffe Art gewohnt, wie Siri sie gestern hatte erleben dürfen.

»Ich suche jetzt einen Frerich und einen Klaas.«

Siri roch Kraulkes Lakritzatem und sie konnte nicht gerade behaupten, dass der den Mann attraktiver machte.

»Das haben Sie also schon ermittelt.« Rothkos Ton glitt jetzt vom warmen, freundlichen leicht ins Spöttische ab.

»Ist hier gar nicht so leicht. Die sagen alle nichts.«

Siri setzte sich aufrecht hin. »Darf ich fragen, was gestern bei dem Toten herausgekommen ist und wer er war? Ein Gast?«

Rothko schüttelte den Kopf. »Nein, einer von der Insel. Hinnerk Heiken haben wir gestern im Bunker gefunden. Tot eben. Seit ungefähr einer Woche.«

»Und das ganze Dorf debattiert darüber, warum er nicht zu Hannas Beerdigung gekommen ist«, sinnierte Siri. »Der Hinnerk …«

»Kannten Sie ihn?« Kraulke näherte sich Siri. Sie wich unwillkürlich zurück, hatte Angst, er könne ihr seinen schwarzen Speichel auf die Hose tropfen.

»Natürlich kannte ich Hinnerk. Er lebte sehr zurückgezogen, war ein Eigenbrötler. Zufrieden, wenn er seine Ruhe hatte, ein bisschen reparieren konnte. Sonst hatte Frerich nur seine Eisenbahn. Und ging gern zu Bounty in die *Kogge*«, erklärte sie. »Da war er oft. Zumindest, als ich hier noch gewohnt habe.«

»Und sonst?«

Siri zog die Brauen hoch. »Nichts sonst. Er war unverheiratet. Ihn wollte keine so richtig. Er war«, sie zögerte, »er war einer von den …«

»Von den was?« Kraulke hatte anscheinend Blut geleckt und wollte ganz dringend wissen, was es mit Hinnerk Heiken auf sich hatte.

»Herr Kraulke ... Ich lebe seit Jahren auf dem Festland, ich gehöre nicht dazu.«

»Sie sind hier aufgewachsen. Also: Wer zum Teufel war Hinnerk Heiken?«

Siri schluckte kurz. »Er war ein gnadenlos unattraktiver Mann für eine junge Frau. Er pflegte sich übermäßig, war aber in seinem Wesen derart linkisch und ungeschickt, dass er in der Frauenwelt eher als Lachnummer denn als Mann galt. Ich habe oft gehört, wie die älteren Frauen über ihn geschmunzelt haben, wenn er wieder den Rosenkavalier gab und versucht hat, einer der Damen den Hof zu machen. – Ich habe das natürlich nicht so erlebt. Er war ja nicht meine Generation, er war zwanzig Jahre älter als ich«, setzte sie hinzu und sah, dass Rothko zusammenzuckte.

»Gab es denn keine Frau in seinem Leben?«, fragte Kraulke.

Siri zuckte mit den Schultern. »Nicht, dass ich wüsste. Aber ich lebe seit Jahren nicht mehr hier, das wissen Sie doch.«

Rothko schürzte die Lippen. »Der Mann sah allerdings wirklich nicht schlecht aus ... Vorher, denke ich.«

»Wenn Sie ihn gekannt hätten, ich meine, wirklich ... Wie er geredet hat, wie er sich benommen ...« Siri warf einen Blick auf Kraulke, für den all das auch zutraf, allerdings trug der einen Ring am rechten Finger, also hielt sie den Mund.

»Verstehe«, sagte Rothko. Er hatte den Blick auch bemerkt und konnte sich ein Schmunzeln nicht verkneifen. Doch plötzlich gefror es und der Schatten eines tiefen Schmerzes schien über sein Gesicht zu gleiten. Irgendetwas musste ihm in dem Zusammenhang eingefallen sein, was ihm sehr wehtat.

»Ich weiß von keiner Frau«, bestätigte Siri noch einmal.

»Schade.« Kraulke warf ein Lakritzbonbon in die Höhe, das er mit vorgeschobenem Unterkiefer auffing. »Wenn er zum Beispiel ein Verhältnis gehabt hätte, so klammheimlich mit der Frau eines anderen, dann hätten wir ein Motiv gehabt. Eifersucht ist klassisch vor allem bei den Herren, die einen Verlust ihrer Ressourcen befürchten und deshalb gern mal über die Stränge schlagen. Man könnte …«

Rothko unterbrach seinen Kollegen. »Ist gut, Herr Kraulke. Herr Heiken war aber solo und die junge Frau möchte keinen Lehrgang machen, was Täterprofile angeht. Sie wollten noch zu zwei Herren.«

Kraulke besann sich, nickte. »Klaas und Frerich.«

Rothko konnte ein verschmitztes Grinsen nicht unterdrücken. »Ach so, Sie wollen zu Klaas und Frerich.«

Kraulke nickte.

»Wer sind denn Klaas und Frerich?«

»Das weiß ich leider auch nicht so genau«, musste Kraulke zugeben.

Das war ja ein seltsames Gespann, das hier einen Mord aufdecken sollte. Der eine war dem eigentlichen Fall gegenüber lustlos wie ein Dicker vor dem Marathon und der andere wirkte wie ein Kind, das zum ersten Mal Detektiv spielen durfte. Wenn die Lage nicht so ernst gewesen wäre, hätte das Ganze eher an einen Slapstick erinnert. Wäre auch eine schöne Sequenz für Youtoube gewesen, hätte sie es filmen können.

»Soll ich Ihnen eventuell auch da auf die Sprünge helfen?«, fragte sie und war noch immer dabei, ein Lachen zu unterdrücken.

Kraulke und Rothko sahen sie erwartungsvoll an.

»Okay«, seufzte Siri. »Frerich Freersen wohnt an der Eisenbahnstrecke zum Westen raus mit Blick auf die Salzwiesen, ist verheiratet. Seine Frau Birgit ist schwer depressiv. Frerich ist ein zurückgezogener Mann.«

»Das scheint ja mehreren Insulanern eigen zu sein«, grunzte Kraulke.

»Wangeroogern. Das ist ein Unterschied«, belehrte

ihn Rothko und Siri fragte sich, ob es wirklich um die Aufklärung des Falles ging oder immer noch darum, wer recht behielt.

Sie fuhr fort. »Klaas Meine wohnt am Steingarten, hier gleich um die Ecke. Aber der steht gerade unter Wasser, das passiert schon mal, wenn es doll geregnet hat. Da müssen Sie wohl einen kleinen Umweg machen. Klaas ist verheiratet. Er hat während der Schneekatastrophe ein Trauma gehabt. Da ist ihm ein Zeh weggefroren oder so. Als sie damals Hinnerk gesucht haben.«

»Das ist doch schon was«, grinste Kraulke. Er hatte eifrig mitgeschrieben und es sah aus, als warte der Schüler auf sein Sternchen wegen guter Mitarbeit.

Siri erhob sich. »Ich geh dann mal, Herr Rothko. Viel war es ja nicht, was Sie mir sagen konnten. Wenn Ihnen noch was einfällt: Ich bin noch drei Tage auf der Insel. Dann muss ich weg.« Sie raffte ihren Mantel zusammen und wandte sich zur Tür. »Mit oder ohne Ergebnis. Hannas Bekannte schreib ich auf.«

»Moment«, rief Kraulke ihr nach. »Waren die drei Männer denn befreundet?«

»Jetzt nicht mehr«, antwortete Siri. »Aber sie waren mal ganz dicke, vor vielen Jahren. Muss eine ganz feste Clique gewesen sein. Hat mir meine Adoptivmutter immer erzählt, wenn sie einen von ihnen gesehen hat. Waren vielleicht mal echte Draufgänger, denke ich. Aber nachdem Klaas wegen Hinnerk diesen Zeh verloren hat, war das vorbei. Hat Hanna jedenfalls immer erzählt.«

»Deshalb ist alles auseinandergebrochen? Warum noch?« Kraulke sah Siri an.

Sie zuckte mit den Schultern. »Warum musste meine Tante mit knapp fünfundfünfzig Jahren sterben? Es gibt eben nicht auf alles Antworten, so gern wir sie auch hätten.«

Damit verließ Siri das Revier. Vor der Tür überkam sie ein eiskalter Schauer. Hinnerk war tot, umgebracht, kurz bevor Hanna gestorben war, die ein wichtiges Geheimnis preisgegeben hatte. Hinnerk, Klaas, Frerich und ihre Adoptivmutter waren früher Freunde gewesen. Hanna hatte oft davon erzählt. Doch dann war plötzlich alles vorbei gewesen. »Seit dieser Schnee gefallen ist, Siri. Als ob er unsere Freundschaft eingefroren hat. Wie Klaas' Zeh.« Das hatte Hanna mal gesagt. Vor vielen Jahren, als Siri ein Foto gefunden hatte, das die drei dick verpackt vor einer Schneewehe in den Dünen zeigte. Mit einem Grogglas in der Hand. Sie musste dieses Foto finden.

ooo

Birgit sah aus dem Fenster und sah den Mann im Trenchcoat schon von Weitem.

Es beunruhigte sie, dass er so zielstrebig auf ihr kleines Haus zusteuerte. Den Mann umgab etwas, das Angst machte. Ihr war nur noch wenig in ihrem Leben wichtig. Dazu gehörten ihr Mann und dieses kleine Haus, das ihre Burg, ihr Schutz gegen das Leben da draußen war. Sie würde nie von Wangerooge fortziehen. Auf dem Festland war ihr alles zu schnell, zu überstürzt. Sie war hier geboren, liebte diesen überschaubaren Kosmos und nie hatte sie das Bedürfnis verspürt, fortzugehen, die weite Welt zu erobern. Wenn sie Weite brauchte, ging sie an den Strand, schaute zum Horizont, der immer weit entfernt war. Sie liebte das Knacken der Muscheln unter ihren Schuhsohlen. Das Geräusch vermittelte ihr ein Gefühl von Macht, weil sie bestimmte, ob sie ihren Fuß abrollen ließ oder nicht.

Ja, Birgit war auf Wangerooge zufrieden. Glück war für sie ein vermessenes Wort, das man besser nicht verwendete, denn es war flüchtig. Ließ man es gar nicht erst ins Haus, konnte man auch nicht verletzt werden.

Als der Mann im Trenchcoat nun klingelte, fuhr sie sich einmal durch ihr kurzes Haar, das seit dem letzten Sommer die ersten grauen Strähnen aufwies. Sie war bald einundfünfzig, es war normal, dass die Jugend Abschied nahm. Birgit würde es dennoch tönen, denn sie befürchtete, dass ihre Traurigkeit zunehmen könnte, wenn sie auch noch alt aussah. Sie öffnete die Tür.

»Sind Sie Frau Freersen?«

Birgit deutete auf das Keramikklingelschild und nickte.

»Oberkommissar Kraulke. Ich ermittle in der Mordsache Hinnerk Heiken. Man sagt, Ihr Mann und er waren befreundet.«

Birgit trat einen Schritt zur Seite, bat Kraulke damit wortlos herein. In ihr arbeitete es. »Tee?«, fragte sie.

Der Kommissar schlug das Angebot nicht aus.

Birgit beeilte sich, in die Küche zu kommen. Sie stellte den Kessel auf den Ofen, den sie wie in alten Zeiten noch mit Holz befeuerte und der Tag und Nacht brannte. Darüber hingen Updröögt Bohnen und die Esse umrandete ein blau-weiß karierter Volant. Birgits Küche hätte in einem Museum ausgestellt werden können, denn auch die restlichen Möbel stammten aus einer Zeit, die schon lange vergangen war und die auch nicht mehr zu ihrem Alter passte. Aber danach fragte eine Birgit Freersen nicht. »Mögen Sie auch einen Keks?«, fragte sie und griff bereits nach der Blechdose, die immer neben der Teekanne stand.

»Ist Ihr Mann nicht da?«, fragte Kraulke, der hinter Birgit getreten war. Seinem Mund entströmte ein salmiakartiger Atem, der sie abstieß.

»Hübsch haben Sie es hier«, sagte der Kommissar. Er sah aus dem kleinen Fenster, das nach hinten in den Garten hinauszeigte. »Da ist er ja. Ihr Mann.«

»Hackt Holz«, sagte Birgit und stellte das Stövchen auf den Küchentisch.

»Ich würde ihn gern sprechen!« Der Kommissar sprach zu ihr mit einer Stimme, als habe er ein kleines Mädchen vor sich.

»Ich weiß«, sagte Birgit. »Er hackt aber Holz.« Sie

setzte sich an den Tisch und deutete Kraulke an, es ihr gleichzutun.

Er sah sich um. »Alles noch auf Alt.«

»Ich mag es so.« Birgit legte einen Kluntje in die Tasse des Kommissars und schenkte ihm Tee ein.

Kraulke sog die Luft scharf ein, er schien sich wirklich beherrschen zu müssen, um nicht unwirsch auf die betonte Gelassenheit zu reagieren.

Birgit bemerkte das durchaus, wollte aber noch etwas warten, ehe sie Frerich Bescheid gab. Der Mann beunruhigte sie. Er war eine Gefahr für ihr kleines Leben hier. Sie spürte es. Es war wie eine Gewitterfront, die näher rückte, die man aber zunächst nur erahnte. Sie war aber seit ein paar Tagen hellwach. Ihre Sinne waren geschärft, die Schwärze verschwunden. Im Augenblick näherte sich keine dunkle Front, um sie zu umfangen. Im Gegenteil. Sie nahm die Welt so wahr wie seit Jahren nicht mehr. Und das sollte dieser Mann nicht zerstören. »Was ist genau mit Hinnerk passiert?«, fragte Birgit. »Wir haben seit Jahren kaum noch Verbindung. Nur so wie man sie eben auf der Insel hat, wenn Sie verstehen. Man kann sich hier ja nicht aus dem Weg gehen.«

»Er ist ermordet worden. Wir haben ihn im Bunker im Dorf gefunden.«

Birgit zuckte zurück. »Ermordet«, flüsterte sie. »Hier? Wer tut so etwas?«

»Das wüsste ich gern von Ihrem Mann, Frau Freersen.«

»Der war gestern hier. Und vorgestern auch.«

»Hinnerk Heiken ist vor ungefähr einer Woche gestorben. Wie gut kannten Sie ihn denn?«

Diese Frage hatte Birgit befürchtet. Polizisten stellten auch in Krimis immer solche Fragen. Der Fernseher in der Stube war eines der wenigen modernen Geräte in ihrem Haus.

Birgit griff nach der Teetasse, es war gut, etwas in der Hand zu haben. »Er war ein früherer Freund meines Mannes. Vor meiner Zeit. Damals haben sie viel zusammen unternommen. Da wurde gefeiert, zusammen gegessen, all so was. Aber dann war es vorbei, als die Männer so nach und nach ihre Familien gründeten. Man kann ja nicht ewig so ein Junggesellendasein führen.«

Kraulke ließ sich die Tasse wieder auffüllen, starrte auf den Kluntje, der Schlieren in dem braunen Wasser zog. »Sie waren also nicht böse, dass Hinnerk nicht mehr zum engeren Freundeskreis Ihres Mannes zählte?«

»War vor meiner Zeit, sagte ich doch schon.«

»Hinnerk hatte keine Frau.«

Birgit biss sich auf die Lippen. »Wir reden nicht darüber, das ist seine Sache.«

»Sie meinen, dass keine ihn haben wollte?«

Birgit presste die Lippen aufeinander. Dieser Kraulke war ja ein ganz verbissener Hund. Der glaubte wirklich, er könne hier auf der Insel einfach so seine Fragen stellen und alle würden ihm Rede und Antwort stehen. »Wir reden nicht übereinander«, quetschte Birgit schließlich heraus.

Der Kommissar lachte auf. »Ich bin auch auf dem Dorf aufgewachsen, in Neustadtgödens, wenn Sie das kennen. Es wird wohl kaum so viel übereinander geredet wie in einem Ort, in dem die Menschen ohne Möglichkeit der Flucht so dicht aufeinanderhocken und sich dabei zwangsläufig kennen.«

Birgit sah den Kommissar an. Ihre Augen waren kalt, hatten sich zu Schlitzen verformt. »Herr Kraulke. Wir reden nicht mit Fremden über uns.«

Kraulke gefror das Lachen im Gesicht. »Dann haben Sie jetzt ein ernsthaftes Problem, junge Frau. Ich bin zwar fremd, aber ich bin von der Polizei. Und Sie müssen mit mir reden, ob es Ihnen gefällt oder nicht.«

Birgit streckte ihr Kinn vor. Sie fühlte sich stark wie lange nicht. Hier galt es etwas zu verteidigen, von dem der aus dem Hals stinkende Polizist nicht die geringste

Ahnung hatte. »Ich rede ja. Aber was ich sage, bleibt mir überlassen.«

Mit der Antwort hatte der Mann augenscheinlich nicht gerechnet. Er zog nur die Brauen hoch und schluckte. Dabei tanzte sein Adamsapfel heftig auf und nieder. »Holen Sie bitte Ihren Mann«, sagte er schließlich.

Birgit stand auf. Der Ton war jetzt sehr bestimmend, es war sicher gut, seinen Anweisungen Folge zu leisten. Nützen würde es ihm ohnehin nichts. Auch Frerich würde schweigen wie ein Grab.

Nachdem Birgit ihn mit drei Sätzen unterrichtet hatte, worum es ging, kam er durch die Hintertür, musterte den Kommissar kurz von oben bis unten. »Ich hatte zu Hinnerk kaum noch Kontakt«, sagte Frerich schon beim Reinkommen. Er warf einen raschen Seitenblick auf seine Frau, der Kaulke nicht entging.

»Ich möchte mit Ihrem Gatten allein sprechen«, sagte er.

Birgit nickte, verließ die Küche und schloss die Tür. Sie setzte sich gemütlich in den Sessel der Stube und hörte weiter mit, was in der Küche gesprochen wurde. Das Haus war so alt, man konnte in allen Zimmern jedes Wort verstehen.

Nur war das dem Kommissar nicht klar. Alles musste die Polizei auch nicht wissen und an der Sache mit Hinnerk würde er sich die Zähne ausbeißen. Wenn es darauf ankam, hielten die Leute hier zusammen. Hinnerk war schon lange keiner mehr von ihnen und dass seinem Leben nun ein jähes Ende gesetzt worden war, wunderte Birgit nicht. Er war ein Verräter. Es war klar, dass es dazu hatte kommen müssen. Nur: Das war nichts, was hier irgendwer der fremden Polizei stecken würde.

ooo

Klaas Meine hatte sich ein Bier aufgemacht und starrte in seinen Garten, in dem dringend die Blätter aufgefegt werden mussten. Er war vorhin noch bei Hanna vorbeigegangen. Die Vorhänge waren noch nicht zugezogen und in der Küche hatte Licht gebrannt. Siri schien es plötzlich gar nicht mehr so eilig zu haben, die Insel zu verlassen. Er hatte sie sogar mit der alten Karla gesehen. Klaas hoffte nur, dass die nicht wieder irgendeinen Blödsinn erzählt hatte, den die junge Frau geglaubt und der sie dazu gebracht hatte, ihren Aufenthalt hier zu verlängern.

Es wäre wirklich besser für Siri, sie würde endlich abreisen, denn Hinnerks Tod machte hier einige nervös und Siris Anwesenheit die Sache nicht besser.

Klaas beschloss, Siri am Abend einen Besuch abzustatten. Das letzte Schiff war weg, sie würde also noch bis morgen bleiben und er wüsste schon gern, was sie dazu bewogen hatte.

Vorhin war er noch an Hinnerks Wohnung vorbeigeschlichen. Die Rollläden waren nicht heruntergelassen, die Fenster sogar geöffnet. Hinnerk hatte an seinem Todestag also anscheinend nicht vorgehabt, länger wegzubleiben, denn um diese Jahreszeit ließ man seine Fenster nicht über längere Zeit auf.

Hinnerk hätte seine moralischen Bedenken für sich behalten sollen. Er hatte selbst doch genug Dreck am Stecken. Was brachte es ihm, wenn er mit dem Finger auf die anderen zeigte und dabei vergaß, welchen Anteil Schuld er selbst an vielen Dingen hatte. Aber das war typisch für ihn. Schon als junger Mann hatte er in der Clique immer gern alles mitgemacht. Hatte sogar die großartigsten Ideen in den Raum geworfen, die blödesten Einfälle gehabt. Aber hinterher, wenn es um die Abrechnung gegangen war, wenn irgendwer den Kopf hatte hinhalten müssen, da war Hinnerk weg gewesen. Oft hatten sie ihn tagelang gesucht. Er war weder ans Telefon gegangen noch hatte er die Tür geöffnet. Hinnerk war feige und irgendwann hatte Klaas auch gedacht, das sein Freund hinterhältig war, denn immer die anderen ins Messer laufen zu lassen, war unfair.

Einmal war er deswegen zu ihm hingegangen. »Du

musst auch mal zu einer Sache stehen«, hatte er gesagt. »So hast du bald keine Freunde mehr.«

Hinnerk hatte nur die Schultern hochgezogen und abgewinkt. Es war ihm alles ziemlich egal gewesen. So viel Auswahl an Kumpels gab es auf der Insel nicht. Er war sich unglaublich sicher gewesen, dass seine Freunde immer wieder auf ihn zurückkommen würden. Doch dann war dieses Mädchen aufgetaucht. Sie kam vom Festland, hatte Beine wie eine Barbiepuppe und Haar, das in der Sonne schwarz glänzte. Ihre Haut war von einem hellen Cremeweiß gewesen und ihre Lippen so voll, dass jeder Mann, der ihr begegnete, der Ansicht war, man müsse ihnen wenigstens einen Kuss aufdrücken. Nur einen einzigen, damit man nicht ewig das Gefühl hatte, die große Chance seines Lebens verpasst zu haben. Klaas schlug noch heute, so viele Jahre später, das Herz bis zum Hals, wenn er an diese Frau dachte. Es hatte noch viele gegeben, die ihnen den Kopf verdreht hatten, aber nicht eine hatte diesen nachhaltigen, diesen süßen Nachgeschmack hinterlassen. Für ihn war es sogar Liebe gewesen, dieses tiefe Gefühl war bei seiner Frau nie aufgekommen.

Die Männer hatten alle um ihre Gunst gebuhlt, ein jeder nach seiner Fasson. Wie Gockel hatten sie sich aufgeführt, bis es Hanna zu viel geworden war. »Ihr benehmt euch wie Primaten!«, waren ihre Worte gewesen. »Ihr denkt nur noch unterhalb der Gürtellinie, es ist einfach peinlich!« Danach war sie weggelaufen und das war der Beginn vom Ende ihres Vierblattes gewesen. Hanna war nie für eine Beziehung in Frage gekommen, aber trotzdem war sie verletzt. Von da an waren die drei jungen Männer auf sich gestellt und sie hatten nicht viel Zeit, das Herz der Frau zu gewinnen. Kam eine solche Elfe vom Festland, entschieden oft ein paar Stunden, ob man zum Zuge kam. Jeder der jungen Männer wusste genau, wann der Zug den Bahnhof von Wangerooge verließ und dass es durchaus sein konnte, dass man die Angebetete schon rasch wieder in einem der Waggons sitzen sah.

Diese Frau aber blieb. Sie hatte sich ein Zimmer genommen, sagte den Jungs aber nicht wo. Sie umgab ein Geheimnis, das jeder zu lüften hoffte und so fanden sie tatsächlich nicht heraus, wo die junge Frau wohnte. Sie nannte sich Eva, aber allen war klar, dass sie nicht so hieß.

Eva verteilte ihre Gunst, ohne dass die anderen es merkten. Sie gab jedem das, was er brauchte und vermittelte ihm, er sei der Einzige in ihrem Leben. Natürlich gaben sie sich gern dieser Illusion hin. Und eine kurze Zeit schien es auch so, dass sie wirklich nur ihn, Klaas Meine, liebte und nur seinetwegen länger auf Wangerooge blieb. Er hatte ihr eine dieser kleinen Muscheln geschenkt. Die mit der dünnen Schale. Vermutlich hatte sie sie weggeworfen.

Er hatte noch nie so tief geliebt und er war einer Frau danach nie wieder so verfallen. Hinnerk und Frerich auch nicht, da war er sich sicher.

Als sie dann gegangen war, hatte bald einer nach dem anderen geheiratet. Frauen von den Inseln natürlich. Klaas hatte noch die Hübscheste abbekommen, seine Frau kam von Langeoog. Hinnerk war am meisten vom Pech verfolgt. Nach zwei Jahren Ehe war seine Paula abgehauen. Aufs Festland. Er hatte ihnen nie gesagt, warum. Der Kontakt war zu der Zeit schon nur noch dünn gewesen. Aber Klaas wusste es auch so. Und er fand jeden Tag aufs Neue, dass Paula eine gute Entscheidung getroffen hatte.

ooo

Rothko zitterten die Hände. Er war den ganzen Nachmittag nicht in der Lage gewesen zu arbeiten. Ihm gingen Siris Augen nicht aus dem Kopf, er konnte das Lächeln nicht vergessen. Dann dieses Haar, diese Locken, die sich wie winzige Korkenzieher aufrollten und ihre leicht rosigen Wangen umrahmten. Er war so mit der Erscheinung der Frau beschäftigt, dass er nicht einmal durchs

Schlüsselloch des Vernehmungszimmers gespäht hatte, um herauszufinden, was Kraulkes Überraschung war.

Der schien überhaupt vergessen zu haben, dass er seinem Kollegen ein Geschenk mitgebracht hatte. Kraulke hatte sich Hals über Kopf in die Mordermittlung gestürzt und biss sich gerade die Zähne an der Verschwiegenheit der Inselbewohner aus. Rothko war das egal. Er hatte nur den Schlosser beauftragt, die Tür zu Hinnerks Wohnung bei Gelegenheit zu öffnen, damit sich sein Kollege dort einen Überblick verschaffen konnte. Daran hatte Kraulke nämlich selbst nicht gedacht.

Sonst aber waren Rothkos Gedanken bei Siri Gerken. Er hatte gegoogelt, ob es nicht vielleicht doch einen winzigen Hinweis auf ein ausgesetztes Kind zu der Zeit gab. Es war zwecklos. Er wollte der jungen Frau aber so gern helfen, dafür Sorge tragen, dass dieses Lächeln nicht aus ihrem Gesicht verschwand.

Rothko hatte gesehen, wie wichtig es ihr war, einen Hinweis, auch nur einen winzigen Hinweis auf den Verbleib ihrer Mutter zu bekommen. Doch er konnte nichts für sie tun. Gar nichts. Außer herauszufinden, ob es ein Dokument gab, in dem der Name der Mutter nicht geschwärzt war. Gleich morgen würde er das tun.

Das alles machte ihn wahnsinnig. In seinen Tagträumen sah er sich als Held, als Retter, der Siri ihre Wurzel schenkte. Vielleicht würde sie dann seine Zuneigung erwidern. Wenn er an dem Punkt angelangt war, erwachte Rothko jedes Mal.

Seine Frau hatte die Scheidungspapiere auf den Weg gebracht, er stand vor den Scherben seiner Ehe und schmachtete eine Frau an, die vierzehn Jahre jünger war als er, die sicher Kinder in ihrer Lebensplanung hatte und ihn als alten und verbrauchten Mann sah. Vor allem mit dem Bauch, der ihm im letzten Jahr, seit er auf der Insel lebte, gewachsen war. Vorhin hatte Rothko sich im Spiegel betrachtet, den Pullover hochgezogen und überlegt, ob Siri auf behaarte Männer stand. Seine Haut war allerdings weiß, vielleicht sollte er sich ein paar Solariengänge gönnen. Dann hatte er die Frisur unter die Lupe genommen. Er trug das Haar raspelkurz, man konnte kaum sagen, welche Haarfarbe ihm eigen war. Siri würde sicher wissen wollen, ob ihr Freund blond oder dunkelhaarig war. Das Wort grau ließ Rothko an der Stelle nicht zu, zumal es sich momentan nur um vereinzelte graue Strähnen handelte, und er sich sonst nur noch mies fühlen würde.

Er besah sich noch einmal die Adoptionspapiere, die er kopiert hatte.

Es tauchte aber nur Hanna Gerkens Name auf. Und der von Klaas Meine, der in der Gemeinde gearbeitet und die Adoption in Zusammenarbeit mit dem Jugendamt in die Wege geleitet hatte. Sonst gab es keine Spuren von der Mutter, alles hatte er schon durchgekaut. Sie war wie vom Erdboden verschluckt.

ooo

Schweig, Muschel! Wie ein Sarg wirst du deine Schalen mit dem Wissen im ewigen Muschelgrab verschließen.

5.

Plattmuschel – *Angulus tenuis*

Die Plattmuschel wird bis zu drei Zentimetern groß. Sie hat sehr dünne Schalen und sehr unterschiedliche Farben. Sie schwanken zwischen rot, weiß, gelb und orange, aber die Innenseite ist stets von einem leichten Rosa. Plattmuscheln dienen zur Nahrung von Plattfischen, so beißen die jungen Schollen ihnen gern die Siphonen ab. Die können von den Muscheln aber regeneriert werden, so dass sie nicht zwangsläufig sterben.

Frerich war schon früh aufgestanden, um einen Gang durch den Salzwiesenpfad zu machen. Das war sein tägliches Ritual, sonst konnte er den Tag nicht überstehen. Seit mehr als dreißig Jahren tat er das. Es war die einzige Möglichkeit, die Stimmen in seinem Kopf zu bändigen, die wie das Kreischen einer Säge durch seine Gehirnwindungen schnitten.

Wenn sie zu laut wurden, stand er auf, schlüpfte in seine Stiefel und stapfte los, mit seiner Allwetterjacke und einem Fernglas bewaffnet.

Er wusste genau, an welcher Stelle bestimmte Arten von Vögeln brüteten. Er bewegte sich mittlerweile so geschmeidig und unauffällig durch das Schutzgebiet, dass die Tiere ihn einfach akzeptierten und sich von seiner Anwesenheit nicht aus der Ruhe bringen ließen. Frerich kontrollierte jedes Mal, ob die Nester unversehrt waren, er zählte die Vögel und katalogisierte sie. Er jagte Leute aus den Brutgebieten, wenn sie die Schilder der Ruhezone des Wattenmeeres mal wieder missachtet hatten, und er sammelte den unachtsam dahingeworfenen Müll ein, damit der den Tieren nicht zum Verhängnis werden konnte.

Die Mitarbeiter des Nationalparkhauses akzeptierten Frerich, waren froh, dass er da war. Er liebte die Wattenmeerseite der Insel mehr als die mit den Dünen. Ihm machte die Weite des Meeres eher Angst. In den Salzwiesen und dem Watt war er zu Hause.

Heute hingen leichte Nebelschwaden über dem Boden. Bizarre Muster waberten darüber hinweg, gaukelten Schwerelosigkeit vor, die Frerich an diesem Morgen aber nicht empfand. Seine Jacke war schon bald feucht vom Tau, die dunklen Haare wie mit Silber benetzt. Frerich hatte nur wenig Sinn für die Schönheit der Natur, bewegte sich heute so ungelenk, dass doch einige der Seevögel schreiend aufflogen. Im Herbst waren aber nur wenige Vögel hier. Frerich durchquerte die Wiese, bis er am westlichen Dünengürtel angelangt war. Er sah sich um, sog die kühle Morgenluft ein, witterte wie ein Suchhund, ob ihm wirklich keiner gefolgt war. Dieses Gebiet behagte ihm nicht. Zu viele Erinnerungen, die er lieber vergessen wollte, schoben sich hier jedes Mal vor seine Augen.

Er dachte an die junge schöne Frau, in die sich Klaas unsterblich verliebt hatte, dachte daran, wie sie aber ihm, Frerich, ihren wahren Namen ins Ohr geflüstert hatte. Er war der Erste gewesen, der ihn erfuhr, und danach hatte er geglaubt, sie habe ihn auserwählt. Dieser Glaube war ein Fehler gewesen. Sie war nett zu ihm, hatte ihn weiter geneckt, ihm schöne Augen gemacht. All seine Hoffnungen waren davongeweht mit dem Wind, der immer stärker aufgefrischt war und ihnen später den Schneesturm beschert hatte. Als er noch einmal versuchte ihr klarzumachen, was sie ihm bedeutete, hatte sie ihn ausgelacht und er war froh, dass sie keine von hier gewesen war und es nicht die Runde gemacht hatte. Er hatte wirklich allen Grund, die Dünen und das Meer zu meiden. Immer, wenn er hier war, überfiel ihn die Erinnerung an die Schmach, seine verletzte Männlichkeit, aufs Neue.

Frerich sah eine Katze zwischen den Dünen verschwinden, hin und wieder hoppelte ihm ein Kaninchen über den Weg. Er musste sich beeilen, wandte sich nach rechts in Richtung Dorf. Er wollte zum Bunker, bevor die Sonne ihn verriet. Die Dämmerung des Morgens und des Abends war ihm schon immer ein guter Freund gewesen. Er war kein Kind des Lichts.

Hinnerks Tod wunderte Frerich nicht. Es würde kaum jemanden hier aus der Bahn werfen. Der Mann hatte schließlich alles darangesetzt, sie zu provozieren. Es grenzte fast an ein Wunder, dass er überhaupt dreißig Jahre überlebt hatte.

Frerich näherte sich dem Bunker, in dem man seinen alten Kumpel tot aufgefunden hatte. Auch dass er genau dort ums Leben gekommen war, war eine logische Konsequenz ihrer Schicksale.

Um den Bunker herum hatte die Feuerwehr rot-weißes Absperrband gehängt, das sich jetzt im frühen Morgenwind nur leicht bewegte. Im Dunst des Frühnebels sah es gespenstisch aus, zeigte nur zu deutlich, was hier geschehen war.

Frerich schlich heran, sah sich nach allen Seiten um. Vor dem Eingang lagen die Schalen zertretener Muscheln. Doch hier war keiner. Er war allein mit sich und seinen Erinnerungen, die in ihm brodelten wie in einem kochenden Wasserkessel, über dessen Rand gleich Blasen schlagen würden.

Er wollte sich Hinnerk nicht tot am Bunkerboden vorstellen, er wollte sich eigentlich nicht daran erinnern, was in der Nacht vor dreißig Jahren geschehen war, und doch war es ein Ding der Unmöglichkeit, sich dagegen zu wehren.

Es war das gleiche Bild, das ihn seit so vielen Jahren quälte. Dieses bleiche, fahle Gesicht. Und vor der Tür der gespenstische Tanz der Flocken.

Doch Hanna Gerken war tot, ihnen konnte nichts passieren. Hinnerks Schicksal war nicht das Ihre. Hanna war tot.

ooo

Rothko hätte den Wasserkocher am liebsten aus dem Fenster geworfen – zeigte der ihm doch viel zu aufdringlich, dass es hier keinen Kaffee gab, dass er sich mit den Cappuccinobeuteln aus dem Laden begnügen musste, solange er es nicht schaffte, endlich eine Kaffeemaschine zu kaufen. Es waren nur wenige Meter zum Geschäft, doch nicht einmal das bekam er hin. Obwohl Rothko dieses aufgeschäumte Zeug so hasste, das sich mit viel Löffelschaum brüstete und nur klebrig im Mund festhing. Für einen Kaffeegourmet wie ihn eine Katastrophe.

»Warten Sie! Ich habe doch noch die Überraschung!« Kraulke war hinter ihn getreten. Der Stoff seiner Schlafanzughosenbeine rieb aneinander, raschelte bei jeder Bewegung. Rothko wandte sich unauffällig um und sah, dass sein Kollege tatsächlich in blauen Satin gehüllt war. Sein Atem roch unterschwellig scharf nach Knoblauch.

Kraulke hatte sich gestern noch einen Döner geholt.

»Ich muss jetzt einen Kaffee haben, sonst werde ich verrückt«, sagte Rothko. In ihm kribbelte schon alles. Ich bin echt kaffeesüchtig, dachte er.

»Folgen Sie mir unauffällig«, grinste Kraulke.

Rothko seufzte, überlegte noch, ob er nicht besser einen Bademantel anziehen sollte, denn er trug nur eine knapp sitzende Unterhose und ein T-Shirt. Rothko lehnte Schlafanzüge ab, und als er Kraulke jetzt in Dunkelblau glänzend vor sich sah, wusste er auch, warum.

Sein Kollege schwebte die Treppen förmlich herunter, man sah ihm das Lächeln sogar von hinten an.

Er pfiff ein Lied und nach den ersten schrägen Tönen erkannte Rothko den Song von Rudi Carrell. *»Lass dich überraschen …«* Dazu wackelte Kraulkes Kopf rhythmisch hin und her.

Er öffnete die Tür zu seinem Büro. Auf dem Tisch dort stand, neben den aufgerissenen Kekspackungen, ein großer Kasten, der mit einem hellblauen Spannbettlaken bedeckt war. Das musste Kraulke aus einem der Schränke gezogen haben. Es roch leicht muffig und außerdem waren die Spuren der Mottenlarven unübersehbar.

Neben dem Kasten befanden sich außerdem Teller, die vollgekrümelt Beweis dafür waren, dass hier einmal etwas Essbares gestanden hatte. Kraulke zuckte mit den Schultern. »Gestern hätte es auch Brötchen gegeben«, grinste er und griff zum Ende des Lakens. »Tatatata!« Mit einem Ruck riss er das Tuch herunter und Rothko starrte auf einen Kaffeeautomaten. »Für Sie«, strahlte Kraulke. »Auf eine langjährige und tolle Zusammenarbeit!«

Rothko wurde blass. Wusste nicht, ob er sich freuen sollte oder nicht. Er quetschte ein »Danke« heraus und sah die Enttäuschung im Gesicht seines Kollegen. Der hatte mehr erwartet, viel mehr. Rothko wurde klar, wie sehr Kraulke um seine Anerkennung buhlte, wie gern er wirklich Rothkos Kollege wäre.

Bevor Rothko allerdings einen weiteren Gedanken darauf verwenden konnte, wie er mit der Sache umgehen sollte, klingelte es Sturm. Jemand musste vor der Polizeistation stehen und wirklich in Panik sein, denn es gab so gut wie keine Klingelpausen.

Kraulke war, was sein Äußeres anging, recht leidenschaftslos und öffnete ohne zu zögern die Tür. Es war ihm völlig gleich, dass er nur mit dem Pyjama bekleidet war. Es war ihm gleich, dass Rothko fast halbnackt im Flur stand und sich ihm keine Möglichkeit bot, auch nur das Geringste zu verdecken.

Rothko hingegen sah an sich herunter, sah seine behaarten kurzen Beine, den Bauchansatz, der in der knappen Unterhose und dem T-Shirt besonders deutlich war. Vor allem stach ihm ins Auge, dass eine Pediküre sicher nicht geschadet hätte, und ihm wurde bewusst, dass er, außer der Zahnbürste, am heutigen Morgen noch keinerlei pflegerische Maßnahmen ergriffen hatte. Entsprechend scharf nahm er den Körpergeruch wahr, der von ihm ausgehen musste. Ihm gingen Fluchtgedanken durch den Kopf, doch das hätte nun vermutlich noch dümmer ausgesehen.

Also hielt er den Kopf erhoben, hoffte, dass es doch nichts Wichtiges sei, die Person ihn gar nicht wahrnehmen würde.

Doch die Stimme, mit der sich Kraulke dann unterhielt, war Siris. Rothko schluckte, sah sich um, ob er nicht irgendetwas finden würde, was ihn notdürftig verhüllen konnte. Das einzig Griffbereite war das hellblaue, muffige Laken. Er plante, es sich unauffällig um den Körper zu legen und dann Schritt für Schritt rückwärts die Treppe zu erklimmen, damit er nicht durch hektische Bewegungen auffiel. In Windeseile zog er es zu sich herüber und warf es wie eine Stola über seinen Körper. Er wusste nicht, ob er nun wirklich besser aussah, aber er fühlte sich nicht mehr nackt. Die Hand hatte er bereits an der Klinke zum Flur, als Siri schon vor ihm stand.

Was für eine blöde Idee, so entkommen zu wollen! Er musste so oder so an Siri vorbei, da sich der Treppenaufgang neben der Eingangstür befand. Die junge Frau hielt bei Rothkos Anblick sofort inne und begann zu schmunzeln, obwohl sie zuvor durchaus noch sehr ernst dreingeblickt hatte. Kraulke stand dahinter und auch er kämpfte mit sich. Immer wieder zeigte er auf seinen Kollegen und als Rothko sich umsah, bemerkte er, dass sich das Laken an der Klinke verfangen hatte und es wirkte, als trage er eine Schleppe.

»Entschuldigen Sie unser Auftreten, Frau Gerken. Wir haben uns eben etwas angesehen und die Station hat noch nicht geöffnet und wir konnten ja nicht damit rechnen, dass …«

Siri nickte. Mit diesem Nicken kehrte der ernste Gesichtsausdruck zurück. »Ich habe es nicht mehr ausgehalten. Habe nachgedacht. Was ist, wenn meine Mutter gar nicht mehr lebt?« Sie japste nach Luft. »Ich meine, wenn sie nicht gezwungen wurde, mich wegzugeben, sondern wenn sie tot ist und …«

»Bitte warten Sie kurz, ich zieh mir nur rasch etwas über. Dann habe ich Zeit.« Rothko hastete die Treppen hinauf. Er sprang in seine Cordhose, fand dann, sie mache ihn etwas dick, so dass er doch auf die helle Jeans auswich. Doch auch darüber wölbte sich sein Bauch. Er hielt sich drei Pullover vors Gesicht, entschied dann, den dunkelgrünen anzuziehen, weil seine Augen damit größer wirkten. Außerdem war der etwas salopp und kaschierte seine körperlichen Dimensionen. Seine Frau hatte immer darüber geklagt, wie wenig er auf sein Äußeres gab. Das hatte er stets in den Wind geschlagen. Jetzt bereute er es wie nichts sonst auf der Welt.

Er ordnete seine Haarstoppeln, obwohl es nichts zu ordnen gab, rasierte sich, putzte die Zähne, gurgelte, sprühte sich Atemerfrischer in den Hals und glitt mit der Zunge über die Schneidezähne. Sie waren glatt und gut gepflegt. Dann noch einen gehörigen Stoß Deodorant. So konnte er Siri begegnen.

Die saß bereits in Kraulkes Dienstzimmer und spielte mit einem Kugelschreiber herum. Sie klickte die Mine ständig rein und raus, lauschte dem leisen Geräusch, das dabei entstand.

Als sie Rothkos Anwesenheit bemerkte, hörte sie damit auf. Er sah ein Lächeln auf ihrem Gesicht, das leicht spöttisch wirkte. »Da sind Sie ja«, sagte sie.

Rothko winkte sie hinüber in sein Zimmer, rückte ihr den Stuhl vor dem Tresor zurecht und nahm selbst hinter dem Schreibtisch Platz. »Sie glauben also, Ihre Mutter sei vielleicht tot?«, fragte er.

Siri nickte. »Ja. Ich glaube, es gibt einen Grund, warum meine Adoptivmutter mir meine Identität verheimlicht hat. Sie wollte nicht mich schützen, sie wollte nur sich selbst nicht verraten.«

Rothko schürzte die Lippen. »Das heißt, Sie verdächtigen Hanna Gerken, einen Mord begangen zu haben? Wie kommen Sie darauf?«

Siri schüttelte den Kopf. »Nein, sie selbst war viel zu sanft. Aber ich glaube, sie wusste etwas, was sie lieber für sich behalten wollte. Warum sonst hat sie mir diesen Brief hinterlassen? Das Geheimnis jetzt gelüftet und dann mit dieser merkwürdigen Warnung? Dann diese Kette. Auch die Alte, diese Karla, hat mich ja gewarnt. Warum das alles? Hanna hätte das Geheimnis doch mit ins Grab nehmen können. Ich hätte nie nachgeforscht, warum auch. Ich hätte der Insel wie geplant den Rücken gekehrt und wäre einfach aus dem Leben hier verschwunden.«

»Das wäre, wenn es nicht mit rechten Dingen zugegangen ist, für alle Beteiligten bestimmt einfacher gewesen.«

»Ich habe mich die ganze Nacht gefragt, was meine Adoptivmutter dazu getrieben hat, mir am Ende doch die Wahrheit zu sagen und damit bewusst den Staub aufzuwirbeln. Sie hat mich gekannt und gewusst, dass ich der Sache nachgehen würde.«

Rothko lehnte sich zurück. »Ein schlechtes Gewissen vielleicht? Immerhin war sie es, die auch den Namen in der Urkunde geschwärzt hat.«

»Ich vermute es. Sie war ein hochmoralischer Mensch und wenn da etwas nicht ganz sauber gelaufen ist, wird sie das all die Zeit fürchterlich gequält haben. Vor allem, wenn sie Schuld auf sich geladen hätte.«

Rothko stand auf, füllte zwei Gläser mit Wasser und reichte eines davon Siri. In dem Augenblick schoss Kraulke herein, zwei Tassen gefüllt mit Milchkaffee. »Aus dem neuen Automaten.«

Rothko ertappte sich dabei, zum ersten Mal nicht ununterbrochen an den fehlenden Kaffee gedacht zu haben, was mit Siris Anwesenheit zu erklären war. So nett das von Kraulke gedacht war – der sollte jetzt diesen Raum verlassen. Sollte ihn, Rothko, mit der Frau allein lassen.

Kraulke holte aber einen dritten Kaffee, setzte sich auf die Schreibtischkante und referierte über den neuen Automaten. »Der hat eine exzellente Milchschäumung, Frau Gerken. So fein und löffelfest wie kein anderer. Hinzu kommt eine Brühautomatik, die unvergleichlich ist. Schon beim Mahlen breitet sich ein Aroma aus … sagenhaft! Ich verwende ja grundsätzlich nur Arabica-Bohnen und nur in Bioqualität. Das merkt man dem fertigen Produkt dann auch an. Ich schmecke das sofort und Sie werden es auch merken. Den Automaten habe ich extra gekauft, damit Herr Rothko sich hier wohlfühlt«, erklärte er weiter. »Viele Dienststellen verwenden ja Pad-Automaten oder die mit den Fertigpatronen, aber ich bin der Überzeugung, dass das Aroma nicht zu vergleichen ist, ganz abgesehen von der Ökobilanz, wenn man den Müll betrachtet, der vor allem bei den Patronen entsteht. Wichtig ist, dass Herr Rothko seinen Kaffee hier vor Ort hat. Dann ist er entspannter und …«

Rothko hatte Kraulke mit wachsendem Unbehagen zugehört. Er ruckelte unruhig auf seinem Stuhl hin und her, beobachtete Siris Gesicht, das schon wieder einen leicht spöttischen Ausdruck angenommen hatte. Er konnte es drehen und wenden, wie er wollte: Kraulke schaffte es immer wieder, ihn als Vollidioten dastehen zu lassen.

»Das ist sehr freundlich von Ihnen, Herr Kraulke«, unterbrach Rothko ihn schließlich und er merkte selbst, dass seine Stimme viel zu barsch war, »aber Frau Gerken und ich sind gerade in einem ermittlungstechnischen Gespräch und Sie haben doch sicher im Fall Hinnerk Heiken noch genug zu tun.« Rothko nickte ihm zu, deutete so unmissverständlich an, dass Kraulke doch besser gehen sollte.

Der wurde hochrot im Gesicht, schnappte sich seine Kaffeetasse und trollte sich.

Als Rothko mit Siri allein war, versuchte er, den letzten Faden des Gesprächs wieder aufzugreifen. »Wenn Sie mit Ihrer Vermutung richtig liegen, dann müsste es irgendwo eine Vermisstenmeldung geben.«

»Eine Vermisstenmeldung, die über dreißig Jahre zurückliegt.«

Rothko schob die Unterlippe vor. »Völlig unmöglich, das zu recherchieren. Zumal wir gar nicht wissen, nach wem wir suchen. Obwohl ich komischerweise Ihrem Gefühl traue, dass Ihre Mutter sie nicht freiwillig weggegeben hat.«

»Na, immerhin was, Herr Rothko. Immerhin.« Sie zog etwas aus ihrer Tasche.

Er deutete darauf. »Und was ist das?«

»Ein Foto.« Siri schob es ihm über den Tisch. Es

zeigte Hanna, Frerich, Hinnerk und Klaas im Schnee. Die Mützen tief in die Gesichter gezogen, aber alle mit einem lachenden Gesichtsausdruck. »Das sind die Bekannten meiner Adoptivmutter. Sie haben alle auch was mit Hinnerk Heiken zu tun. Ehrlich gesagt habe ich furchtbare Angst.«

ooo

Klaas Meine stand schon eine geraume Weile vor Siris Haus. Die junge Frau schien eine Langschläferin zu sein. Es wurde Zeit, dass sie endlich die Insel verließ. So langsam machte es ihn nervös, dass sie so lange blieb. Er musste herausfinden, was für einen Grund das hatte. Und notfalls galt es zu handeln. Doch Hanna würde ihren Schwur gehalten haben. Sie war einfach niemand, der Abmachungen brach. Sie hätte reden können, als sie noch lebte, was hätte es ihr jetzt gebracht? Den Einzug in den Himmel hatte sie ohnehin verpasst, die Reue wäre etwas spät gekommen.

Als sie lebte, hätte sie Angst haben müssen. Da wäre die Hölle von allein zu ihr gekommen. Schlimmer konnte es jetzt im Tod auch nicht mehr sein. Aber wer wusste schon, was Sterbenden so durch den Kopf ging.

Er klopfte an die Haustür. Es blieb still. Klaas schlich ums Haus herum, sah in alle Fenster des Erdgeschosses. In Siris Zimmer war das Bett noch nicht gemacht, sie war also noch nicht abgereist. Im Stillen hatte er gehofft, sie habe die Insel mit dem Flieger und nicht mit dem Schiff verlassen, sei also schon weg. Doch es sah nicht danach aus.

Wo zum Teufel war Siri jetzt hingegangen?

Klaas lief zurück zum Gartentor, als er sie um die Kurve kommen sah. Sie hielt den Kopf gesenkt, als müsse sie sehr stark über etwas nachdenken.

»Hallo, Onkel Klaas«, sagte sie, als sie beinahe mit ihm zusammengestoßen war. »Suchst du mich?«

Er ging gar nicht auf ihre Frage ein. »Wo kommst du her?«

Wenn Siri über seinen barschen Tonfall erschrocken war, ließ sie es sich nicht anmerken. »Ich war unterwegs«, antwortete sie lapidar. Klaas kam die Antwort zu lasch, zu betont gleichgültig, als dass er ihr glauben wollte, sie sei nur ein wenig spazieren gegangen.

»Warst du in den Dünen?«

»Nein, da war ich nicht.« Dieser hingeworfene Satz klang ehrlich, aber auch trotzig. So sehr, dass es Klaas beunruhigte. Bevor er jedoch nachfragen konnte, wo sie denn dann gewesen sei, hob Siri den Blick, fixierte ihn. »Was weißt du über meine Mutter?«

Klaas lächelte, wusste aber, dass es nicht echt wirkte. Sein Herz klopfte, er musste die Ruhe bewahren. »Du kennst sie doch, die gute Hanna. Ihr Tod geht dir sehr nahe, oder?«

Siris Lippen hatten sich zu einem schmalen Strich verzogen, ihre Augen blitzten. Aus ihnen sprang Klaas eine Wut, fast ein Hass entgegen, der ihm Angst machte. Diesen Blick kannte er. Und wie er ihn kannte.

»Vielleicht hättest du in den letzten Jahren öfter hier sein sollen«, wich er aus.

»Du weißt genau, was ich meine, Klaas. Ich rede nicht von Hanna. Ich rede von meiner richtigen Mutter. Die, die mich geboren hat. Vielleicht hier, irgendwo auf der Insel. In den Dünen? Im Bunker, wo jetzt Hinnerk sterben musste? Auf dem Festland? Was ist mit ihr geschehen? Wo ist sie?«

Klaas lachte auf. »Ein bisschen viele Fragen, was?« Er zuckte bedauernd mit den Schultern. »Die Trauer und dein schlechtes Gewissen machen dich schier verrückt, Siri. Hanna ist deine Mutter. Du hast die Hände von ihr, sieh doch!«

Siri schüttelte den Kopf. Sie reckte ihr Kinn vor, straffte die Schultern und strahlte eine gnadenlose Entschlossenheit aus. »Hanna hat mir einen Brief hinterlassen, Onkel Klaas. Sie hat mich nicht geboren. Sie nicht.«

Klaas zuckte mit den Schultern, wich einen Schritt zurück. »Davon wusste ich nichts, meine Kleine. Du warst plötzlich da und …«

Siri lachte hektisch. »Ich war so plötzlich da, dass du rasch die Adoption in die Wege geleitet hast. Ich weiß das. Du stehst schließlich mit deiner Unterschrift drauf. Du musst aber doch wissen, woher ich gekommen bin! Wo ist das Original der Urkunde? Der Name meiner Mutter ist geschwärzt!«

Klaas druckste herum. Verdammt, was hatte Hanna getan? War sie vor ihrem Tod völlig verrückt geworden? Er brauchte einen Augenblick, bevor er weitersprechen konnte. »Hanna hat mich darum gebeten, ein gutes Wort für sie einzulegen, als sie die Chance hatte, dich aufzunehmen. Sie war unfruchtbar, hatte mehrfach Eileiterentzündungen gehabt. Es war ihre einzige Chance, da habe ich ein bisschen nachgeholfen. Weil …« Klaas verschluckte den Satz, den er eigentlich beginnen wollte. »Das war alles. Kein bisschen Mysterium, wirklich nicht.« Er lächelte, wusste aber, wie verkrampft es wirkte. »Und das Original gibt es nicht mehr. Da war mal ein kleiner Brand und …«

»Du lügst, wenn du den Mund aufmachst!«, schrie Siri. »Es hängt mit eurer verdammten Clique zusammen und ich weiß nicht, wie. Aber ich finde es heraus, das verspreche ich dir! Ich werde meine Mutter finden und wenn es das Letzte ist, was ich in meinem Leben tue. Ich finde sie!«

Klaas wischte sich den Schweiß von der Stirn. Das wirst du mit Sicherheit nicht, dachte er. Das sicher nicht.

ooo

Rothko war gerade noch einmal in Kraulkes Büro gegangen, wo er seinen Kollegen neben dem Kaffeevollautomaten vorgefunden hatte. Er saß zutiefst betrübt daneben und rührte in einem Cappuccino, dessen Milchschaum sich schon fast vollständig aufgelöst hatte. »Ich dachte, Sie freuen sich«, sagte er. »Wirklich. Ich dachte, Sie freuen sich.«

Rothko legte ihm die Hand auf den Rücken. »Ich freu mich doch, Herr Kraulke. Wirklich!«

»Hab mir so viele Gedanken gemacht. Weiß ja, dass Sie nicht viel von mir halten.«

Rothko war verblüfft über das schlechte Gewissen, das ihn jetzt ansprang. Es war ihm unangenehm, wie deutlich man ihm seine Empfindungen angemerkt hatte. »Schwamm drüber, jetzt müssen wir an einem Strang ziehen.«

Kraulke sprang so heftig auf, dass der Stuhl, auf dem er saß, hintenüberkippte. »Wir arbeiten zusammen? Sie helfen mir?«

Rothko schluckte. Dass dieser Mann immer so emotional reagierte. Er hatte wirklich etwas von einem großen Kind.

»Ich helfe Ihnen bei der Mördersuche, wenn Sie Hilfe benötigen«, sagte Rothko gönnerhaft. Im selben Augenblick bereute er aber seine Aussage schon. Was zum Teufel ritt ihn, Kraulke seine Hilfe anzubieten? Der sollte bloß sehen, wie er klarkam. »Aber so fit, wie Sie sind, brauchen Sie bestimmt keine Unterstützung, sondern schaffen das ganz allein.«

Kraulke lächelte selig, hatte mit der Bemerkung seine depressive Verstimmung anscheinend überwunden. »Sie glauben an mich, Herr Rothko?«

Rothko nickte. »Und danke wegen der Kaffeemaschine. Das hilft mir wirklich.« Er ging in sein Büro. Nahm die Adoptionspapiere ein weiteres Mal in die Hand. Der schwarz gefärbte Name der Mutter. Vater unbekannt. Es konnte aber doch nicht sein, dass Hanna keinem auf der Insel erzählt hatte, wie die Adoption zustande gekommen war. Das war ein Mysterium, das die junge Siri offenbar schlichtweg wahnsinnig machte. Sie hatte eben angerufen und gesagt, dass es kein Original der Urkunde mehr gab. Alle Spuren waren verwischt.

Es half nichts. Er musste die beiden Männer befragen, die damals anscheinend Hannas engste Vertraute gewesen waren. Dass sie reden würden, war allerdings unwahrscheinlich. Genauso gut konnte man daran glauben, dass Gott die Zehn Gebote der modernen Zeit anpassen und neu in den Stein meißeln würde. Männer, die dreißig Jahre geschwiegen hatten, waren sicher auch jetzt nicht bereit, zu sprechen. Sie mussten jahrzehntelang einen Mechanismus entwickelt haben, die Seele, die Gefühle tief in sich zu verschließen und den Mund zu halten. Rothko war sich ganz sicher, dass sie etwas wussten.

Es schadete sicher auch nichts, der alten Karla noch einmal auf den Zahn zu fühlen. So durcheinander sie auch heute schien, das Langzeitgedächtnis bei den alten Menschen funktionierte immer noch erstaunlich gut. Vielleicht war aus der Alten doch noch irgendetwas herauszuholen, was sie ein winziges Stück weiterbringen würde.

Er war hier auf eine verzwickte Geschichte gestoßen. Und je länger er die Dinge reflektierte, desto klarer war ihm auch, dass Hinnerks Tod ein Rädchen im Geschehen um Siris Vergangenheit war. Er konnte Kraulke nicht allein in den Dingen herumstochern lassen. Er musste eingreifen. Wenn er nur nicht so unendlich müde wäre. Es war ihm alles zu viel.

ooo

Schweig, Muschel! Glaube nicht, dass ich nicht weiß, was du tust …

6.

Kleine Teppichmuschel – *Venerupis geographica (pullastra)*

Die kleine Teppichmuschel gehört zu den Venusmuscheln und hat eine Größe von etwa fünf Zentimetern. Sie hat längliche Schalen und lebt tief eingegraben in Gebieten mit starken Strömungen. Typisch für die Teppichmuschel sind die spiralförmigen Riefen und ihre nach hinten verschobenen Wirbel. Meist hat sie eine helle Farbe und ihre Innenseite gleicht feinem Porzellan. Zu finden ist sie am Spülsaum.

Siri hatte den ganzen Nachmittag im Internet Gesichter studiert. Sie hatte einfach »Verschwundene Frauen Ende der Siebziger, Anfang der Achtziger« eingegeben. Immer in der Hoffnung, zu einem Bild oder Namen eine Verbindung herstellen zu können, zu spüren, dass es vielleicht ihre Mutter sein könnte. Siri war der festen Überzeugung, sie würde sie erkennen, wenn sie genug Zeit hätte. Aber die Stunden vergingen und nichts geschah. Zum einen gab es kaum Bilder und das, was auftauchte, sprach sie nicht an. Sie hing an den Lippen der Frauen, aber kein Lächeln rührte sie. Sie tauchte in die Augen ein, versuchte das Innerste der Frauen zu ergründen, wollte in deren Seele lesen, doch nichts geschah. Egal, welches Gesicht sie betrachtete: Es blieb tot.

Schließlich machte sie den PC aus, war wütend auf sich selbst, weil sie sich in eine Idee verrannt hatte. Warum sollte ihre Mutter vermisst sein, warum getötet? Vielleicht gab es doch eine völlig harmlose Erklärung für das Ränkespiel, das Klaas damals Hanna zuliebe betrieben hatte. Siri wusste nicht einmal, ob er überhaupt Befugnisse gehabt hatte, eine Adoption in die Wege zu leiten. Vermutlich nicht. Das war bestimmt auch ein Grund, warum das große Schweigen herrschte. Es könnte ihn auch nachträglich Kopf und Kragen kosten.

Doch kaum war der Computer heruntergefahren, wurde Siri erneut von Unruhe gepackt. Sie musste einen anderen Ansatz haben als die Suche nach einer Toten oder Vermissten, etwas, das ihr wirklich weiterhalf. Es bestand doch auch die Möglichkeit, dass Hanna ihre Mutter gekannt hatte, dass sie eine Verwandte, eine Freundin oder gar eine Frau von der Insel war. Das würde auch erklären, warum ein solches Geheimnis darum gemacht wurde. Das würde auch erklären, warum vielleicht Hinnerk sterben musste. Bestimmt hatte er etwas gewusst, hatte reden wollen …

Siri brach den Gedanken ab. Wie absurd, sich vorzustellen, jemand sei ihretwegen gestorben.

Um wie viel wahrscheinlicher war es, dass ihre leibliche Mutter selbst darum gebeten hatte, anonym zu bleiben, weil sie niemals in ihrem Leben als Siris Mutter auftauchen wollte. Ihr wurde bei dem Gedanken kalt. Sie überlegte, ob sie diese Idee wirklich zulassen und weiterverfolgen wollte. Wenn das so war … Sie wusste nicht, ob sie mit der Verletzung tatsächlich leben konnte.

Ihre Gedanken kreisten, schwangen hin und her, kreisten wieder. Sie kam sich vor, als spiele sie *Himmel und Hölle*, springe von einem Kasten zum anderen. Sie tanzte eine ganze Weile zwischen den beiden Welten hin und her. Es dauerte, ehe Siri sich durchrang aufzustehen. »Ja«, sagte sie schließlich mit fester Stimme. »Ja, auch das möchte ich wissen! Hanna Gerken, ich möchte mein Erbe kennen, egal, wie es aussieht.«

Siri begann in Hannas Schränken zu wühlen. Sie suchte nach den Fotoalben, suchte nach den Bildern ihrer Jugend. Im Stillen hoffte sie, einen Hinweis zu finden, der ihr weiterhelfen könnte. Sie stellte sich vor, welchen

Handel ihre Adoptivmutter betrieben hatte, um an das Baby zu kommen, weil ihr Kinderwunsch so groß war, dass sie alles dafür tun würde. Wirklich auch morden?

Siri dachte daran, mit welch kühlem Blick Hanna in der Lage gewesen war, den Hühnern den Kopf abzuschlagen und sie anschließend aufzuschlitzen und auszunehmen. Wenn eines der Tiere noch nicht ganz tot gewesen war, hatte sie auch der grauenhafte Schrei nie davon abgehalten, einfach weiterzumachen. Ungeachtet der Tränen ihrer Tochter. »Wir halten sie zum Essen«, war ihre Antwort gewesen, bevor sie ein weiteres Mal in den Käfig gegriffen hatte, um ihr blutiges Werk fortzusetzen.

Hatte sie, um ihr Ziel zu erreichen, doch getötet? Oder war sie zumindest über seelische Leichen gegangen? Die nette Hanna, die sich um das Wohl aller Wangerooger kümmerte, die Kuchen buk, wenn es gewünscht war, immer zur Stelle, wenn es jemandem schlecht ging. Hanna, die die Kirche zu den Festtagen schmückte. Hanna, der Gutmensch. Was hatte sie getan, um an eine Tochter zu kommen?

Im hintersten Schrank fand Siri, was sie suchte. Sie durchblätterte das Album. Es fing 1972 an. Zeigte Hanna als Konfirmandin. Sie stand neben einem jungen Mädchen, das auf den folgenden Fotos immer wieder auftauchte. Ganz hinten, neben einem Bild aus dem Jahr 1978, auf dem auch Frerich, Hinnerk und Klaas zu sehen waren, hatte Hanna einen Kommentar dazugeschrieben, der allerdings durchgestrichen war. Siri ging in die Küche, holte Butterbrotpapier und einen Bleistift. Vorsichtig begann sie, die Konturen des Geschriebenen abzupausen.

Sie brauchte mehrere Anläufe, bis es ihr gelang, einige der Buchstaben zu rekonstruieren. Der Anfangsbuchstabe war ein großes M. Dem folgten zwei, die sie nicht ausmachen konnte und dann entstand ein t, der nächste Buchstabe ein h. Danach war es erneut schwierig, bis sie am Ende noch ein d herauspausen konnte. M—th—d. J—e-

»Mathild«, flüsterte Siri. »Nein, nicht Mathild. Mathilde? Jever.«

Ja, Mathilde, den Namen hatte sie schon mal gehört. Mathilde, Tante Mathilde. Sie war eine entfernte Verwandte ihrer Adoptivmutter und sie kam aus Jever. Siri blätterte im Album weiter. Mathilde tauchte danach nie wieder auf, schien aus der Familie ausradiert. Sie war aber die einzige weibliche Verwandte in Hannas Alter und die Einzige, die auch in deren jüngeren Jahren mit der Clique etwas zu tun gehabt hatte. Die älteren Leute waren längst tot oder Siri kannte sie von der Insel.

Mathilde war die Einzige, die ihr vielleicht etwas sagen konnte, weil sie die Clique kannte.

Wenn sie überhaupt einen Schimmer von all dem hatte. Siri dachte nach. Wann hatte Hanna Mathilde erwähnt?

Siri glaubte sich an die vielsagenden Blicke zu erinnern, wenn der Name doch einmal gefallen war. Mathilde … Siri flüsterte den Namen leise und dabei fiel ihr ein, was sie einmal, auf dem Geburtstag ihres Vaters, gehört hatte. Die Mathilde sei ein gefallenes Mädchen, hatte irgendeine Tante gesagt. Die würde nicht mehr kommen.

Tante Mathilde also. Warum nur war Siri sich plötzlich so sicher, eine richtige Spur gefunden zu haben? Ein Versuch war es in jedem Fall wert. Gleich morgen würde Siri dort anrufen. Falls sie herausbekam, wie Mathilde mit ganzem Namen geheißen hatte.

Sollte Rothko sich doch die Zähne an Klaas und Frerich ausbeißen. Über Siris Gesicht glitt ein Lächeln. Rothko hatte schon komisch ausgesehen heute Morgen mit dem dreckigen Laken über seinem Körper. Und daneben dieser satinbekleidete Kraulke, der aussah wie der Polizist vom Kaspertheater.

Siri starrte auf das Telefon. Sie ging rasch ins Internet und loggte sich im Telefonverzeichnis von Jever ein. Sie gab den Namen Mathilde ein und wartete auf die Ergebnisse.

Siri war sich sicher, dass ihr der Nachname sofort ins Gedächtnis kommen würde, wenn sie ihn las. Es gab fünfzehn Ansagen. Siri seufzte. So einfach würde es doch nicht sein.

Dreimal glaubte sie, der Sache ein Stück näher gekommen zu sein. Dreimal dachte sie, jetzt endlich den Namen erkannt zu haben.

Doch jedes Mal, wenn sie den Hörer in die Hand nahm, um der Sache auf den Grund zu gehen, fiel sie doch der Zweifel an. Siri wollte schon aufgeben, als sie stutzte. Es war der außergewöhnliche Name, der sie innehalten ließ. Sandmann. Mathilde Sandmann.

»Hol doch schon die Säckchen, Mathilde kommt gleich!« Das hatte diese Tante auch gesagt auf einem Geburtstag und sie hatte laut gelacht dabei.

Siri wollte dort gleich anrufen. Sie würde Staub aufwirbeln, ob es Klaas Meine in den Kram passte oder nicht. Sie wählte die angegebene Nummer, doch die Leitung war belegt.

ooo

Rothko hatte lange überlegt, ob er Karla noch am selben Abend aufsuchen wollte. Es war ihm unglaublich wichtig, Siri morgen ein Ergebnis vorweisen zu können. Immerhin wäre das ein Grund, recht bald wieder Kontakt zu ihr zu suchen.

Rothko schlüpfte in seine Lederjacke, denn das Wetter hatte sich noch mehr verschlechtert. Der Wind peitschte den Regen durch die Straßen des Ortes. Jeder Versuch, die Nässe mit einem Schirm abzuhalten, scheiterte daran, dass der sich sofort nach außen bog und kaputtging.

Rothko zog die Schultern hoch, was natürlich gar nichts half. Zu allem Überfluss trat er nacheinander in zwei Pfützen. Binnen kürzester Zeit waren beide Hosenbeine durchnässt. Er lief mit gesenktem Kopf in Richtung Westdünen, wo Karla ihre kleine Laube in der Gartenkolonie in der Nähe des Friedhofes bewohnte. Rothko musste eine Weile suchen, ehe er den richtigen Eingang fand. Das Gras stand, obwohl der Herbst schon fortgeschritten war, sehr hoch und nicht ein Gartenhaus wirkte in der Dunkelheit bewohnt.

Rothko tastete sich von Grundstück zu Grundstück, bis er fast am Ende angelangt war. Im Sommer hatte er mal gesehen, wohin die Alte mit ihrem Trolley verschwunden war, aber da hatte die Sonne geschienen. Die ganze Atmosphäre war eine andere.

Schließlich stand der Kommissar vor einem hohen Maschendrahtzaun, der ihm bekannt vorkam. Hier könnte es ein. Immerhin drang zwischen den Fensterläden des Häuschens ein schmaler Lichtschein hindurch. Hier könnte Karla leben.

Er drückte die Klinke herunter. Das Tor war nicht abgeschlossen. Rothko kämpfte sich durchs nasse, kniehohe Gras und fluchte, weil er keine Taschenlampe mitgenommen hatte. Er stolperte weiter, bis er an der Laube angelangt war und klopfte.

»Herein, herein. Jedes Kind ist mir willkommen!«

Rothko öffnete die Tür. Ihm schlug ein abgestandener Geruch entgegen. Eine Mischung aus verbrauchter Luft, kaltem Essen und lange nicht abgezogenen Betten.

Karla saß inmitten von Puppen, die sie gerade wickelte oder ihnen eine Flasche in den Mund steckte. »Stillen wäre ja besser, aber die Mütter von heute …« Sie schüttelte den Kopf. Rothko schien sie, trotz ihrer Einladung, die Laube zu betreten, nicht bemerkt zu haben. Sie kümmerte sich um ihre Babys, sprach mit ihnen, sang ihnen Gute-Nacht-Lieder vor. Die ganze Szene hatte für Rothko etwas Anrührendes, aber auch eine traurige Seite. Obwohl Karla in ihrer Welt glücklich zu sein schien.

»Legen Sie mal Holz nach, nicht, dass die Kleinen frieren«, sagte Karla plötzlich. Sie hatte ihn also doch bemerkt.

Rothko griff ein Stück Holz, öffnete die Ofentür und warf es in die Glut.

»Gut, gut, gut. Gleich habe ich Zeit für den Herrn.«

Sie legte das letzte Puppenbaby zurück, deckte es sanft zu, strich noch einmal über das kleine Gesicht. Sie wandte ihr zerfurchtes Gesicht dem Kommissar zu und lächelte ihn an. »Sie kommen wegen der kleinen Gerken, die keine kleine Gerken ist. Ich weiß, wer Sie sind. Karla weiß alles, braucht die Dienstmarke nicht.«

»Woher wissen Sie?« Rothko runzelte die Stirn.

»Die Spatzen pfeifen es von den Dächern. Seit über dreißig Jahren tun sie das und keiner hört ihnen zu.« Sie kicherte. »Außer mir. Ich weiß, was sie tschilpen. Moment.« Die Alte wandte sich zu einem der Bettchen, steckte der einen Puppe so etwas Ähnliches wie einen Schnuller in den Mund. »Sie ist jede Nacht so unruhig. Ihr fehlt die Mama. Wie Siri die Mama fehlt.«

»Was wissen Sie, Karla? Wo kommt Siri her?«

Karla deutete auf einen der Stühle und Rothko setzte sich seufzend darauf.

»Von der Insel und doch nicht von der Insel. Es wäre besser gewesen, die Mutter hätte nie einen Fuß auf Wangerooger Sand gesetzt. Für alle wäre es besser gewesen.«

Rothko bemühte sich, freundlich zu bleiben. »Die Mutter kommt also nicht von der Insel?«

Karla sah den Kommissar an. »Sag ich doch.«

»Wer aber ist sie, Karla? Warum hat sie Siri abgegeben? Es kann doch kein Mysterium sein, ein Kind zur Adoption freizugeben. Ich bin als Privatmann hier, weil ich Siri helfen möchte.«

Die Alte wiegte den Kopf hin und her, stellte dann einen Kessel auf die Herdplatte und füllte Teeblätter in eine Kanne, die so verwittert aussah, als würde keine Flüssigkeit mehr darin bleiben. »Es ist ein Mord geschehen.«

Rothko nickte. »Ja, Hinnerk Heiken ist tot.«

»Im Bunker«, sagte die Alte und Rothko wurde das

Gefühl nicht los, dass die Frau gar nicht so senil war, wie sie eingeschätzt wurde. Bis auf ihre Macke, ewig irgendwelche Babys versorgen zu wollen, schien sie doch sehr aktiv am Leben der Insulaner teilzunehmen, zumindest wusste sie außergewöhnlich gut Bescheid.

»Er musste sterben. Er war dabei. Damals.«

Rothko sprang auf, aber Karla ließ sich nicht beirren, sondern füllte das kochende Wasser in die marode Kanne. »Erst Tee trinken, Herr Kommissar. Sonst wird aus dem Abend nichts Gutes.«

Rothko ließ sich auf den Stuhl zurückfallen, der bedenklich knackte. Vermutlich war er von Holzwürmern besiedelt. Der Kommissar hatte absolut kein Verlangen danach, mit Karla Tee zu trinken, aber es war anscheinend völlig unmöglich, sich dem Angebot zu entziehen. Die Alte würde womöglich kein einziges Wort mehr mit ihm reden, wenn er sich der Einladung widersetzte. Rothko hoffte auf eine saubere Tasse und scannte das Tellerbord daraufhin ab. Natürlich wurde seine Hoffnung enttäuscht. Karla nahm einen Metallbecher aus der Spüle. Der Henkel hatte dermaßen viel Rost angesetzt, dass Rothko überlegte, ob er bei dem Gewicht der Flüssigkeit vielleicht abfallen würde. Fast wünschte er, dass es so wäre, würde es ihm doch die Teezeremonie ersparen. Aber natürlich hielt die Tasse alles aus. Nicht ein Tropfen ging verloren, sie hatte nicht einmal ein Leck.

Rothko lehnte das Stück Zucker aus dem schmutzigen Behälter ab und trank tapfer einen Schluck des Gebräus, das seltsamerweise gut schmeckte.

Trotzdem fragte er sich, ob sich überhaupt jemand um die alte Frau kümmerte. Als habe sie seine Gedanken erraten, sagte Karla: »Hanna ist immer gekommen. Hat mir die Wäsche gewaschen und eingekauft. Samstags gab es Suppe. Jetzt wird Birgit kommen. Sie war vorhin schon da.«

»Hanna hat Sie also versorgt und nun wird sie von Frerichs Frau abgelöst?«

»So ist das, Herr Kommissar. So ist das auf der Insel. Einer hilft dem anderen.«

»Aber Hinnerk musste sterben, weil er damals dabei war. Wobei, Karla. Wo war er dabei?«

Die Alte schlug sich mit der Hand vor den Mund. »Ich habe nichts gesagt. Von mir haben Sie nichts gehört.«

Rothko stellte den Becher mit Nachdruck ab. »So geht das aber nicht, Karla. Ich muss wissen, was es mit Hinnerk auf sich hat. Sie müssen mir das sagen, ich bin von der Polizei.«

Karla kniff die Lippen zusammen, zog die Brauen hoch. Sie überlegte und Rothko hoffte, sie mit seiner Autoritätsansage beeindruckt zu haben.

»Ich muss das sagen?«, hakte sie nach.

»Unbedingt«, lächelte Rothko. »Unbedingt.«

»Es war in der Nacht. Es lag Schnee. Viel Schnee. Sie waren alle draußen in den Dünen, nach Osten hin, gleich am Dorfrand. Alle. Alle. Dann sind sie zurückgekommen. Die Frau ist weg, das Baby da. Bei der Hanna und da ist es geblieben.«

»Und warum musste Hinnerk nun sterben?«

»Er wollte immer reden. Über das mit dem Baby und für Siri war es besser, sie wusste von nichts. Nun weiß sie es doch, wie dumm von Hanna.«

Rothko wurde aus den Erklärungen nicht schlau. »Wer war denn die Frau, die weggegangen ist, und warum hat sie das Kind zurückgelassen?«

»Rabenmutter«, brach es aus Karla heraus. »Keine Mutter lässt ihr Kind zurück.«

Rothko griff mechanisch nach dem Becher und trank tatsächlich noch einen Schluck Tee. Er hing an Karlas Lippen, als hoffe er, zwischen den Worten noch die Wahrheit aufblitzen zu sehen. Ein kleines Stück dessen, was der Realität entsprach. Die Ausführungen der alten Ordensschwester waren ihm zu wirr, zu wenig greifbar. Und doch hatte sie einen Zusammenhang zwischen Siris Mutter und dem Tod von Hinnerk angedeutet, den er aber noch nicht erfassen konnte. Alles schien wirklich mit dieser Nacht vor etwa dreißig Jahren in Zusammenhang zu stehen. Was zum Teufel war damals passiert, dass Siris Mutter so mir nichts dir nichts abgehauen war?

»Es muss aber etwas geschehen sein, Karla. Siris Mutter ist doch nicht zum Spaß einfach ohne ihr Kind weggefahren.«

»Spaß hat sie gehabt. Sie war so.«

»Hat Hanna ihr Geld für das Kind geboten? War sie arm?«

»Arm an Herz«, sagte Karla. Sie beugte sich schon wieder über eines der Bettchen. »Das ist auch so ein armer Wurm, den keiner haben wollte.«

Rothko war hinter die Alte getreten, griff ihr von hinten an die Schulter. Er wandte den Kopf ab, konnte den süßlich-ranzigen Geruch des Alters nicht ertragen. »Karla, wer ist Siris Mutter?«

Die Alte begann zu singen. Ihr krächzendes »*Guten Abend, gute Nacht*« hallte Rothko noch im Ohr, als er in den Ort zurückging. Aus Karla war kein weiteres Wort herauszubekommen gewesen.

ooo

Mathilde starrte den Hörer noch lange an, obwohl ihr seit einiger Zeit nur ein monotones Tuten entgegendröhnte.

Sie hatte abgenommen, die Nummer im Display war unterdrückt gewesen. »Es gibt einen Toten, ich hoffe, du hast verstanden.«

Jedes einzelne verdammte Wort hatte sie sich gemerkt. Es war so grässlich, immer wieder diese Anrufe zu bekommen. Seit Jahren wachten sie darüber, dass sie sich ruhig verhielt. Dabei hatte sie doch nur geliebt, ihr ganzes Leben geliebt und dabei einen entscheidenden Fehler gemacht. Dem Fehler hatte sich ein zweiter hinzugesellt, dann ein dritter. Wenn einmal etwas schiefgelaufen war, war es wie ein Fluch und man holperte auf der falschen Straße weiter und weiter.

Hinnerks Tod hatte ihr Angst gemacht. Aber sie war eine Weltmeisterin im Verdrängen. Leben. Weiterleben. Überleben. Das war es, was das Dasein ausmachte. Sie hatte sich versündigt. Vor vielen Jahren schon. Versündigt und das Recht auf Liebe verwirkt. Nur hatte sie es nie wahrhaben wollen.

Mathilde hatte wortlos aufgelegt, was sollte sie auch sagen? Sie würde weiter schweigen wie ein Grab, niemand würde je auf sie kommen. Es gab nicht einen Anhaltspunkt, nichts, was auf eine Verbindung von ihr zu Hanna schließen ließe. Verwandtschaft gab es kaum und davon waren die meisten tot oder zu alt, um noch einen Gedanken an die »gefallene« Mathilde zu verschwenden. Ihr Plan war wasserdicht gewesen und nicht ein Tropfen war je nach außen gedrungen.

Hinnerks Tod war ein Fehler. Er war eine marode Stelle, an der es beginnen konnte zu lecken. Wenn erst ein Tropfen das Gefäß verlassen hatte, war es nur eine Frage der Zeit, bis das Loch größer und größer wurde. Es wäre besser, Hinnerk würde noch leben. Obwohl er es nicht besser verdient hatte. Hinnerk, der Verräter. Alle hatte er verraten. Wieder und wieder und wieder. Er war am Ende von der Clique verlassen gewesen. Mathilde hatte sich in der ganzen Zeit von allem ferngehalten, besser nichts hinterfragt und war jeden Tag aufs Neue froh darüber, dass sie weit weg in Jever wohnte und so aus der Schusslinie war.

Sie drückte auf den Knopf des Telefons. Jetzt war es still. Sie war dankbar, dass ihr dieses höhnische Tuten nicht mehr im Ohr hing. Mathilde zog den Stecker heraus. Sie wollte keine Anrufe mehr. Obwohl sie die Ruhe gewohnt war, hatte die Stille jetzt etwas Bedrohliches. Mathilde lauschte, hoffte auf ein Geräusch. Wenigstens ein Wagen, der durch die Wohnstraße fuhr. Sie heftete ihren Blick an die große Fensterscheibe, die zur Straße hin zeigte.

Mathilde atmete auf, als sie ein Auto entdeckte, das sich langsam durch den schmalen Weg schlängelte.

Ihr Nachbar kam gerade mit seiner Lebensgefährtin vom Einkaufen zurück. Die beiden wichen nicht einen Meter voneinander, tauchten nur paarweise auf. Sie kauften sich jede Woche ein Buch, das hatten sie Mathilde mal erzählt. Am liebsten lasen sie Krimis.

Mathilde lachte kurz auf. Sie musste so etwas nicht lesen, sie hatte eine solche Geschichte erlebt und keiner wusste davon. In der Nachbarschaft galt sie als leicht verschroben, was sicher an ihrem sehr zurückgezogenen Lebensstil lag.

Das Außenlicht ging bei den beiden an, dann war wieder alles still, als sie in der Haustür verschwunden waren. Mathilde fühlte sich einsamer als zuvor. Der Preis für dieses Leben war hoch. Sie hatte sich ein Haus bauen können, wohnte vor den Toren der Stadt mit einem unverbauten Blick auf das Moorland. Sie konnte einmal im Jahr in die Sonne fliegen und das hieß nicht nur Mallorca oder Rimini. Die Sonne war für sie schon weiter weg. Mathilde kannte die Karibik ebenso wie andere Fernreiseziele.

Dafür war ihr Leben vom Alleinsein und der Zurückgezogenheit geprägt. Immer mit dem Hintergedanken, kein Wort zu viel zu sagen, keinen Satz falsch zu formulieren. Nie mehr hatte sie einen Mann gehabt seitdem, nie eine andere Liebe in ihr Leben gelassen. Nähe war zu gefährlich, wie leicht hätte sie sich verplappern können.

Als sie sich damals einverstanden erklärt hatte, die Sache so abzubiegen, war ihr nicht klar gewesen, was das wirklich bedeutete. Damals war es nur darum gegangen, rasch zu handeln, alle Spuren zu verwischen. Es war keine Zeit gewesen, auch nur irgendetwas zu hinterfragen.

Der Preis war die Einsamkeit. Ihr Glück hatte sie verwirkt in diesem Winter 1979, als der Schnee mit seiner Gewalt und Macht alles unter sich begraben hatte.

ooo

Schweig, Muschel. Die ewigen Wellen der Nordsee werden sonst dein Grab sein. Nichts kann dich retten ...

7.

Schwertmuschel – *Phaxus pellucidus*

Die Schwertmuschel gehört zu den Scheidenmuscheln. Die kleine Variante ist nur etwa 2,8 Zentimeter lang. Sie hat ein gestrecktes Äußeres, ist kalkweiß. Sie liegt senkrecht eingegraben im Sandboden und verankert sich mit ihrem Fuß. Sie ist kein Zwitter. Die Schwertmuschel dient zur Nahrung von Platt- und Schellfischen und liegt häufig am Spülsaum.

Siri hatte gestern noch zweimal versucht, bei Mathilde Sandmann anzurufen. Vergeblich.

Je länger sich das Warten auf das Gespräch hinzog, desto fester glaubte sie daran, dass Mathilde das Bindeglied zwischen ihr und ihrer Mutter war. Es war nur ein Gefühl, aber Siri war sich so sicher wie nur was. Normalerweise war sie kein intuitiver Mensch. Siri wählte Mathildes Nummer ein weiteres Mal.

»Sandmann.«

»Siri Gerken.«

Schweigen. Ein langes Schweigen auf beiden Seiten. Siri lauschte den unregelmäßigen Atemzügen, die ihr aus dem Hörer entgegenströmten und sich mit ihren irgendwo in der Mitte vermischten.

»Siri Gerken«, sagte Mathilde dann. »Wer bitte ist Siri Gerken?«

»Das wissen Sie genau. Sie kennen meine Mutter oder

wenigstens die, die sich dreißig Jahre dafür ausgegeben hat.«

»Wenn Sie von Hanna Gerken reden, ja, das ist eine entfernte Cousine. Oder was man landläufig sagt, wenn man den Verwandtschaftsgrad nicht so genau zuordnen kann.«

»Was wissen Sie von mir, von der Adoption?«

»Nichts, was soll ich darüber wissen?«, kam es ein bisschen zu rasch.

»Alles«, sagte Siri. Sie schoss jetzt blind. »Ich weiß, dass Sie alles wissen.«

Mathilde begann schneller zu atmen, jedes Geräusch drang an Siris Ohr, schien ihr etwas zuflüstern zu wollen, was aber nicht durchdringen konnte.

»Was wissen Sie, Mathilde? Bitte! Was wissen Sie?«

Noch immer hörte Siri nur den raschen Atem, der zwischendurch innehielt und in ein leises Schluchzen überging.

Siri hatte also recht gehabt.

»Es gibt schon einen Toten. Fragen Sie nicht, suchen Sie nicht!«

»Ich werde suchen, Mathilde. Worauf Sie sich verlassen können. Ich werde suchen. Ich muss alles wissen. Und wenn es das Letzte ist, was ich in meinem Leben tue.«

Mathilde schwieg. Sie dachte anscheinend darüber nach, was sie darauf antworten sollte. Schließlich sagte sie mit schleppender Stimme: »Kommen Sie vorbei. Nicht am Telefon. Ich habe Angst.«

ooo

Der Wind blies noch immer kräftig, aber die Sonne hatte sich zwischen die Wolken geschoben und ließ den Tag freundlich beginnen. Rothko sah Siri die Zedeliusstraße hinunterlaufen. Ihr schwarzgelocktes Haar wehte im Wind. Es sah so schön aus, wie es im Licht der Morgensonne glänzte und ihre leicht geröteten Wangen umspielte. Der Kommissar saß im Hotel Hanken und trank seinen morgendlichen Latte Macchiato. Auch wenn Kraulke ihm die Kaffeemaschine geschenkt hatte, war er doch so sehr an seinen regelmäßigen Gang in das vertraute Hotel gewöhnt, dass er nicht mehr darauf verzichten wollte. Es hatte etwas von einem Zu-sich-Finden, einer inneren Einkehr. Sogar ein bisschen etwas von Zuhause.

Rothko starrte Siri nach, überlegte einen Augenblick, ihr zu folgen. Doch er hatte keinen Grund das zu tun. Es hätte dumm ausgesehen.

Der Kommissar trank aus, legte das Geld neben die Tasse und verließ das Hotel. Er wollte sich beeilen. Es war wirklich besser, wenn Kraulke nicht mitbekam, dass er seinen Kaffee immer noch auswärts trank, denn dann würde das Gejaule wieder losgehen. Nichts könne man ihm recht machen, er gebe sich doch solche Mühe und, und, und. Wie albern. Rothko war ein erwachsener Mann, der seinen Kaffee trinken konnte, wo er wollte. Stattdessen machte er sich Gedanken darüber, dass der Kollege, der ihm gar nicht wichtig war, in seinen Befindlichkeiten nicht verletzt wurde. Er war schon ein komischer Kauz.

Als Rothko die Dienststelle betrat, saß Kraulke bereits vor dem PC und raufte sich das Haar. »Es ist zum Mäusemelken, Herr Rothko. Ich komme nicht weiter. Die schweigen, als hätten sie diesen Hinnerk alle zusammen umgebracht und müssten das vertuschen.«

Rothko grinste. Vielleicht hatte Kraulke mit dieser Befürchtung gar nicht so unrecht. Alle in dieser Clique um Hanna Gerken waren irgendwie in die Sache verstrickt.

»Ich habe gestern Karla besucht«, wechselte Rothko das Thema.

»Was hat das jetzt damit zu tun?«, herrschte Kraulke ihn an. Er schien wirklich mit den Nerven zu Fuß zu sein. Er war sonst nicht unbeherrscht. Ein Chaot, ein Besserwisser, ein Spinner. Alles, aber er war nie unbeherrscht.

»Wir müssen in dem Fall mal in der Vergangenheit

forschen. Karla ist wirr, aber mir scheint, sie weiß ganz schön viel über die Sache.«

»Karla ist nicht richtig im Kopf, das wissen Sie doch. Die redet mit allen über alles und weiß gar nichts.« Kraulke machte eine kurze Pause. »Siri Gerken war übrigens gerade hier.« Er sah auf die Uhr. »Sie fährt jetzt, genau jetzt, mit dem Schiff aufs Festland. Soll Sie grüßen, sie sei heute Abend oder morgen zurück.«

Rothko stockte der Atem. »Muss sie arbeiten oder warum ist sie dorthin gefahren?«

Kraulke griff sich in die Hosentasche und holte zwei Lakritz hervor, die er glücklicherweise nicht wie sonst in die Luft warf, sondern sofort verschlang. »Weiß nicht. Sie sagte, glaube ich, was von Jever oder so.«

Er sah zu Rothko, rümpfte seine Nase, ließ die Flügel erbeben. »Haben Sie Kaffee getrunken?«

Rothko trat ans Fenster. »Was will sie in Jever?«

Kraulke war hinter seinen Chef getreten und schnüffelte wie ein Hund an ihm herum. »Ja, Sie haben Kaffee getrunken. Aber nicht aus meiner Maschine. Das hätte ich gehört.« Er setzte sich wieder, schürzte die Lippen und tat so, als sei er ungeheuer in seine Arbeit vertieft.

Rothko schluckte. Er hätte ein Kaugummi kauen sollen. War doch klar, dass Kraulke jetzt aufpassen würde wie ein Luchs, ob Rothko sein Geschenk auch genügend würdigte.

»Tut mir leid. Ich war am Strand, bin dann kurz zu Hanken gegangen …«

Kraulke schnaubte. »Geht mich ja gar nichts an.«

»Eben.«

»Sie können Ihren Kaffee trinken, wo immer Sie wollen, damit das klar ist!«

»Ja, so sehe ich das auch«, antwortete Rothko. »Ich mache mir gleich auch hier noch einen.«

»Wenn Sie meinen.« Kraulkes Stimme wurde weicher.

»Ich kann Ihnen einen Cappuccino mitbringen«, schlug Rothko vor.

»Gern.«

Der Bann war gebrochen.

Kraulke wirkte wieder etwas versöhnlicher und kam noch einmal auf Rothkos Gespräch mit Karla zurück. »Was war denn vor dreißig Jahren? Was hat die alte Dame so von sich gegeben?«

Rothko legte los, sprudelte mit seinen Infos nur so über.

»Es kann nicht allen auf Wangerooge gepasst haben, wenn da ein krummes Ding gedreht wurde«, sagte Kraulke schließlich. »Keiner deckt ein Verbrechen, wenn er nicht selbst mit drinhängt. Und es ist wohl ausgeschlossen, dass die ganzen Inselbewohner Dreck am Stecken haben.«

Rothko nickte. »Ja, weiten Sie bitte die Befragung aus. Schauen Sie, wer damals hier gelebt hat, wer Kontakt zu Klaas und den anderen gehabt hat.«

»Von allein ist noch keiner gekommen«, sagte Kraulke.

Rothko zog die Stirn in Falten. »Das war auch nicht unbedingt zu erwarten. Vermutlich ist das Ding damals so geschickt gedreht worden, dass tatsächlich niemand eine Ahnung hatte.«

»Was machen denn Sie in der Zeit, Herr Rothko?«

»Muss herausfinden, warum Siri nach Jever wollte.«

»Die Kleine hat es Ihnen aber angetan«, grinste Kraulke und er wusste gar nicht, wie recht er damit hatte.

ooo

Klaas sah Siri in den Zug einsteigen. Sie verließ die Insel also, fuhr bestimmt zurück zu ihrem Freund.

Klaas war doch sehr erleichtert darüber, denn ihm war schon zu Ohren gekommen, dass ein paar der Wangerooger zu reden begannen. Und es war auch schon einigen wieder eingefallen, wie merkwürdig es damals gewesen war, dass Hanna so plötzlich ein Kind hatte.

»Es war eine wirre Zeit mit all dem Schnee«, war zwar der allgemeine Tenor, aber es war definitiv besser, wenn alle aufkeimenden Gerüchte sofort im Keim erstickt würden.

Klaas wandte sich um und beschloss, noch einen Spaziergang am Strand zu machen, um sich den Kopf frei pusten zu lassen. An der Strandpromenade bog er in Richtung Osten ab. Er mochte den Teil der Insel am liebsten. Seine Lieblingsstelle war der alte Ostanleger. Dorthin verschlug es nur wenige der Urlauber, denn es war schon etwas mühsam, dorthin zu gelangen. Bis zum Nationalparkhaus kamen sie noch, meist tranken sie vorher einen Ostfriesentee im Café auf dem Weg dorthin. Dann wurde es schon mühsamer. Mit dem Fahrrad geriet man bald an seine Grenzen, denn der Sand wurde immer nasser und schwerer, je weiter man in den Ostteil kam. Die meisten gaben hier auf, legten das Rad an den Rand der Dünen und machten dort eine kurze Rast. Nur die ganz Unermüdlichen kämpften sich weiter durch.

Klaas würde heute dorthin gehen. Das würde zwar einige Zeit in Anspruch nehmen, aber genau das brauchte er. Vielleicht war es ein Spaziergang zu seinen eigenen Erinnerungen. Einmal hatte sie ihn dorthin begleitet. Bevor der große Schneesturm gekommen war. Bevor die klirrende Kälte das ganze Land eingefroren hatte und nicht nur das, sondern auch die Gefühle, die Gedanken, die Liebe. Wie sonst hätte all das geschehen können?

Hinnerk war ein Idiot. Warum hatte er seine Klappe nicht halten können. War frisch verliebt und wollte reinen Tisch machen. Das Wort »heiraten« war gefallen und solcher Blödsinn ... dass man mit einer solchen Schuld nicht in die Ehe gehen dürfe.

Klaas und Frerich hatten ihn von dieser Schnapsidee abhalten wollen, ihm einen Korn nach dem anderen eingeschenkt. Er sollte weich geklopft werden, sollte begreifen, was es bedeutete, wenn er sich nicht an ihren Schwur hielt. Doch er war nicht einem Argument gegenüber aufgeschlossen gewesen. Nichts hatte ihn beeindruckt. Er würde mit der Frau reden, denn wenn sie ihn danach nicht mehr wolle, wüsste er genau, dass sie nicht die

Richtige sei. Und wenn es sie nicht störte, dann würde sie schweigen wie ein Grab und den Schwur mit ihm teilen. Hinnerk war ein unverbesserlicher Romantiker gewesen. Er war nach Hause getorkelt mit dem festen Vorsatz, alles zu zerstören, was sie sich in den letzten drei Jahrzehnten mühsam aufgebaut hatten.

Klaas seufzte. Hinnerk könnte noch leben. Er hätte sich nur an den Schwur halten müssen. Eigentlich ganz einfach. Nur war das Leben eben nicht einfach.

All diese Facetten, diese Undurchsichtigkeiten, diese Animositäten ... Klaas war alledem gar nicht mehr gewachsen. Er war so müde. So unglaublich müde und kaputt. Vielleicht würde er an seinem Lieblingsplatz etwas Kraft schöpfen können. Siri war fort, Hinnerk und Hanna tot. Frerich würde seine Klappe halten und er selbst auch. Da gab es nur noch eine unbekannte Größe. Das fünfte Rad am Wagen. Benutzt. Abgestellt. Sicher eingemottet.

Sie war wohlhabend geworden, aber wie ging es ihr mit diesem Wissen, dieser Schuld? Sie würde sich bestimmt nicht selbst in die Pfanne hauen, dazu war die Frau zu klug. Klaas holte mit kräftigen Schritten aus und beschloss, zumindest ein Stück des Weges am Strand entlangzuspazieren, wenn auch mit forschem Schritt. Der Wind blies ihm so in den Rücken, dass er gut vorankam. Es waren nur wenige Möwen zu sehen und ihre vereinzelten Rufe wurden vom Wind fortgetragen. Dafür entdeckte er immer mehr Rabenkrähen, die sich am Spülsaum tummelten und die angespülten Muscheln mit ihren Schnäbeln umdrehten. Sie hatten sich dem Inselleben gut angepasst und ihm kam der Gedanke, dass Hinnerk sich vielleicht ein Beispiel an den Vögeln hätte nehmen sollen. Manchmal war Anpassung einfach unvermeidlich.

Er näherte sich dem Spülsaum, schrak zusammen, als er auf eine der Muscheln trat. Es war kein ungewöhnliches Geräusch, nichts, das einen erschrecken müsste, aber dieses Zermalmen von Kalk schob ihm furchtbare Erinnerungsfetzen ans Ohr. Es war eine dieser länglichen Muscheln, die unter seinem Fuß zerbrochen war. Eine Schwertmuschel. Davon lagen hier am Strand zuhauf herum. Es gab sie in verschiedenen Größen. Die Amerikanische Messermuschel war erst 1978 hier angelangt und bevölkerte jetzt die ganze Nordsee. Anpassung. Nichts war so wichtig wie Anpassung. Hinnerk, du hättest es wissen müssen, du warst doch ein Kind der Insel, ein Kind, das wusste, wie wichtig es war, nicht nur sich selbst, sondern immer das Ganze zu sehen.

Klaas lief weiter, hielt sich jetzt ein bisschen weg vom Spülsaum, damit er das Geräusch der zertretenen Muscheln nicht mehr hören musste.

Eigentlich müsste er erleichtert sein. Dieser Kraulke war ein Hohlkopf und stocherte blind herum. So würde er nichts finden. Und Siri hatte heute Morgen die Insel verlassen. Er hatte genau gesehen, dass sie in die Inselbahn gestiegen war. Warum nur beruhigte ihn das alles nicht? Alles war gut, alles im grünen Bereich. Klaas beschleunigte den Schritt.

Bis zum Ostanleger. Er wollte bis zum Ostanleger kommen. Gleich noch einmal nach rechts über die Dünen, dann am Wattsaum entlang. Alles war gut. Der Sand knirschte unter seinen Füßen. Als er sich umdrehte, sah er, dass er Spuren hinterließ. Vielen Menschen war es wichtig, Spuren zu hinterlassen. Er selbst hatte irgendwann aufgehört, sich darüber Gedanken zu machen, denn für ihn war es definitiv besser, spurenlos durchs Leben zu gehen. Der Wind und das Wasser würden ohnehin bald dafür sorgen, dass zumindest diese hier bald der Vergangenheit angehörten. Er warf einen prüfenden Blick zum Himmel. Im Nordwesten türmten sich schon wieder gewaltige Wolkengebilde auf. Der Rückweg würde ihm also nicht nur den heftigen Wind, sondern auch noch Regen ins Gesicht schleudern.

Klaas begann jeden seiner Schritte zu zählen. Das lenkte ihn von seinen kreisenden Gedanken ab. Sein Herz schlug außergewöhnlich rasch. An und für sich kam er nicht so schnell aus der Puste, hatte eine ausreichende Kondition. Doch heute machte ihn etwas nervös. Er musste ruhiger werden, sich fokussieren.

Siri hatte die Insel verlassen, die Gefahr war vorbei. Klaas verlangsamte den Schritt. Er holte sich das Bild von vorhin zurück in die Erinnerung.

Siri war aus dem Haus gekommen. Dann in Richtung Strand gegangen. Kurz darauf war sie zurückgekommen, war für eine Weile in der Polizeidienststelle verschwunden und hatte dann direkt den Bahnhof angesteuert. War in einen der Waggons geklettert und zum Anleger gefahren.

Wieder und wieder ging Klaas in Gedanken diese Szenen durch. Es bestand kein Zweifel und nun wusste er, warum ihn diese Unruhe trieb. Er musste umkehren. Er brauchte Frerichs Boot. Er musste zum Festland. Er fürchtete, dass er recht haben konnte und Siri dorthin unterwegs war, wo sie keinesfalls hingehen sollte. Woher auch immer sie es wusste. In jedem Fall war er sicher, dass sie schon bald auf die Insel zurückkommen und keinen Stein auf dem anderen lassen würde. Er war sich aus einem Grund so unglaublich sicher: Siri hatte nämlich kein Gepäck dabeigehabt.

ooo

Es klopfte an der Tür zur Polizeistation und davor stand eine Frau. Sie war dünn und blass, trug ein farblos wirkendes Kleid über einer viel zu weiten Jeans. Der Stoff hatte sich wie ein Laken um ihren zerbrechlich wirkenden Körper gewickelt.

Ihr Haar war kurz, wirkte stumpf und erweckte den Anschein, schon länger keinen Friseur gesehen zu haben. Auch die Brille sah recht gewöhnungsbedürftig aus. Jeder halbwegs kompetente Optiker hätte ihr von dem Modell abgeraten.

Kraulke sah sie an, trat einen Schritt zur Seite, ließ die Frau an sich vorbei.

»Ich komme vom Festland. Bin eben mit dem Schiff gekommen.«

Kraulke wartete ab. So machte es Rothko auch immer. Es wirkte, denn die Frau sprach sofort weiter. »Ich habe eben vom Tod ...« Sie stockte, wirkte plötzlich völlig hilflos.

Kraulke sagte noch immer nichts. Im Normalfall hätte er jetzt den Satz vollendet, denn er wusste, was nun kam. Aber Rothko hatte ihm erklärt, es sei besser, sich zunächst zurückzuhalten, wenn es sich um sensible Menschen handelte, weil sie dann viel mehr Vertrauen fassen würden. Kraulke befand diese Frau für sensibel.

»Ich kannte Hinnerk Heiken«, sagte die Frau schließlich. »Er war mein Verlobter.« Sie zückte ein Taschentuch, tupfte sich über die Augen, die schon ganz rot geweint waren.

Nun schnellte Kraulke doch hoch. Sollte er jetzt tatsächlich mit dem Fall weiterkommen? Da tauchte tatsächlich eine Frau auf, die ihm vielleicht doch etwas mehr zu dem Toten sagen konnte und wollte, weil sie kein Teil dieses merkwürdigen Geflechts war, in dem keiner genau wusste, welchen Faden er lösen musste, um alles zu entwirren.

Er riss ein Formular aus der Schublade, setzte seine wichtige Miene auf. »Wie ist denn ihr werter Name?«

»Nicole. Nicole Wardenberg. Ich wohne in Esens und bin fünfundvierzig Jahre alt.«

Kraulke überfiel schon beim Schreiben des Namens ein wohliges Gefühl. Er würde den Fall lösen, er würde Rothko imponieren, mehr als mit dem Kaffeeautomaten. Er, Kraulke, würde der große Ermittler sein, der selbst diesen verzwickten Fall gelöst hatte. Mit Hilfe dieser Frau, diesem Geschenk des Himmels. Wobei er zugeben musste, dass sie nicht aussah wie eines. Eher wie gerade der Hölle entstiegen, aber vielleicht war das auch so. Nicole Wardenberg sah völlig fertig aus.

»Sie waren also die Verlobte von Hinnerk Heiken?« Die Wardenberg nickte. »Es ist noch nicht lange her, dass er mir den Antrag gemacht hat. Es gab noch etwas, das er klären wollte, hat er gesagt.«

Kraulke schrieb eifrig mit. Er ertappte sich dabei, die Zunge in den rechten Mundwinkel zu stecken, ein Relikt aus seiner Schulzeit. Er hatte das immer dann getan, wenn er sich besonders konzentrieren musste. »Er wollte also noch etwas klären. In welche Richtung ging das?«

»Ich weiß es nicht ganz genau, Herr Kraulke. Er sagte etwas von einer alten Geschichte, die nie bereinigt worden ist.« Nicole Wardenberg sah sich um. »Kann ich ein Glas Wasser haben?«

»Aber sicher doch!« Kraulke sprang auf und brachte ihr eins.

Die Frau nippte am Glas, schien konzentriert darüber nachzudenken, was genau Hinnerk gesagt hatte. »Mein Problem ist«, begann sie schließlich, »dass ich mir nicht allzu viele Gedanken darüber gemacht habe. Ich lege solche Aussagen nicht auf die Goldwaage und ehrlich gesagt interessieren mich diese alten Kamellen nicht. Das habe ich Hinnerk auch gesagt.«

»Was hat er darauf geantwortet?« Kraulke verspürte einen unwiderstehlichen Drang nach seinen Lakritz, die er stets als Nervennahrung benötigte.

»Er war nicht überzeugt, dass Schweigen das Beste sei. Er müsse es erst loswerden, hat er gesagt, damit er reinen Herzens in die Ehe gehen könne.« Nicole Wardenberg griff erneut zum Wasserglas, nippte aber wieder nur kurz daran. Sie brauchte anscheinend eine Pause, runzelte die Stirn, grub ihre Zähne in die Unterlippe. »Ich fand das völlig theatralisch und albern. Für mich zählt nur das Jetzt und Hier. Mein Gott, er ist doch nicht mehr der Jüngste gewesen, war doch klar, dass es andere Frauen in seinem Leben gegeben hat.«

Kraulke sah Hinnerks Verlobte an. Sie war der Inbegriff

von Unattraktivität. Sie war so unscheinbar wie eins der vielen braunen Entenweibchen auf den Teichen, fiel neben ihren Geschlechtsgenossinnen ebenso wenig auf.

Warum war Hinnerk auf diese Frau so versessen gewesen, dass er gerade bei ihr sein Schweigen über irgendeine alte Geschichte brechen wollte?

»Er war von Beginn an vernarrt, versessen. Wollte unbedingt schnell heiraten. Wir hatten noch nicht einmal Sex gehabt, da hat er mir schon einen Antrag gemacht.«

Das verstand Kraulke noch weniger. Bevor er einen solchen Schritt wagte, hätte er das doch zumindest ausprobiert. Aber vielleicht war Hinnerk auch einfach nur so furchtbar verliebt gewesen, dass es für ihn völlig gleichgültig gewesen war, ob es auch auf der Ebene funktionierte. Man konnte viele Dinge oft nicht verstehen.

»Es ging aber in jedem Fall um eine Frau?«, fragte Kraulke.

»Ich bin davon ausgegangen. Zumindest war es eine Sache, die er mit anderen verbockt hat und es muss etwas mit der Schneekatastrophe zu tun haben. Und mit einem Baby. Keine Ahnung, ich denke, er war schon Vater und wusste nicht, wie er es mir beibringen sollte.«

Während der Schneekatastrophe war hier auf Wangerooge also wirklich etwas geschehen, das sowohl mit Hinnerk und seinen Freunden als anscheinend auch mit Siris plötzlichem Auftauchen bei Hanna zu tun hatte. Die alte Karla hatte nicht gesponnen. Nun war nur noch interessant, welche Rolle Hinnerk Heiken in diesem Ränkespiel gehabt hatte. Es konnte durchaus sein, dass er Siris Vater gewesen war.

ooo

Siri war froh gewesen, als die *Wangerooge* von der Insel abgelegt hatte und in Richtung Festland fuhr. Sie hatte ihren Wagen in der Inselgarage in Harlesiel stehen gelassen und war nicht auf den Tidebus angewiesen. So würde sie erheblich schneller bei Mathilde anlangen und es mit viel Glück schaffen, das letzte Schiff zurück zur Insel zu erreichen.

Ihr Handy klingelte.

»Kommst du eigentlich auch mal zurück, Siri?« Es war Elmar. Seine Stimme hatte keinen warmen Klang, der Unterton war eher scharf. Siri hatte sich wirklich länger nicht bei ihm gemeldet.

»Ich bin auf der Fähre.«

»Kommst du also endlich zurück?« Die Schärfe hatte einen leicht flehenden Unterton.

»Nein, ich suche noch immer, fahre heute Abend zurück nach Wangerooge, Elmar. Bitte verstehe das.« Siri hasste es, wenn sie sich verteidigen musste, aber es half nichts.

»Das verstehe ich nicht. Immer sagst du, du hasst die Insel, und jetzt bist du nicht von dort wegzukriegen.«

»Es hat sich alles geändert. Ich habe es dir erklärt …«, setzte Siri an, aber sie wusste schon zu Beginn, dass es zwecklos war. Elmar würde es nicht verstehen.

»Es ist doch egal, wer deine Mutter ist oder war, Siri. Du bist, wie du bist, und es ändert nichts, wenn du sie findest. Also, wo kann ich dich gleich treffen?«

»Ich bin nicht ich, wenn ich das nicht herausfinde. Ich fahre heute Abend zurück nach Wangerooge.« Siri hatte das Gefühl, sich mit einer Wand zu unterhalten.

»Dann wünsche ich dir viel Glück«, quetschte Elmar hervor. »Wenn deine Suche von Erfolg gekrönt ist, wirst du dich ja vielleicht wieder an mich erinnern.« Er wartete ihren Abschiedsgruß gar nicht mehr ab, sondern drückte Siri einfach weg.

Es berührte sie weniger, als es sollte. Seit sie auf der Suche war, hatte sie sich jede Stunde ein Stück weiter von ihrem Freund entfernt und das Merkwürdige war, dass es nicht einmal wehtat. Siri fragte sich, während sie die braune Gischt betrachtete, warum solche Ereignisse einen Menschen in kurzer Zeit dermaßen verändern konnten, dass eine langjährige Beziehung in den Hintergrund rückte und der Lebensmittelpunkt sich derart verschob. Aber es war nur ein kleiner Augenblick, in dem sie so etwas wie Trauer empfand.

Als das Schiff anlegte, eilte sie rasch zum Parkplatz und löste ihren Wagen aus.

Nun saß sie im Auto auf dem Weg nach Jever. Der Wind war hier auf dem Festland nicht weniger stark als auf der Insel, Siri musste das Lenkrad schon kräftig festhalten, damit ihr Wagen nicht ins Schlingern kam. Vor allem die einzelnen Böen waren nicht zu unterschätzen.

Sie hoffte so sehr, dass Mathilde ihr etwas über ihre Mutter, vielleicht sogar ihren Vater sagen könnte. Hin und wieder keimte in Siri die Hoffnung, dass vielleicht sogar Mathilde ihre Mutter sein könnte, dann hätte das Suchen sofort ein Ende, sie wäre angekommen. Aber dann bekam sie Angst, weil sie gar nicht wusste, wer Mathilde war und ob sie die Frau überhaupt mochte.

Siri stellte das Radio lauter. Sie konnte sich aber nicht konzentrieren, schaltete sich durch die unterschiedlichen Programme, machte dann aus.

Sie wurde immer nervöser, je näher sie Jever kam. Als sie am Gewerbegebiet vorbeifuhr, schlug ihr das Herz schon bis zum Hals. In Höhe der Brauerei musste sie kurz überlegen, in welchem Teil der Stadt Mathilde wohnte. Die hatte ihr eine Beschreibung durch den Hörer geflüstert, aber Siri war zu nervös gewesen und hatte nicht richtig zugehört, hatte gedacht, mit dem Navigationsgerät würde sie den Brookmerlandring schon finden. Dabei war ihr entfallen, dass sie das Gerät zu Hause in Wilhelmshaven gelassen hatte, weil sie den Weg zum Anleger kannte.

Siri fuhr in Richtung Ortsausgang, am ersten Kreisel bog sie rechts ab. Sie schlängelte sich durch mehrere kleine Straßen, dann hatte sie die richtige gefunden. Sie suchte einen Parkplatz, was in der engen Wohnstraße nicht einfach war.

Einen Augenblick verharrte sie hinter dem Lenkrad, überlegte, was genau sie zu Mathilde sagen sollte, und warum sie eigentlich so sicher war, dass diese Frau ihr auch nur ansatzweise weiterhelfen könnte.

Je näher die Begegnung rückte, desto verzagter wurde sie. »Augen zu und durch«, flüsterte Siri sich schließlich selbst zu. »Ich habe nichts zu verlieren.«

Sie kletterte aus ihrem Wagen und steuerte zielstrebig auf die angegebene Hausnummer zu. Dort studierte sie das Klingelschild, wollte nicht an der falschen Tür klingeln. Das Haus war groß mit dunklen Backsteinen und viel Verglasung. Die Haustür knallrot, genau wie die Beschläge. Daneben befanden sich große Kübel mit rund geschnittenen Buchsbäumen, in denen sich Lichterketten versteckten, die auch am hellichten Tag wie kleine Sterne darin funkelten. Siri drückte ihren Zeigefinger auf die Klingel, wartete, ob sich etwas tat. Es konnte ja auch sein, dass Mathilde es sich anders überlegt hatte. Immerhin schien sie doch ängstlich gewesen zu sein.

Doch schon kurz darauf wurde die Haustür aufgerissen und Siri regelrecht in den Flur gezogen.

Sie hatte kaum Zeit, die perfekt durchgestylte Einrichtung zu bewundern, da stand sie schon im Wohnzimmer, für das die Bezeichnung Zimmer untertrieben war. Siri kam sich vor wie in einem Saal. Aus versteckten Lautsprechern wurde sie von klassischer Musik umspült. So laut, dass sie sich für den Moment in ein Konzert versetzt fühlte.

»Ich liebe Chopin«, sagte Mathilde anstelle einer Begrüßung, nachdem sie die Musik leiser gemacht hatte. »Setzen Sie sich!« Sie nahm aus einer Anrichte zwei Likörgläser, die sie ohne zu fragen mit einer roten Flüssigkeit aus einer Karaffe füllte.

»Danke, ich trinke nicht«, winkte Siri ab. Sie wollte möglichst rasch wieder von hier verschwinden. Das Haus, Mathilde, alles war ihr schon auf Anhieb nicht ganz geheuer. Von der Frau ging etwas aus, das Siri abstieß. Sie wusste nicht, ob es die Art ihrer Bewegungen war oder der Tonfall, den sie nicht einordnen konnte. Vielleicht war es auch die Mimik, die Siri so unbewegt erschien, als sei sie gemeißelt. Schließlich entschied Siri sich dafür, dass es eine Mischung aus allem war.

»Ich kann Ihnen nichts sagen«, brach es aus Mathilde heraus, nachdem sie sich den Likör mit einem Schluck in den Hals gekippt hatte.

Siris Bemerkung, dass sie nichts trinken wollte, hatte sie geflissentlich ignoriert.

»Ich denke aber doch«, widersprach Siri. »Sie kannten meine Adoptivmutter und Sie wissen, glaube ich, eine Menge über mich. Warum sonst sind Sie, nachdem ich in der Familie war, so urplötzlich abgetaucht?«

»Zufall.«

Siri schüttelte den Kopf. Ihr war das heftige Augenzucken, das Zittern der Hände nicht entgangen. Mathilde log, das war ganz offensichtlich.

»Was machen Sie beruflich?«

»Das geht Sie ja wohl gar nichts an, Frau Gerken.«

»Hat Ihnen jemand viel Geld dafür gegeben, dass sie verschwunden sind?«

Mathilde zuckte zusammen. »Wie kommen Sie darauf?«

»Ich habe Ihr Haus gesehen, Ihren Wagen. Das ist alles …«, Siri machte eine Pause, »… eine Nummer größer.«

»Verdiene eben gut.« Mathilde goss sich einen weiteren Likör ein und kippte ihn ebenso rasch hinunter wie den ersten.

Siri glaubte ihr kein Wort. Sie blickte Mathilde tief in die Augen, die aber wich ihrem Blick aus. Siri ließ nicht locker. Sie war hier, um einen Schritt weiter nach vorn zu machen. Einen winzigen Schritt.

»Ich kann nicht …«

»Ich will die Wahrheit, die alleinige Wahrheit!« Siri wunderte sich selbst über ihre Stimmlage, die fordernd und sehr bestimmend war. Und über die Sicherheit, die sie ausstrahlte, obwohl sie eigentlich gar nichts so genau wusste.

»Also gut, Siri. Ich werde dir was zeigen.« Mathilde stand auf und ging mit wackeligen Beinen zum Schrank.

ooo

Schweig, Muschel! Wenn ein falsches Wort deine Lippen verlässt, wirst du es bereuen. Nichts wird mehr sein wie zuvor … nichts, sei gewiss …

8.

Sandklaffmuschel – *Mya arenaria*

Die Sandklaffmuschel ist eine recht große Muschel und hat eine Größe von zehn bis zwölf Zentimetern. Der Sipho ist fingerdick. Die Sandklaffmuschel gräbt sich tief ein und filtert ihre Nahrung aus dem Wasser. Sie kommt im Wattenmeer recht häufig vor. Da die jungen Tiere ihren einmal gewählten Ort nie mehr verlassen, haben die älteren Muscheln oft Probleme, sich einzugraben. So findet man häufig frei gespülte Ansiedlungen, die einem Friedhof gleichen.

Birgit stand am Fenster und sah Frerich und Klaas nach. Es war ein unsinniges Unterfangen, sie würden die Insel um diese Zeit nicht verlassen können, das Wasser war schon zu weit abgelaufen.

Klaas war am Morgen wie ein aufgescheuchter Hahn zu Frerich gekommen und beide waren schließlich in den Dünen verschwunden. Es ging um diese Siri, das war das

Einzige, was Birgit in Erfahrung bringen konnte. Der komische Kommissar war auch noch dagewesen, hatte gesagt, dass er nun genau wüsste, wie und wann Hinnerk ums Leben gekommen war. Er sei mit dem Kopf gegen den alten Ofen an der Bunkerwand geschlagen worden und außerdem wäre das vor etwa sieben Tagen geschehen. Wo denn Frerich am Montag vor einer Woche gewesen sei.

»Da hatten die Männer ihren Skatabend, das haben Sie montags immer.«

Birgit war froh, dass sie nicht nachdenken musste, der Montag war eben dafür reserviert.

»Klaas, Frerich und wer noch?«, hatte der Kommissar gefragt und dazu konnte Birgit nichts sagen, weil das wechselte. Nur Hinnerk, Hinnerk war nie dabei gewesen.

Frerich musste ihm dasselbe erzählt haben. Weitergekommen war Kraulke aber nicht. Birgit freute das diebisch. Sie konnte Fremde auf der Insel nur leiden, wenn sie Gäste waren und sich hier erholen wollten. Sonst waren sie Fremdkörper, brachten unnötige Unruhe hierher.

Sie blieb schließlich auch auf Wangerooge, siedelte sich nicht irgendwo an, wo sie nicht hingehörte. Sie war ein Teil der Insel, würde hier ihre ewige Ruhe finden und ihre Gebeine würden sich mit denen der anderen Insulaner vermischen, wenn sie alle zu Staub geworden waren.

Sie holte sich eine ihrer Kisten, in denen sie die am Strand gefundenen Muscheln aufbewahrte, und nahm sich die Sandklaffmuschel heraus. Sie liebte die große Muschel, die sich nicht wie eine von vielen in die Massen einreihte. Ihr Finger glitt über die Oberfläche. Die finsteren Gedanken waren noch immer nicht zurückgekehrt. Sie dachte immer, sie seien wie ein Panther, weil sie sie genauso unverhofft von hinten attackierten, wie es ein Raubtier tun würde. Frerich schien es zu genießen, ihr selbst machte die Normalität fast ein wenig Angst. Es war ungewohnt, die Umwelt klar gezeichnet vor sich zu sehen und die Dinge mit allen Sinnen zu erfassen.

Seit Hinnerk tot war, hatte sich ihr Leben arg geändert. Zuerst hatte sie wirklich gedacht, es sei doch sehr günstig, dass er weg war und dass es ihnen etwas Frieden bringen würde. Das Gegenteil war aber eingetreten. Es war, als habe Hinnerk seine böse Seele hinterlassen, die nun danach trachtete, ihrer aller Leben auch noch zu zerstören. Als Erstes hatte er Hanna folgen lassen und wenn sie nicht aufpassten, würden Klaas, Frerich und die Frau auf dem Festland auch bald folgen. Es war, als schwebte über ihnen ein Damoklesschwert, das nur noch an einem seidenen Faden hing. Birgits Daumen begann zu schmerzen, zu lange und zu heftig war sie mit der Kuppe über die Schale der großen Muschel geglitten.

Birgit würde zu Siri gehen, wollte mit der jungen Frau reden. Die sollte keinen Fehler machen, besser gehen, bevor Hinnerks Geist auch sie noch holte. Sie stocherte völlig ahnungslos in einem Wespennest herum.

Sie musste aufhören damit und zwar sofort. Der einfältige Kommissar würde hier nichts erreichen, aber die junge Frau war hartnäckig und gewitzt. Birgit musste sie stoppen. In jedem Fall stoppen.

ooo

Noch bevor Mathilde den Schrank öffnen konnte, klingelte das Telefon. »Ja?« Noch während sie das sagte, wurde sie blass. Sie ließ sich mit dem Hörer in der Hand auf den nächstbesten Sessel fallen, drückte auf den Ausknopf und starrte in die Luft.

»Ist was?«, fragte Siri.

Mathilde schüttelte den Kopf. »Gehen Sie! Bitte gehen Sie!«

Siri blieb sitzen. Sie war sich sicher, dass der Anruf mit ihrer Anwesenheit zu tun hatte.

Dann begann Mathilde zu weinen. Es war ein haltloses Schluchzen, das in ein krampfartiges Jammern überging. Es wirkte, als habe sie das alles über viele Jahre aufgestaut, und Siris Anwesenheit führte nun dazu, dass sich die Schleusen öffneten.

»Ich hätte das nicht tun sollen«, sagte sie schließlich wie zu sich selbst. Es schien, als bemerke sie Siris Anwesenheit gar nicht mehr. »Es wäre so leicht gewesen, es zu verhindern. So verdammt leicht.« Mathildes Blick verlor sich in Richtung des Fensters. Sie starrte ins Moorland, dann zur seitlichen Fensterfront, wo sie einen Teil der Straße einsehen konnte. »Ich hasse seitdem den Schnee, bekomme Beklemmungen, wenn er fällt. Dieses lautlose Zudecken der Welt, dieses Unter-sich-Begraben. Es ist ein leiser Mord an der Natur, weil darunter kaum ein Tier überlebt, viele Pflanzen erfrieren. Ich hasse den Schnee. Ich muss hier weg. Muss alles verkaufen, muss da hin, wo es dieses Weiß nicht gibt, wo ich sicher bin. Schon im Herbst beginnt die Angst. Die Angst davor, dass es zu schneien beginnen könnte, dass ich nicht rechtzeitig dafür gesorgt habe, weg zu sein. Wenn ich hier bin, brauche ich die Wärme, richtige schöne Wärme. Sonst kommen sie. Sie kommen über mich, diese Augen. Sie blicken mich an, durchdringen mich. Ich kann sie nicht vergessen. Ich hasse den Schnee. Er soll dieses Jahr nicht kommen. Er soll nicht, er soll nicht, er soll nicht …« Die Stimme wurde immer leiser, bis sie brach.

»Welche Augen? Von welchen Augen sprichst du?«

Mathilde sah sie durch den Tränenschleier hindurch an. »Von dem Baby. Ich rede von dem Baby!«

»Von mir, Mathilde? Redest du von mir?«

»Von dem Baby. Von dem Baby …« Mathilde brach in sich zusammen und sagte nichts mehr. Nach einer Stunde des Schweigens verließ Siri das Haus und machte sich auf den Weg zurück nach Wangerooge.

ooo

Kraulke hatte Rothko einen kräftigen Cappuccino gemacht und beide saßen über den Berichten der KTU.

»Dass der Mann gegen den Ofen geschlagen wurde, war ja klar und mit meiner Vermutung, dass der Mord etwa eine Woche zurückliegt, war ich auch dicht dran«, sagte Rothko zufrieden.

»Klaas und Frerich haben an dem von der KTU angenommenen Tatabend Karten gespielt. Aber ohne den dritten Mann«, sagte Kraulke. »Also definitiv keinen Skat«, schickte er mit einem Lachen hinterher.

»Dann geben sie sich gegenseitig ein waschechtes Alibi. Wenn da keiner von der Insel plaudert, weil man sie zusammen oder einzeln in Richtung des Bunkers gesehen hat, haben wir keine Chance, denn es gab keine verwertbaren Spuren. Dieser Bunker ist so alt, so verkommen ...« Rothko presste die Zähne zusammen.

»Dachte auch, das hier sei alles völlig easy.« Kraulke war sehr unglücklich, hatte er mit der schnellen Aufdeckung des Falles doch so richtig auftrumpfen wollen.

Sie trugen noch einmal zusammen, was sie hatten.

»Hinnerk wurde mit an Sicherheit grenzender Wahrscheinlichkeit Montag vor einer Woche im Bunker in den Dünen hinter den Eigentumsanlagen erschlagen«, referierte Kraulke. »Fundort ist gleich Tatort. Die Motivlage ist völlig unklar, in Erwägung ziehen muss man eine Begebenheit, die während der Schneekatastrophe 1979 stattgefunden und gegebenenfalls mit der Mutter von Siri Gerken zu tun hat. Das ist aber nur eine vage Vermutung, die sich auf die Aussage einer geistig verwirrten Frau stützt und auf die Aussage seiner Verlobten, der er ein Geständnis über seine Vergangenheit machen wollte. Was aber wiederum auch harmlos sein kann, weil auch eine andere Frauengeschichte eine Rolle spielen könnte. Nicole Wardenbergs Vermutung geht in die Richtung, der Tote habe ein Kind mit einer anderen, denn es sei das Wort ›Baby‹ gefallen.« Kraulke holte tief Luft, bevor er weitersprach.

Das musste Rothko ihm lassen: Im Zusammenfassen von Ermittlungsergebnissen war sein Kollege einfach gut.

»Heiken war auf der Insel unbeliebt«, begann Kraulke wieder. »Er galt als Verräter und Spielverderber, der andere gern die Suppe auslöffeln ließ, die er eingebrockt hatte. Bei all meinen Ermittlungen habe ich, bis auf die Wardenberg, keinen Menschen getroffen, der etwas Positives über Hinnerk gesagt hat. Wenn sie überhaupt etwas preisgegeben haben.«

Rothko überlegte. »Warum zum Teufel ist der Kerl dann auf der Insel geblieben, wenn er wirklich vollkommen ausgeschlossen von der Gemeinschaft war? Vielleicht hat ihm auch jemand aus ganz anderen Gründen den Schädel zertrümmert.«

Kraulke pulte mit dem Zeigefinger zwischen den Zähnen herum. »Wer weiß. Jedenfalls kommen wir so nicht einen Schritt weiter.« Er schob Rothko den Cappuccino rüber, damit er nicht vollends abkühlte, denn noch hatte der Hauptkommissar nicht einen Schluck genommen.

»Siri Gerken hat, wie Sie sagen, heute Morgen die Insel verlassen«, sagte Rothko. Der Satz verursachte ihm ungeahnte Schmerzen in der Bauchgegend. Es war nicht nur die Tatsache, dass sie gegangen war, es war auch der Schmerz darüber, dass sie nicht auf ihn gewartet hatte oder früher in die Dienststelle gekommen war, um mit ihm zu besprechen, was sie vorhatte. Aber was erwartete er? Sie war zu nichts verpflichtet. Sie hatte ihn lediglich um Hilfe gebeten und er hatte nichts für sie tun können. Das Schiff hätte ebenfalls nicht auf sie gewartet.

Rothko schlug mit der Faust auf den Schreibtisch. »Verdammt«, entfuhr es ihm. »Es muss doch eine Möglichkeit geben, zu erfahren, was damals geschehen ist. Es ist die einzige Spur! Wo fangen wir an?«

»Mit mir?«, piepste da eine Stimme. Rothko fuhr herum und sah eine dicke Frau mittleren Alters hinter ihm stehen, die zwar farblos, aber gleichzeitig so dominant erschien, dass sie den ganzen Raum für sich einnahm. Kraulke musste die Tür der Polizeistation aufgelassen haben. »Ich bin Simone Hahnheiser, die Schwester von Hanna Gerken.«

ooo

Klaas hatte das Gitter des Bunkers geöffnet und leuchtete den Boden mit der Taschenlampe ab. Es war nichts zu erkennen. Alles war glatt, keine Spuren. Die Bunkerwand war grau, dicke Spinnweben hingen gespenstisch im Licht der kaputten Lampe.

Er schabte mit dem Fuß über den Boden. Ein bisschen Dreck blieb an der Spitze hängen. Sie hatten auch damals ganze Arbeit geleistet. Keine Spuren, nichts hinterlassen. Das war zu der Zeit natürlich wesentlich einfacher gewesen als heutzutage, wo die Kriminaltechnik dermaßen ausgefeilt war. Eigentlich konnte er doch zufrieden sein. Zeitlebens hatte er alle Dinge gelenkt und in die richtigen Bahnen gebracht. Niemand hatte je gewagt, ihm zu widersprechen. Der Preis für alles war hoch gewesen, jeder hatte seinen Tribut leisten müssen. Glücklicherweise hatte Hanna Geld gehabt. Sie hatte viel an Mathilde abgegeben, die ihr Leben in diesem Luxusschneckenhaus lebte, zwar reich genug war, aber ihr Dasein nach all dem in völliger Einsamkeit beschied. Er hatte zumindest noch ein Zuhause, das warm und gemütlich auf ihn wartete, wenn er kam. Es gab eine Frau, die sich um ihn sorgte, die das Essen bereithielt und ihm die Hemden bügelte.

Von Mathilde hatten sie die Einsamkeit nicht erwartet, nur, dass sie den Schwur nicht brach. Aber die Frau war, genau wie Hinnerk, nie mehr in der Lage gewesen, eine Beziehung zu führen. Dass es für seinen Kumpel besser gewesen wäre, es auch dabei zu belassen, konnte man ja sehen.

Klaas hoffte nur, dass Siri wirklich nicht dorthin gefahren war und versucht hatte, Mathilde mit irgendwelchen Verlockungen oder einem Appell an ihr Gewissen aus der Reserve zu locken.

Er konnte es drehen und wenden wie er wollte: Sein Hauptproblem hieß im Augenblick Siri Gerken. Sie musste ausgeschaltet werden und das möglichst unauffällig, sonst würde dieser Rothko Alarm schlagen und alle wahnsinnig machen. Aber der Kommissar wusste vermutlich nicht, dass Siri ohne Gepäck gefahren war und bald zurückkommen würde. Klaas grinste. Er hatte alles im Griff, er war der Polizei im Denken weit voraus. Noch lief nichts aus dem Ruder, noch war alles ruhig.

Er fuhr erneut mit der Fußspitze über den Boden. Es gab keine Spuren. Gar keine Spuren. Alles im Lot. Seit über dreißig Jahren alles im Lot!

ooo

Schweig, Muschel. Ich habe gesehen, dass du deine Klappe geöffnet hast. Du wirst sie verschließen und schweigen. Immer weiter schweigen …

9.

Die Kammmuschel – *Chlamys pecten varia*

Die Kammmuschel ist eine schöne Muschel, die oft zu Dekorationszwecken gebraucht wird. Sie ist ungefähr sechs Zentimeter groß und hat eine Rippenschale. Sie ist flach und es gibt sie in ganz verschiedenen Färbungen. Bei Gefahr flieht sie, indem sie davonschwimmt. Zuvor klappt sie sich ganz zu. Sonst bewegt sie sich wandernd vorwärts. Man findet ihre Schalen im Spülsaum.

Siri war froh, als sie das Schiff verlassen konnte. Eigentlich hatte sie sich für seefest gehalten, aber diese

Überfahrt hatte sie doch an ihre Grenzen gebracht. Der Sturm drohte sich zu einem Orkan auszuwachsen, eine entsprechende Warnung war schon von der Unwetterzentrale herausgegeben worden. Die Waggons des Zuges wackelten im Wind, das Wasser war hoch aufgelaufen und reichte fast bis an die Schienen. Es war eine gespenstische Atmosphäre, wenn eine Böe kam, den Zug zum Zittern brachte und gleichzeitig das graugrüne Nordseewasser aufspritzen ließ. Siri empfand diese Begrüßung beinahe als Bedrohung.

Mathilde hatte nach dem merkwürdigen Anruf geradezu unter Schock gestanden. Siri war sich sicher: Jemand hatte mitbekommen, dass sie zu ihr gefahren war. Mathilde sollte nicht mit ihr reden, es wäre eine Gefahr für ihr Leben, das war deutlich. Hanna hatte sich ähnlich geäußert.

Siri beschloss, nicht ohne Rothko weiterzumachen, sich ihm anvertrauen. Er war ihr wohlgesinnt, er wollte ihr helfen. Es war dumm, dass sie ihm nichts von Mathilde erzählt hatte, sondern einfach auf eigene Faust zu ihr gefahren war. Es hatte ihr schließlich nichts gebracht. Gar nichts.

Siri stieg sofort aus dem Zug, als er anhielt. Sie sehnte sich nach ihrem Bett, nach einem Glas Rotwein und einem Käsebrot. Sie wollte nur noch eins und das war schlafen. Einfach nur schlafen und nicht mehr nachdenken müssen, was das Leben noch für sie bereithielt oder was einst passiert war.

Siri steuerte auf den Ausgang zu, wickelte sich ihren breiten Schal um den Kopf und hastete die Zedeliusstraße hinunter, die am Leuchtturm vorbeiführte. Nach Hause, nur noch nach Hause. An der Apotheke bog sie in die Charlottenstraße ab. Als sie die Ecke kurz vor ihrem Haus erreicht hatte, hörte sie Schritte. Sie drehte sich um und sah eine Gestalt, die ihr zuwinkte. Wer war das? Siri folgte dem Winken um die Hausecke herum. Die Gestalt war hinter dem Nachbarhaus verschwunden. Ein bisschen erinnerte sie die Frau an Karla, aber dann wieder dachte sie, es könne auch Birgit sein. Die lief ebenfalls immer so geduckt.

Sie sollte nach Hause gehen, sich nicht von einer durchgedrehten Frau beeinflussen lassen, denn egal, ob es sich um Karla oder Birgit handelte: Sie lebten beide in eigenen Welten.

Siri zögerte. Ihr war nicht wohl dabei, aber dennoch setzte sie einen Fuß vor den anderen und bog um die Ecke des Nachbarhauses. Die Tür zum Flur stand offen. Siri tastete mit den Händen an der rauen Wand entlang, suchte nach dem Lichtschalter. Ich sollte umkehren, mich ohne Rothko auf nichts mehr einlassen, dachte sie. »Ich kann dir helfen«, hörte sie von unten. »Komm mit, ich habe etwas für dich!« Stufe für Stufe folgte sie der Stimme in die Tiefe, die sie lockte, wie die Hexe Hänsel und Gretel.

ooo

Rothko hatte sich ein Bild von Siri aus dem Internet heruntergeladen und klickte es heimlich immer wieder an. Dabei streichelte sein Blick ihre glatten Wangen, verlor sich in ihren Sternenaugen. Er vermisste sie, obwohl sie kaum einen halben Tag fort war.

Mittlerweile gestand er sich ein, dass er sich in die junge Frau verliebt hatte. Ein Gefühl, das ihm eigentlich fremd war. Er hätte nie geglaubt, noch einmal solche Gefühle zu entwickeln und es war ihm auch klar, dass es hoffnungsloses war. Siri war um so viele Jahre jünger, sie war wunderschön und er war sich ziemlich sicher, dass es jemanden in ihrem Leben gab, auch wenn sie nie darüber gesprochen hatte. Er würde sich aber nie in eine Beziehung drängen, das gab nur Verletzungen und Stress. Er wollte das weder sich noch Siri antun. Und doch konnte er es nicht lassen, an sie zu denken, und es war schon gar nicht zu vermeiden, dass sein Herz in dem Moment ein paar Takte schneller schlug. Seine

Situation war fatal, trübte es doch den Blick darauf, was eigentlich wichtig war. Er hatte einen Mord aufzuklären und überließ die Sache völlig Kraulke, der überhaut nicht weiterkam.

Auch die Aussage von Hannas Schwester war unerquicklich gewesen, unterstützte nur das, was sie ohnehin schon wussten. Siri war von Hanna mit Klaas' Hilfe adoptiert worden. Von der Mutter wüsste sie nichts. Hanna habe nie viel mit ihr geredet. Zum Mord an sich konnte sie gar nichts sagen.

Rothko fragte sich die ganze Zeit, warum die Frau überhaupt hier aufgetaucht war. Da sie ebenfalls von der Insel stammte, vermutete er, sie sei als Vorwand geschickt worden, weil vermutlich alle im Dorf darauf brannten zu erfahren, wie weit die fremden Polizisten schon gekommen waren.

Es war wirklich wie verhext. Rothko rief Kraulke noch einmal zu sich.

»Der Bunker ist doch bis auf den letzten Winkel von der Spurensicherung auseinandergenommen worden, oder?«

Kraulke nickte. »Die haben jeden Zentimeter abgescannt, Sie kennen die Jungs doch. Wir sind schließlich eben noch einmal alles durchgegangen. Warum fragen Sie?«

»Nur so. Ich zermartere mir den Kopf darüber, ob wir etwas Wesentliches vergessen haben. Eine winzige Spur. Was ist, wenn wir uns auf einem völlig falschen Weg befinden?«

Kraulke seufzte. Er sah wohl ein, dass sein Kollege recht hatte. So konnten sie nicht weitermachen. »Ich nehme mir die Akten ein weiteres Mal vor«, sagte er. »Es muss doch etwas zu finden sein.«

Bevor er jedoch darin eintauchen konnte, klingelte es an der Tür. Rothko öffnete, musste sie mit aller Kraft festhalten, weil der Wind sofort daran riss. Draußen stand Hannas Schwester. Ihr Atem ging schnell, fast stoßweise.

»Es tut mir leid, dass ich noch einmal störe. Aber ich habe nicht ganz die Wahrheit gesagt. Ich weiß, wer Siris Mutter ist. Sie lebt in Jever.«

ooo

Mathilde war sich sicher, dass Siris Besuch ein Nachspiel haben würde. Keiner würde es hinnehmen, dass sie hier gewesen war, alle würden nachforschen, ob und was sie gesagt hatte. Mathilde vermutete, dass sie ihr Telefon abhörten. Seit über dreißig Jahren wurde jeder ihrer Schritte überwacht. Sie hätte das Angebot damals annehmen sollen, sich ganz woanders als in Friesland niederzulassen. Es wäre ihre einzige Chance gewesen, alles wirklich hinter sich zu lassen. Aber sie war wie gefesselt und konnte es nicht tun.

Immer hatte sie sich verantwortlich gefühlt, nie wäre sie weggegangen. Das wäre für sie gleichbedeutend mit Feigheit gewesen und das war ein Wesenszug, den sie an sich nicht duldete. Der Preis war hoch. Unfreiheit all die Jahre, Überwachung bis zum letzten Schritt. Sie war so süß gewesen, die Kleine. Mathilde würde den Blick nicht vergessen, mit dem das Kind sie fixiert hatte, bevor sie es Hanna in die Arme gelegt hatte. Es war eine symbolische Geste gewesen, mehr nicht. Danach hatte sie kein Baby mehr gehabt. Sie war seitdem von einer großen Leere erfüllt und sich doch der Tatsche bewusst, dass sie allein die Verantwortung dafür trug.

Nie würde sie die Bilder vergessen. Zu viel Tod auf einmal. Zu viel Grauen, als dass ein Mensch es aushalten konnte. Sie musste ihre Strafe annehmen, es war der einzige Weg gewesen. Da hatten die anderen recht gehabt. Ihr war keine Wahl geblieben. Sie hatte gehofft, so ihre Seele zu befreien. Aber wie sollte man etwas retten, das nicht zu retten war? Mathilde war sich bewusst, dass sie es war, die den ersten Fehler gemacht hatte. Darum trug sie die größte Schuld, war die Sünderin, hatte das Büßergewand zu tragen. Bis zum Schluss. Bis alles endgültig im Nirwana verschwand. Über ihrem Kopf schwebte das Schwert des Henkers. Sie konnte es nicht aufhalten. Es würde niedersausen, ihr den Hals abtrennen, ihre Seele fortschicken auf der Suche nach einem besseren Leben. Es gab Tage, da hoffte sie, es möge endlich so weit sein, und dann wieder fürchtete sie sich vor dem Moment. In solchen Augenblicken setzte sie alles daran, das Schwert aufzuhalten, entwickelte Strategien, zu überleben.

Es gab diese zwei Mathildes, zwei Persönlichkeiten, die getrennt voneinander existierten. Je nach der Stimmung, in der sie sich befand. Mathilde hatte sich nie vorstellen können, dass es so viel Unglück auf einmal geben könnte. Davor war alles in ihrem Leben so leicht, so unbeschwert gewesen. Selbst die Schwangerschaft ohne Mann und das ganze Gerede hatten sie nicht aus der Bahn geworfen. Zuerst jedenfalls nicht. Bis die schlaflosen Nächte sie zermürbten, bis es nicht mehr auszuhalten war, Nacht für Nacht den kleinen Schreihals zu beruhigen. Mathilde war einmal eine starke Frau gewesen. Jeder hatte Respekt vor ihr gehabt, vor ihrem unbezwingbaren Mut den Hut gezogen. Welcher Teufel hatte sie geritten, kurz vor der Schneekatastrophe nach Wangerooge zu fahren und zu hoffen, danach würde alles besser? Sie hatte einfach mal raus gewollt. Am Leben teilnehmen. Mathilde schloss die Augen, hinter ihren Lidern begannen sich Bilder abzuspulen.

Es war dunkel. Die Flocken tanzten, bedeckten den Boden immer mehr, dazu frischte der Wind auf und ließ kleine Wirbel entstehen. Sie hatten Fackeln angezündet. Immer wieder erlosch eine, weil eine Böe stärker war als das Feuer. Eigentlich seltsam, dass keiner ihr Treiben bemerkt hatte. Fast keiner.

Sie hatten viel Alkohol im Bunker gehabt. Bier und Korn. Eine Kanne Grog. Hinnerk war sehr betrunken gewesen.

Mathilde hatte den Kinderwagen mit dem Baby mit zum Bunker genommen. Wo sollte sie das Kind auch lassen?

Mathilde katapultierte sich in die Gegenwart zurück. Es war besser, nicht weiter nachzudenken. Und doch hatte sie diesen Geruch noch in der Nase. Diese Mischung aus Schwefel, Alkohol und später dann Blut.

ooo

Klaas hatte Siri aus dem Zug steigen sehen, war ihr gefolgt, war dann aber umgedreht. Es brachte nichts.

Seine Ansage an Mathilde war seinerzeit eindeutig genug gewesen. Er glaubte nicht, dass sie es gewagt hatte, den Mund aufzumachen. Er verfluchte Hanna nachträglich, dass sie diesen sentimentalen Brief verfasst und sie alle in diese Lage gebracht hatte. Zum Teufel, sie hätte ihr Wissen mit ins Grab nehmen sollen. Keiner wäre auf die Idee gekommen, wegen Hinnerks Tod in der Vergangenheit herumzustochern. Keiner hätte je eine Verbindung zwischen ihnen und dem Toten geschaffen, weil es all die Jahre keine Verbindung mehr gegeben hatte. Außer diesem einen Mal, als Hinnerk ihnen gesagt hatte, dass er seiner Verlobten alles erzählen wollte. Er hätte doch wissen müssen, was das aufwühlen würde.

Ins *Kunstcafé* hatte er sie gebeten. Allein das war ein gewagtes Unterfangen. Es war schön dort. Überall Holzdekoration, Bilder … aber nur zwei Tische. Jedem hätte Klaas geraten, in das Café zu gehen, allein wegen des unnachahmlich tollen Kuchens und des Kaffees zum Dauernachfüllen. Aber doch nicht, wenn man über dieses große Geheimnis sprechen wollte. Es passte zu Hinnerk, dass er auch dafür kein Gespür bewies.

Bei Hannas Beerdigung hatte Klaas noch bei jeder Schaufel Erde gedacht, dass sie die Gefahr nun endgültig begraben würden. Was für ein entscheidender Fehler, die Gefühle einer Frau und Mutter zu unterschätzen. Obwohl

Hanna nicht die richtige Mutter war, so hatte sie zu Siri doch eine Bindung entwickelt, die der einer wirklichen gleichzusetzen war.

Und bei ihr war außerdem eine große Verletzung dazugekommen: Siri hatte sie aus unerfindlichen Gründen einfach nicht anerkannt, immer gespürt, dass etwas nicht stimmte.

Er hatte es sich so schön, so einfach vorgestellt, gedacht, eine gute und endgültige Lösung für alle gefunden zu haben. Menschen waren eben nicht programmierbar, nicht einzuschätzen, wenn es um Gefühle ging.

Klaas schlug mit der Faust auf den Tisch. Verdammter Mist, er hatte es all die Jahre unterschätzt. Aber hätte es eine andere Lösung gegeben? Sie hatten so rasch, so schnell überlegen müssen. Sie waren jung gewesen, hatten doch einfach nur Spaß haben wollen. Ein bisschen Spaß, genau wie die jungen Leute in der Stadt, die immer davon erzählten, wie sie »auf Tour« gingen, die Mädchen aufrissen, Joints rauchten. Sie hatten mal mithalten wollen. Es war gewesen, als halte das Schneetreiben alles Böse fern, als sei die wirkliche Welt hinter dem Vorhang verborgen. Ihnen konnte hier nichts passieren. Dachten sie. Aber irgendwann war es schiefgegangen. Klaas erinnerte sich nur noch an diese gnadenlose Kälte, die ab einem gewissen Zeitpunkt nicht mehr ausschließlich von außen gekommen war. Er sah aufgerissene Augen. Viele weit aufgerissene Augen. Und er dachte an die Schreie und das Durcheinander. Er hatte versucht, Herr der Lage zu werden, so wie er immer alles im Griff hatte. Aber es war zu spät gewesen. Unter seinen Schuhsohlen glaubte er immer noch das Knacken der Muschelschalen zu hören. Klaas sah in seinen Träumen immer wieder den grauen Staub, als bedecke er ein Grab, das von nun an verdeckt bleiben musste.

ooo

Siri erwachte mit einem schmerzenden Schädel. Vorsichtig fuhr sie mit der Hand über die Beule. Es schmerzte unglaublich. Sie fror und wusste überhaupt nicht, wo sie war. Aber je besser sich ihre Augen an die Dunkelheit gewöhnten, desto bewusster wurde ihr, dass sie sich in einem Kellerraum befand.

Von Weitem drangen immer wieder Töne zu ihr, sie konnte aber nicht ausmachen, was es genau war. Vermutlich der Sturm, der sich in den Ritzen verfangen hatte und dort sein Lied sang.

Verdammt, wie hatte sie in diese Situation kommen können? Sie war der Person gefolgt. Einer Frau. Es war eine Frau gewesen. Aber sie bekam die Fäden nicht sortiert. Es war, als versuche Siri ein Seil zusammenzuknoten, bei dem sie aber die Enden nicht zusammenbekam. Sie konnte sich einfach nicht erinnern, was genau geschehen war. Aber in ihrem Kopf dröhnten noch immer Mathildes Worte, die sie nicht zuordnen konnte. »Das Baby, ich rede von dem Baby.« War sie, Siri, damit gemeint?

Siri schnüffelte an ihren Händen. Der Geruch verursachte ihr Übelkeit. War es Äther oder Chloroform? Siri schluckte den sich nach oben drängenden Mageninhalt herunter, atmete ruhig ein und aus. Sie wollte sich jetzt hier nicht übergeben. Sie wollte nicht in diesem dunklen Loch neben ihrem Erbrochenen ausharren. Allein der Gedanke ließ den Würgereiz ein wenig zur Ruhe kommen.

Siri stand auf und tastete sich an den Wänden entlang. An der Stirnseite stand ein Regal und sie konnte ein paar Flaschenhälse erspüren. Weinflaschen, diagnostizierte sie. Siri kniff die Augen zusammen, hoffte, doch ein wenig mehr erkennen zu können, aber es war zwecklos. Die Dunkelheit hatte etwas Totales, etwas Undurchdringliches. Wieder erspürte sie die Regale. Flaschen. Überall waren Flaschen. Sie musste sich in einem Weinkeller befinden. Wie dumm von ihr, der Person überhaupt gefolgt zu sein. Sie war leichtsinnig gewesen, hatte alle Warnungen in den Wind geschlagen, denn davon hatte es doch weiß Gott genug gegeben. Hanna hatte recht behalten. Sie war in Gefahr, weil sie ihre Nase in Dinge gesteckt hatte, die jemandem nicht passten.

Siri tastete sich mit allen Sinnen noch einmal durch ihr Verlies. Es war kühl und feucht, hatte diesen typischen modrigen Geruch. Der Raum hatte kein Fenster, und so konnte sie nicht auch nur das Geringste erkennen. Sie streckte ihre Zunge heraus, als könne sie die Kellerluft schmecken, doch sie hatte nur den eigenen pelzigen Geschmack auf der Zunge. Dann lauschte sie in die Dunkelheit. Sie glaubte, von fern Kinderstimmen zu hören. Irgendwo tropfte etwas, es klang wie ein Wasserhahn, der nicht richtig geschlossen worden war. Mit jedem Tropfen gewann ein Gefühl die Oberhand, das sie am liebsten verdrängen, nach hinten schieben wollte: Sie würde vermutlich nicht mehr lange leben. All das um sie herum, alle Umstände sprachen dafür. Warum man ihr nicht gleich ein Messer in den Bauch gerammt hatte, wusste sie nicht. Vielleicht wäre es zu auffällig, zu blutig gewesen. Bestimmt wartete man auf eine bessere, eine sicherere Möglichkeit, sie aus dem Weg zu räumen.

Siri ließ sich in der Ecke fallen, in der man ihr ein Lager mit einer Matratze und mehreren Decken gebaut hatte. Sie hatte sogar einen Kühlschrank, den sie nun öffnete. Nicht, weil sie Hunger verspürte, sondern weil es eine Lichtquelle war, die zumindest einen Teil des Fußbodens erhellte. Siri erkannte einen gemusterten Teppich in verblichenen Orangetönen. Wenn sie bislang gedacht hatte, ihre Entführung hinge mit ihrem Besuch bei Mathilde Sandmann zusammen, so war sie jetzt sicher, dass alles von längerer Hand geplant war. Im Lichtschein erkannte sie auch einen Eimer, der wohl für ihre Notdurft gedacht war, und in der Ecke schien sich eine Waschgelegenheit zu befinden. Was hatte man nur mit ihr vor?

ooo

»Siris Mutter lebt also in Jever?«

Die Frau nickte, dabei schlotterte der Pullover um ihre Beine. Rothko betrachtete sie weiter. Ihr Gesicht wies große Poren und Narben auf, sie hatte als Jugendliche mit Sicherheit mit Akne zu kämpfen gehabt. Ihr Körper wirkte an jeder Stelle zu groß, zu unförmig. Aufgedunsen.

Das einzig Schöne an der Frau waren die Zähne. Sie wirkten wie aufgereihte Perlen und glänzten, wenn sie sprach.

»Hanna hat immer erzählt, sie habe das Kind von ihrer Cousine Mathilde Sandmann übernommen, weil die nicht in der Lage war, die Kleine großzuziehen. Es war ein Drama, sag ich Ihnen.«

Rothko schluckte. Er hatte Hunger, sehnte sich nach einem Schinkenbrot mit einem Bier und darauf, endlich die Füße hochlegen zu dürfen.

»Inwiefern?«, fragte er. Sein Magen knurrte. Doch er würde sein Hungergefühl bezähmen müssen. »Wie heißt Siris leibliche Mutter? Ich möchte mit ihr sprechen.«

Simone Hahnheiser erzählte alles, was sie wusste, Rothko merkte aber, wie schwer es ihr fiel.

»Warum hüllen sich alle in Schweigen, was das angeht?«

Die Frau zuckte mit den Schultern. »Weiß nicht. Wahrscheinlich, weil es peinlich ist. Damals ging man mit diesen Dingen einfach nicht so locker um wie heute.«

»Siri hat ein Recht, es zu wissen, warum hat es ihr niemand gesagt?«

»Wir dachten alle, es sei für die Kleine besser so. Was hätte es gebracht, ihr die Kindheit kaputt zu machen?«

Rothko blickte Simone Hahnheiser zweifelnd an.

»Ist doch so, Herr Kommissar! Da hat die Kleine ein schönes Zuhause und denkt vielleicht die ganze Zeit nur darüber nach, wer ihre Eltern sind. Das musste man ja verhindern, finde ich.«

Rothko biss sich auf die Lippen. Diese Meinung zur Adoption war längst überholt, jeder wusste doch heutzutage, wie wichtig für jeden Menschen die Herkunft war. Ganz abgesehen davon, dass es Siris Recht gewesen wäre, zu wissen, wer ihre Mutter war. Man hatte sie betrogen. Rothko wusste mit einem Mal, wohin die junge Frau heute Morgen so plötzlich verschwunden war. Sie musste Wind von der Sache bekommen haben, was sofort aufgebrochen. »Haben Sie mit Siri darüber geredet?«

Frau Hahnheiser schüttelte den Kopf. »Nein, warum sollte ich?«

»Weil Sie auch so plötzlich vor unserer Tür stehen und das Familiengeheimnis ausplaudern. Was hat Sie dazu bewogen?«

»Es war alles nicht ganz okay damals, glaube ich. Und nun pfeifen die Spatzen von den Dächern, dass Siri nach ihrer Mutter sucht. So etwas bleibt hier doch nicht geheim.«

»Und warum bleibt geheim, weshalb Hinnerk sterben musste? Pfeifen das nicht auch die Spatzen von den Dächern oder sogar die Möwen am Nordseehimmel?«

Simone Hahnheiser stand auf, winkte mit erhobenen Händen ab. »Mit Mord wollen wir alle nichts zu tun haben. Das ist eine andere Liga, Herr Kommissar. Mord nicht. Nein, Mord nicht.« Sie steuerte rückwärts auf den Ausgang zu, aber Kraulke war schneller und stellte sich vor die Tür, weigerte sich, sie aufzuschließen.

»Hat der Tod von Hinnerk Heiken etwas mit der Adoption von Siri zu tun?«, fragte er. Seine Stimme klang heiser, fast, als japse er nach Luft, so aufgeregt war er.

Frau Hahnheiser wandte den Kopf, wiegte ihn hin und her. »Davon weiß ich nichts, Herr Kommissar. Dazu kann ich nichts sagen. Ich weiß nur, dass Mathilde das Kind nicht mehr wollte und Klaas das alles vorangetrieben hat, damit Hanna sie schnell adoptieren konnte. Das ist alles ganz fix gegangen, es hat keiner nachgefragt. Alle fanden, dass es großartig von Hanna war, dieses Kind aufzunehmen. Es ist ja ein exotisches Ding, nicht wahr?«

»Aber warum hat nie einer von den Insulanern etwas durchsickern lassen?«

Simone Hahnheiser lachte. Es klang unecht und aufgesetzt. »Siri hat sich genug anhören müssen. Von den Kindern. Sie ist ganz schön geärgert worden, aber vermutlich hat sie gar nicht begriffen, worum es ging. Geredet wird ja nur hinter vorgehaltener Hand. Direkt sagt keiner etwas.« Sie räusperte sich. Sie hatte wohl auch immer nur hinter vorgehaltener Hand getuschelt. »Siri ist dann früh aufs Festland ins Internat nach Esens gegangen, da war es auch bald nicht mehr spannend und die Leute haben es vergessen.«

Rothko räusperte sich. So weit klang es ja plausibel, aber warum warnte Hanna ihre Tochter davor, nach der Mutter zu suchen? War sich Hannas Schwester der Gefahr nicht bewusst, in die sie sich begab, wenn sie jetzt so offen plauderte?

»Warum haben Sie nicht zuerst mit Ihrer Adoptivnichte gesprochen?« Rothko verwendete das Wort bewusst. Er wurde das untrügliche Gefühl nicht los, dass Simone Hahnheiser und Siri nicht das beste Verhältnis zueinander hatten.

»Sie ist ja nicht da!« Die Antwort klang trotzig, es hätte nur noch gefehlt, dass die Frau mit dem Fuß aufgestampft hätte.

Rothko beließ es dabei. Morgen würde er nach Jever fahren und dieser Mathilde Sandmann auf den Zahn fühlen. Wenn es einen Zusammenhang zwischen Siris Adoption und Hinnerk Heikens Tod gab, dann würde sie das wissen.

»Eine Frage habe ich noch«, begann er.

Frau Hahnheiser war es unangenehm, aber sie sah ihn abwartend an. »Ja?«

»Ist Hinnerk Heiken Siris Vater?«

»Das hat Ihnen seine komische Verlobte erzählt, oder?«

ooo

Schweig, Muschel. Du wirst jeden Satz bereuen, wenn du zu viel sagst. Jeder Satz wird eine Qual auf deinem Todesweg sein …

10.

Nussmuschel – *Nucula nucleus*

Die Nussmuschel ist eine kleine Muschel von nur ungefähr 1,2 Zentimetern. Sie hat eine hellbraune Färbung mit leicht grüner Außenhaut. Der Rand der Muschel hat viele scharfe Zähnchen. Die Muschel kehrt die Nahrung vom Boden auf. Man findet sie an den Sandstränden der Nordseeinseln.

Kaulke saß über einen Bericht gebeugt, als Rothko ins Dienstzimmer blickte.

»Was gibt es?«, fragte Rothko. Er hatte wegen des Sturmes schlecht geschlafen und war froh, dass der nachgelassen hatte. Mit dem ewigen Wind auf der Insel würde er sich wohl nie anfreunden können.

Als Rothko seinen Kollegen dort sitzen sah, war er fast versucht, ihm die Hand auf die Schulter zu legen, ließ es dann aber doch.

»Gibt Neuigkeiten von der KTU. Die haben Hautpartikel und Spuren von Blut gefunden«, sagte Kraulke, ohne aufzublicken. »Unter Hinnerks Nägeln.«

»Blut und Hautpartikel«, frohlockte Rothko. Eine Spur. Endlich eine verwertbare Spur!

Kraulke schürzte die Lippen. »Sie können es nicht zuordnen. Noch nicht.«

»Mit etwas Glück stammt es vom Täter.« Rothko kniff

die Lippen zusammen. Das waren wirklich gute Neuigkeiten.

Kraulke nickte. »Da müssen wir jetzt wohl ein paar Herren konkret auf den Zahn fühlen.« Er griff in seine Hosentasche. Dieses Mal holte er ein Karamellbonbon hervor, das er mit einer geschickten Handbewegung auswickelte. »Die angebliche Mutter aus Jever ist übrigens unauffindbar.« Er leckte sich die Restsüße des Bonbons von den Lippen. »Cappu? Soll ich Ihnen einen Cappu machen?«

Rothko schüttelte den Kopf. Nein, er wollte keinen Cappuccino.

»Woher wissen Sie …« Er sprach nicht weiter. Kraulke hatte vermutlich das einzig Vernünftige getan und die Kollegen in Jever alarmiert, die sofort zur Wohnung der Frau gefahren waren.

Sie war also nicht zu Hause, was schließlich *per se* nichts Schlimmes bedeuten musste. Aber Siri war verschwunden und hatte seiner Vermutung nach zu dieser Frau gewollt. Sie wolle nach Jever, hatte sie gesagt. Und genau dort lebte Mathilde Sandmann.

Rothko ging mit großen Schritten in Kraulkes Büro auf und ab, drehte an der Wand auf dem Absatz um und durchmaß das Zimmer ein zweites Mal. Sein Blick fiel in den Steingarten, der noch immer leicht unter Wasser stand, dann auf den Kaffeevollautomaten, der ihn völlig davon abgehalten hatte, zwei neue Kaffeemaschinen zu bestellen.

Er stolzierte wie ein Feldherr durch das Büro, stellte mit abschätzendem Blick fest, dass Kraulke die Zuckerkrümel auf dem Tisch zusammengefegt hatte. Er nahm alles wahr, nur mit seinen Gedanken kam er nicht weiter. Sie waren ebenso eingeschränkt wie sein Gang durch dieses Zimmer. Fakt war: Er wollte, dass Siri zurückkam. Er machte sich Sorgen um sie.

Rothko betete, dass es sich bei Mathilde Sandmann um

eine ungefährliche und nette Frau handelte, wenn Siri wirklich zu ihr gefahren war. Nicht, dass auch sie eine Gefahr darstellte, sie diejenige war, vor der Hanna Gerken Siri gewarnt und die ihr dann womöglich etwas angetan hatte. Immerhin waren beide verschwunden.

In Rothko begannen sich die Spürhundzellen zu regen. Sie blühten unter den neuen Erkenntnissen förmlich auf, wuchsen an und trieben ihn, weiterzudenken, weiterzuforschen. Und Kraulke mit den Dingen nicht allein zu lassen.

Siri war in großer Gefahr, er spürte das. Hier war nichts harmlos. Und alles hing miteinander zusammen wie die Knoten in einem Fischernetz. Rothko sog die Luft ein. Er würde jetzt tief in den Fall einsteigen, jeden der Beteiligten in die Zange nehmen, sie quetschen und kleinkriegen, bis alles Wissen aus ihnen heraussprudelte, tropfte, kleckerte. Wie auch immer. Zuerst würde er herausfinden, zu wem das Blut, die Partikel gehörten. Gleichzeitig würde er einen DNA-Abgleich veranlassen. Zwischen dem toten Hinnerk und Siri. Vielleicht fand er den Faden, der alles miteinander verknüpfte.

ooo

Birgit sah Frerich von seinem täglichen Morgengang durch die Salzwiesen zurückkommen. Er sah nachdenklich aus. Die Sache mit Hinnerk beschäftigte ihn mehr, als er vor ihr zugab.

Gestern hatte sie ihren Mann dabei ertappt, wie er in alten Bildern gewühlt hatte. Birgit mochte das nicht, dachte, es sei immer besser, die Vergangenheit ruhen zu lassen. Man grub schließlich auch keine Toten wieder aus. Weil sie vergammelt waren, weil sie nicht mehr die waren, die am Leben teilnehmen sollten. Sie wünschte sich jetzt ihren Panther zurück, der sie all die Jahre davon abgehalten hatte, nachzudenken, die Gedanken rollen zu lassen. Aber er kam nicht. Er kam einfach nicht.

Sie musste die Wirklichkeit auf sich niederprasseln lassen, ob sie wollte oder nicht. Musste dulden, dass Frerich in der Vergangenheit bohrte. Sie merkte, dass es ihn belastete, dass er litt, weil er nicht mit der Sache abgeschlossen hatte. In all den Jahren ihrer Ehe hatte sie immer gehofft, er würde sich ihr öffnen, ihr sagen, was ihn so bedrückte. Aber er war verschlossen wie eine kleine Muschel auf Tauchgang. Unscheinbar und für den normalen Betrachter nicht sichtbar, es sei denn, sie wurde an den Strand gespült.

Nicht einmal ihr hatte er sich offenbart, nicht einmal war er ihr wirklich so nahe gekommen. Immer war die Sache von damals nur unterschwellig präsent gewesen. Die Clique allein wusste, was damals wirklich geschehen war. Hanna Gerken allen voran. Birgit hatte diese Frau gehasst. Weil die mehr von ihrem Mann wusste als sie selbst, seine Gattin. Weil Hanna Gerken schuld daran war, dass Frerich sich so vergrub, sich benahm wie ein Adler, der zeitlebens sein Ei schützte. Das Ei war die Erinnerung an das Geschehen vor dreißig Jahren. Frerich war ein gebrochener Mann. Auch Klaas, der Macher, war nicht das, was er vorgab, das sah sie genau. Hinnerk war letztlich daran zerbrochen und die andere junge Frau und Karla auch. Nur Hanna, Hanna allein hatte von allem profitiert. Sie hatte diesen Bastard gewonnen, den sie abgöttisch liebte und zu dem niemand sagen durfte, dass er ein Bastard war, weil sie dann fuchsteufelswild wurde und die Zähne fletschte.

Keine der Wangerooger Frauen hätte es gewagt, sich der großen und übermächtigen Hanna Gerken entgegenzustellen. Selbst ihre Schwester hatte gekuscht wie ein räudiger Hund. Hanna hätte man ermorden sollen. Aber der Herrgott hatte ja ein Einsehen gehabt und sie dahinscheiden lassen. Genau zum richtigen Zeitpunkt.

Hanna hatte sich nie die Hände selbst schmutzig gemacht. Das tat eine Hanna Gerken nicht. Die hatte

Leute, die für sie arbeiteten, Menschen, die genau das taten, was sie wünschte. Hanna war schon als Schulmädchen so gewesen. Sie hatte mit dem Finger geschnippt und alle hatten nach ihrer Pfeife getanzt. Das wäre immer so geblieben. Alle Jungs lagen ihr zu Füßen, ohne in sie verliebt zu sein, was auch immer für eine Magie sie ausübte. Alles, was sie anpackte, gelang, immer wurde sie von aller Welt bewundert. Hanna Gutmensch war schuld an allem, was hier passiert war. Doch nun war sie tot und Birgit wurde das Gefühl nicht los, dass der Teufel seitdem Tango tanzte.

ooo

Siri ging es schlecht. Die ganze Nacht hatte sie sich vorgestellt, dass Ratten um ihre Füße krochen, obwohl es keinerlei Hinweise darauf gab. Es war totenstill in ihrem Verlies. Die Geräusche, die sie am Abend noch gehört hatte, waren völlig verstummt, ihre Ohren piepsten, konnten die Stille nicht ertragen.

Manchmal hielt Siri sich die Ohren zu, doch dann wurden die Stimmen lauter, die sie tief in ihrem Inneren vergraben hatte. Es war das Gelächter auf dem Schulhof, das sie verfolgte. »Siri Siri Lockenkopf, hat 'nen wirren Türkenschopf!« Siri hatte es gehasst, die zusammengesteckten Köpfe der Insulanerkinder sehr wohl wahrgenommen, aber immer verdrängt. Sie wollte doch so gern Hannas Kind sein, ihre geliebte Tochter. Was hatte Hanna ihr für schöne Geschichten erzählt, als Siri klein war … Sie konnte ihr den Tag nennen, an dem Siri das erste Wort gesprochen hatte, wusste, wann genau Siri nicht mehr auf das Töpfchen gegangen und was der Inhalt ihrer Schultüte gewesen war. All diese Dinge hatte sie Siri erzählt. Wieder und wieder und sie hatten sich beide daran geklammert, wohl wissend, dass es ihre einzige Basis, alles eine große Lüge war. Nur über Siris Geburt hatte sie nie gesprochen. Hanna hatte einmal kurz gesagt, es habe so wehgetan, dass sie darüber nicht reden könne. Und je älter Siri geworden war, desto häufiger hatte es Dinge gegeben, die Hanna so wehtaten, dass sie darüber nicht sprach.

Erst jetzt, viele Jahre später, war Siri bewusst, was gefehlt hatte. Als Kind hatte sie eine Mutter gewollt wie jede andere, wollte einfach dazugehören. Hatte sich mit dem zufriedengegeben, was da war.

Irgendwann hatte das nicht mehr geklappt. Irgendwann war es vorbei gewesen. Sie hatte die Blicke nicht mehr ignorieren, das Gerede hinter ihrem Rücken nicht mehr ertragen können, obwohl sie nie wusste, worum es genau ging.

Es war nicht möglich gewesen, Hanna so zu lieben, wie ihre Klassenkameradinnen ihre Mamas liebten. Sie hatte Hanna gemocht, das schon, aber das Wort »Mama« war ihr nie über die Lippen gekommen. Jedenfalls nicht, soweit sie sich zurückerinnern konnte. Hanna war eben Hanna.

Von dem Zeitpunkt an, als Siri die Tragweite begriffen hatte, wollte sie nur noch weg von der Insel, weg von dem, was sie erdrückte, ihr die Luft nahm und von dem sie gar nicht sagen konnte, was es überhaupt war.

Siri schluchzte auf. Verdammter Mist. Wäre sie doch nach der Beerdigung sofort zurück nach Wilhelmshaven zu Elmar gefahren. Er liebte sie so sehr und jetzt, wo sie in diesem verdammten Loch saß, wusste sie, wie sehr auch sie ihn liebte, und wie sehr sie ihn vermisste. Aber sie hatte das Problem wie immer allein lösen wollen, obwohl er ihr so gern dabei geholfen hätte. Sie war sich ganz sicher, dass es so war. Elmar würde ihr immer helfen. Es gab keinen Menschen auf der Welt, dem ihr Wohlergehen so wichtig war wie ihm. Und sie hatte seine Liebe mal wieder in den Wind geschlagen, weil sie seine Nähe nicht zulassen wollte. Und konnte. Es war jedes Mal, als stünde sie vor einem Graben. Auf der einen Seite sie, Siri Gerken, voller Hoffnung und gleichzeitig voller Angst. Weil sie hineinstürzen könnte. Auf der anderen Seite stand Elmar mit ausgebreiteten Armen. Sie wollte ja springen. Nur einmal in ihrem Leben wollte sie sich vertrauensvoll fallenlassen, damit sie endlich auch diesen festen Boden fühlen durfte. Denn wenn sie auf dieser Seite des Grabens bliebe, wäre sie eines Tages verhungert. Aber wie konnte ein Mensch sich fallen lassen, wenn er immer eine Handbreit über dem Boden schwebte und einfach nur Angst hatte, aufzuschlagen? Weil er nie gelernt hatte, wie es war, sich zu erden?

Das hatte Elmar trotz aller Liebe zu ihr nie verstanden. Darum war ihm ihre Suche auch fremd. Er stand schon sein ganzes Leben mit beiden Beinen auf dem Boden, kannte das unsichere Schweben nicht.

Klar, sie hatte so viele Jahre ohne ihre wirkliche Mutter gelebt, überlebt, da hatte er recht. Siri hätte zumindest gestern auf dem Festland bleiben und kurz zu ihm gehen sollen. Nun war es zu spät. Sie hatte mal wieder mit dem Kopf durch die Wand gewollt. Was sollte diese Suche, die sie letztendlich nur in dieses Loch geführt hatte. Dieses finstere Loch glich ihrem bisherigen Leben. Eigentlich war es fast so, als sei sie angekommen. Ein erschreckender Gedanke.

ooo

Rothko wollte das erste Schiff nehmen und sofort zu Mathilde Sandmann fahren. Er hatte mit den Kollegen aus Jever telefoniert. Frau Sandmann sei nicht zu Hause gewesen, aber nichts hätte den Anschein erweckt, etwas wäre nicht in Ordnung.

Rothko wollte der Sache selbst nachgehen. Kraulke sollte sich auf der Insel darum kümmern, dass das Blut vom Tatort mit dem von Klaas und Frerich verglichen wurde.

Rothko würde selbst nachforschen, ob Siri bei ihr gewesen war. Er hatte schon seine Tasche gepackt. Sein Plan war, mit dem zweiten Schiff am späten Nachmittag nach Wangerooge zurückzukehren. Wenn er Siri auf dem Festland nicht antraf, würde er jedes Sandkorn Wangerooges umdrehen, bis er sie gefunden hatte.

Gerade als er vor die Tür trat, kam Nicole Wardenberg um die Ecke.

»Ich will den Zug gleich erreichen«, sagte sie.

»Ich will auch aufs Festland.« Rothko hatte nur wenig Lust, die Frau während der Überfahrt an seiner Seite zu haben. Sie liefen nebeneinanderher.

»Sagt Ihnen der Name Mathilde Sandmann etwas?«

Nicole Wardenberg zuckte zusammen. »Mathilde Sandmann«, wiederholte sie. Sie blieb stehen und sah den Kommissar an. »Ja, den Namen hat Hinnerk mal erwähnt.«

»Wann?« Rothko sah sich immer wieder um, als hoffe er, Siris braune Locken irgendwo um die Ecke wehen zu sehen. Deshalb verstand er die Antwort zunächst auch nicht.

»Warum fragen Sie, wenn Sie nicht hinhören?«

Rothko zuckte zusammen, fühlte sich ertappt. »Entschuldigen Sie. Wann hat Hinnerk ihn nun erwähnt?«

»Nachts«, sagte Nicole Wardenberg. »Er hat Mathildes Namen in der Nacht gerufen. Im Schlaf.« Sie lief weiter.

Rothko hatte Mühe, ihr zu folgen, weil sie ihren Schritt arg beschleunigte. Bis zum Bahnhof schwieg sie. Als sie aber nebeneinander im Waggon saßen, begann Nicole Wardenberg erneut. Erst hörte Rothko wieder nicht hin. Die Frau hatte eine so monotone, emotionslose Stimme, dass es ihm schwerfiel, ihr Aufmerksamkeit zu schenken. Egal, wie interessant ihre Auskünfte auch waren. Außerdem war er noch immer damit beschäftigt, jede Frau auf dem Bahnsteig zu mustern, immer in der Hoffnung, es möge Siri sein.

»Sie ermitteln, interessieren sich aber keinen Deut dafür, was ich sage«, beschwerte sich die Frau. Während sie sprach, ruderte sie mit den Armen und trotz der Jacke wurde Rothko von einer Schweißwolke umnebelt, die sich mit dem Duft eines Deodorants gepaart hatte.

Rothko bemühte sich um einen aufmerksamen Blick.

»Sie haben ziemlich kleine Augen«, sagte Nicole Wardenberg.

Der Kommissar zuckte zurück, überlegte einen Augenblick, ob er verärgert sein sollte. In Anbetracht dessen, was sie ihm aber vielleicht mitzuteilen hatte, zog er es vor, ein wenig zu lächeln, strich sich dabei über das Kinn und bemerkte, dass er seine Rasur am Morgen eher schlampig erledigt hatte. »Was hat das jetzt mit all dem zu tun?«

Der Zug setzte sich in Bewegung.

»Nichts, war nur eine Feststellung, weil sie als Mensch auch so komisch sind. Vielleicht sind Menschen mit kleinen Augen so. Dachte ich.«

Rothko biss sich jetzt doch auf die Lippen, um nicht das Falsche zu sagen. Diese Frau war eindeutig nicht ganz dicht. Was für ein armer Willi musste dieser Hinnerk Heiken gewesen sein, wenn er eine solche Frau vom Fleck weg heiraten wollte. Nicole Wardenberg redete und redete. Rothko sah hinaus auf die Salzwiesen und beobachtete die letzten Vögel, die sich dort noch aufhielten. Nach einer Weile merkte er, dass die Frau neben ihm verstummt war.

»Was haben Sie mir denn eben noch erzählt?«, lenkte er ein. Es hatte keinen Sinn, sich mit Nicole Wardenberg auf einer privaten Ebene zu verständigen.

»Er hat noch einen Namen geschrien. Im Traum.«

Rothko zuckte jetzt doch zusammen, betrachtete die Frau etwas genauer. »Er hat nachts die Namen von zwei Frauen geschrien und sie hatten vor, ihn zu heiraten?«

Nicole Wardenberg nickte. »Ja, ich denke, das eine war die Mutter seines Babys, das andere das Kind. Ich meine, wenn er vielleicht dieses Kind nie sehen durfte, es gibt ja solche Frauen, die das unterbinden, dann ist das doch ein Trauma für einen Mann. Hinnerk war sehr sensibel, wenn Sie verstehen, was ich meine.«

Der Zug hielt an, alle Passagiere drängten in Richtung Schiff. Nicole Wardenberg sprang auf den Kai, wartete nicht auf den Kommissar. Rothko eilte ihr hinterher. Er hätte sich ohrfeigen können, dass er zuerst nicht zugehört hatte. So war ihm eine wichtige Info entgangen. Er musste den zweiten Namen wissen und hoffte, die Wardenberg würde ihn wiederholen. Er hechtete ihr durch den Urlauberstrom nach, kam sich vor wie ein Hund, der seinem Herrchen auf Schritt und Tritt folgte. Nicole Wardenberg wühlte sich zielstrebig durch die Menschenmenge und erkämpfte sich rasch einen Platz am Tisch. Erst dort sah sie Rothko wieder an. »Ich brauch hier Kaffee, sonst geht gar nichts«, erklärte sie. Sie war merklich blass um die Nase.

Rothko hatte verstanden und besorgte das Gewünschte auf der Stelle. Das war wieder genau so ein Moment, in dem er seinen Beruf hasste. Er kroch irgendwelchen merkwürdigen Menschen förmlich in den Hintern, um die Informationen zu erhalten, die er dringend benötigte – um weitere Menschen vor einem Verbrechen zu schützen oder aber um zumindest eine gewisse Form der Gerechtigkeit walten zu lassen.

Nicole Wardenberg schlürfte ihren Kaffee schwarz, hatte die Milchtöpfchen und den abgepackten Zucker nicht angerührt. Als das Schiff ablegte, verstärkte sich die Blässe. »Bin nicht seefest.« Sie erhob sich und ging in Richtung Toilette.

Als sie wiederkam, wirkte sie ein bisschen rosiger. Sie deutete nach draußen. Die *Wangerooge* tuckerte gerade an einer Sandbank vorbei, auf der sich zahlreiche Seehunde im Sand aalten. Hin und wieder sah man auch das eine oder andere Köpfchen auftauchen und neugierig zu dem vorbeifahrenden Schiff herübersehen.

»Was für einen Namen hat er nachts noch gesagt?«, fragte Rothko, als die Tiere nicht mehr zu sehen waren.

Nicole Wardenberg drehte sich kurz um. »Ellen. Ellen war der Name.«

ooo

Kraulke war froh, dass sein Kollege sich verabschiedet hatte. Er fühlte sich doch immer arg unter Beobachtung, wenn Rothko da. Er hatte Frerich und Klaas zur Polizeistation bestellt. Die Röhrchen zum DNA-Abgleich standen bereit. Er war sich sicher, dass die DNA, die sie unter Hinnerk Heikens Nägeln gefunden hatten, von einem der beiden stammte. Sie hatten ihn kaltgemacht, daran zweifelten weder er noch Rothko. Es waren die Hintergründe, die sie aufzuklären hatten.

Er würde sich gleich noch einmal Hannas Schwester vornehmen. Ihm schien sie wie ein winziges Leck in der Wand des Schweigens. Sie war von allein gekommen, sie hatte den Kontakt zur Polizei gesucht. Simone Hahnheiser war seine Chance.

Kraulke schwang sich in den Fahrradsattel und genoss die frische Herbstluft, die schon leicht nach Schnee roch. Obwohl es dafür eigentlich noch viel zu früh war. Vielleicht lag es nur an der arg abgekühlten Luft, dass er das Wetter so einschätzte. Als er das Fenster heute Morgen geöffnet hatte, war ihm kurz der Gedanke eingeschossen, ob er die Scheiben freikratzen müsse, bis er realisiert hatte, dass kein Auto vor seiner Tür darauf wartete, von ihm bewegt zu werden. Er war eben noch nicht richtig hier angekommen und hoffte inständig, es auch nie tun zu müssen. Wie Rothko es freiwillig als Landratte auf der Insel aushielt, war ihm schon immer ein Rätsel gewesen.

Aber seinen Chef musste man auch nicht verstehen. Gestern Abend hatte er ihm aus der Nase gezogen, dass Rothko seit Kurzem in Scheidung lebte. Das war allerdings eine Tatsache, die Kraulke nicht verwunderte. Umso eigenartiger war das Verhalten seines Chefs dieser Siri gegenüber. Wenn er es nicht besser wüsste, würde er glatt vermuten, der Mann habe sich bis über beide Ohren in die junge Frau verliebt. Chancen rechnete er seinem Chef aber keine aus. Man musste sich den dicklichen, kurzgeschorenen Mann mit den winzigen Augen nur mal neben dieser orientalischen Schönheit vorstellen. Das ging gar nicht.

Siri sah wirklich fantastisch aus. Am liebsten mochte er die Grübchen, die das Gesicht leicht schelmisch wirken ließen. Doch, er konnte Rothko verstehen.

Kraulke fuhr in Richtung Bahnhof. Es trieben sich am Morgen schon recht viele Urlauber hier herum, obwohl ihre Zahl um diese Jahreszeit doch erheblich geschrumpft war.

Simone Hahnheiser wohnte in der Nähe von Frerich und Birgit. Eigentlich konnten sie sich fast in die Suppe spucken. Wahrscheinlich taten sie das mental auch öfter, denn Hanna Gerkens Schwester machte nicht den Eindruck, als wären ihr die Mitglieder der ehemaligen Clique sonderlich sympathisch.

Als Kraulke auf das Grundstück zuradelte, stand Simone Hahnheiser im Vorgarten und harkte ein paar heruntergefallene Blätter zusammen. Es waren aber so wenige, dass es eher wie ein Zeitvertreib wirkte oder wie der Grund, sich möglichst nah am Geschehen zu halten, damit sie nichts verpasste, was um sie herum geschah. Kraulke war sich ganz sicher, dass diese Frau eine Menge mehr wusste, als sie bislang zugegeben hatte.

»Moin«, sagte er.

Sie schrak zusammen, ihr üppiger Busen tanzte auf und ab. Sie strich sich mit der Handaußenseite über die Stirn, auf der sich tatsächlich trotz der Kälte Schweißperlen breitmachten. Ihre Oberarme quollen aus den Ärmeln, die Haut der speckigen Finger wölbte sich über mehrere goldene Ringe.

Sie ist zu dick, dachte Kraulke. Er mochte keine dicken Frauen. Seine eigene war zierlich wie eine Gazelle. Sie hatte kein Gramm zu viel und achtete auch stets darauf, dass es so blieb.

»Was wollen Sie noch? Ich habe alles gesagt, was zu sagen ist.«

Kraulke schüttelte den Kopf. »Nein, haben Sie nicht«, schoss er blind. »Ich weiß, dass Sie mehr wissen.«

In dem Augenblick klingelte Kraulkes Handy. Es war Rothko. Er sprach ziemlich rasch und Kraulke hatte Mühe, den Ausführungen seines Kollegen zu folgen. Was der ihm zu sagen hatte, war aber alles andere als unwichtig.

Nachdem Kraulke aufgelegt hatte, wagte er ein breites Grinsen. »Sie haben mir nicht alles gesagt, Frau Hahnheiser. Möchten Sie mir nicht einen schönen Ostfriesentee machen? Dabei könnten wir ein bisschen klönen.«

Die Frau wirkte alles andere als begeistert, aber sie stellte ihre Harke an die Wand, wischte die Hand an der Jeans ab und nickte. »Sie lassen ja doch nicht locker«, sagte sie.

»So sieht das aus«, grinste Kraulke. Er folgte Simone Hahnheiser ins Haus. Sie wankte leicht beim Gehen, watschelte wie eine dicke Ente vor ihm her, hatte anscheinend Mühe, ihre Körpermassen vollständig zu kontrollieren.

»Ich kann Ihnen aber trotzdem nicht mehr sagen«, sagte sie, während sie das Teewasser anstellte und ihm einen Teller mit Rosinenschnitten rüberschob.

»Sie behaupten, Mathilde Sandmann sei Siris Mutter«, stellte Kraulke fest, während er ein Stück von dem Brot abbiss. Es war dick mit Butter bestrichen und schmeckte fantastisch.

»Selbst gebacken«, sagte Simone Hahnheiser und goss das kochende Wasser in die Teekanne. Wider Erwarten fühlte Kraulke sich bei der Frau wohl und ein Stück Geborgenheit machte sich breit.

Er schwieg jetzt und kaute andächtig auf dem Brot herum, das so einzigartig schmeckte. Er schloss bei jedem Biss die Augen, genoss den Geschmack der dahinschmelzenden Butter auf der Zunge. Simone Hahnheiser goss ihm eine Tasse Tee ein. Die warme Flüssigkeit umspielte den Geschmack des süßen Brotes. Seine Fragen konnten warten, erst wollte er den Moment auskosten, bis er aufgegessen hatte. Mit vollem Bauch ermittelte es sich einfach besser. Kollege Rothko war fern, sah ihm nicht auf die Finger. Am Ende zählte ohnehin nur das Ergebnis.

»Mathilde ist Siris Mutter, das weiß ich genau«, begann Simone Hahnheiser aber von allein. »Hanna hat nie etwas anderes gesagt.«

Kraulke schluckte das letzte Stück Brot hinunter, wollte nicht mit vollem Mund antworten. »Warum wurde Siri adoptiert?«

»Hanna wollte schon immer ein Kind, aber sie war unfruchtbar.«

»Das erklärt die Sehnsucht nach einem Kind, aber von allein gibt doch eine Mutter ihr Baby nicht weg, damit eine andere Frau es aufziehen kann.« Kraulke griff nach einem weiteren Stück Rosinenbrot. Er konnte einfach nicht widerstehen, es war zu lecker. Er war völlig fasziniert vom Geschmack des süßlichen Hefeteiges, der sich so harmonisch mit den darin eingebackenen Rosinen vermischte und durch die weiche Butter seine Vollendung fand. Er war nun mal ein Gourmet und konnte das beurteilen.

Hannas Schwester wartete, bis er wieder zu kauen begann. »Mathilde konnte für Siri nicht sorgen. Sie war allein.«

»Alleinerziehend?«, fragte Kraulke und merkte, dass ihm ein Krümel aus dem Mund fiel.

»Das auch. Allein, ohne Arbeit, kleine Wohnung. Da ging nicht viel. Und mit Kind schon gar nicht.« Simone Hahnheiser nahm einen Schluck Tee. »Wir sprechen von 1979, Herr Kommissar. Das waren andere Zeiten.«

»Was macht Frau Sandmann jetzt?« Kraulke hob die Brauen.

Die Frau zuckte mit den Schultern. »Ich weiß nicht. Hanna und sie hatten vereinbart, den Kontakt abzubrechen, weil Hanna Siri für sich wollte. Sie fand es nicht gut, wenn Siri zwei Mütter hätte und ich glaube,

Mathilde war sehr froh, dass sie alles abgeben konnte.« Simone Hahnheiser stand auf, griff nach der Teekanne und umrundete den Tisch, weil sie dem Kommissar noch etwas einschenken wollte. Ihre kurzen, speckigen Arme reichten nicht über den großen Küchentisch.

»Wer war Ellen?«, fragte Kraulke in die nachfolgende Stille hinein.

Simone Hahnheiser hielt einen Augenblick inne, starrte ihr Gegenüber an. Dann schepperte es. Sie hatte die Kanne fallen gelassen.

ooo

Schweig, Muschel. Wenn du den Mund öffnest, deinen Sipho zu weit ausstreckst, werde ich ihn kappen und du wirst hilflos am Spülsaum gefunden …

11.

Pfeffermuschel – *Scrobicularia plana*

Pfeffermuscheln habe eine weißliche Oberfläche und sind sehr zerbrechlich. Die Schalenwölbung ist eher flach. Die Muscheln graben sich im Schlick ungefähr 10-15 Zentimeter tief ein. Ihr Grabfuß ist stark und sie besitzt zwei Siphonen. Man findet sie am Watt- und Spülsaum.

Rothko sah Nicole Wardenberg gleich vom Schiff verschwinden. Sie hatte nichts weiter gesagt. Vermutlich wusste sie wirklich nicht mehr als das, was sie von sich gegeben hatte.

Rothko aber musste jetzt herausfinden, wer diese Ellen war und ob und was sie mit der Clique zu tun hatte. Denn das Kind hieß bestimmt nicht so. Das Kind war mit an Sicherheit grenzender Wahrscheinlichkeit Siri.

Kraulke hatte sich noch nicht gemeldet, er sollte Simone Hahnheiser danach fragen.

Am Anleger hielt Rothko sich nach links, wo er sein Auto geparkt hatte. Er holte sich den Schlüssel ab, den er vorsichtshalber dort hinterlegt hatte, falls eine Sturmflut den Parkplatz überschwemmen würde. Im Herbst konnte man vor solchen Überraschungen ja nie sicher sein.

Das Auto war völlig ausgekühlt, Rothko fröstelte.

Er fuhr ein bisschen zu schnell und wurde prompt zwischen Carolinensiel und Wiefels geblitzt.

In Jever verfuhr er sich zweimal, bis er die richtige Straße fand. Rothko war überrascht, wie Mathilde Sandmann lebte. Ihr Haus, ihr ganzes Drumherum wirkte nicht so, als sei sie arm. Er drückte auf die Klingel, die eine harmonische Melodie von sich gab. Es rührte sich nichts. Keine schlurfenden Schritte näherten sich der Tür, aus dem Haus war kein Ton zu hören.

Rothko wollte das Haus umrunden, doch es war seitlich von dunkel gestrichenen Lattenflechtzäunen eingefriedet, an denen sich Efeu oder verblühende Clematis wand. Auf der oberen Kante zog sich ein fester Draht entlang. Der Kommissar blickte durch ein Fenster, zu dem er Zugang hatte. Vor die anderen hatte Mathilde ihre Schiebegardinen so platziert, dass kein Blick in ihre Privatsphäre möglich war. Rothko konnte also nur vom Vorgarten aus in ein riesiges Wohnzimmer sehen, das zumindest nach hinten Blick auf das angrenzende Moorland hatte. An jedem Fenster war ein Metallknopf platziert, der nur eines bedeuten konnte: Das Haus war elektronisch gesichert.

Rothkos Augen tasteten sich an der Hauswand entlang. Unterhalb des Dachfirstes entdeckte er eine Kamera, in unmittelbarer Nähe erkannte er die gesuchte Alarmanlage.

Er klingelte ein weiteres Mal. Es blieb ruhig. Rothko beschlich ein beklemmendes Gefühl. Mathilde Sandmann schien wohlhabend zu sein und allein zu leben. Beides aber in Furcht. Aus seiner Sicht gab es einfach keinen Grund, sich in einer Kleinstadt wie Jever in einen solchen Hochsicherheitstrakt zurückzuziehen. Es sei denn, man hatte große Angst oder war so steinreich, dass es zum Verhängnis werden konnte. Aber es gab sicher noch mehr Häuser dieser Art. Für Rothko galt es nun herauszufinden, was von beidem wirklich zutraf.

»Die ist weg. Mit Koffer«, hörte der Kommissar eine heisere Stimme. Das dazugehörige Gesicht blinzelte über die Thujahecke, die mannshoch neben der Auffahrt wuchs.

»Wissen Sie wann und wohin?« Rothko nestelte nach seiner Dienstmarke, die er nie rechtzeitig griffbereit hatte.

»Gestern Abend ist sie weg. Der Koffer war groß.«

»Wohin?«, wiederholte Rothko.

»Keine Ahnung. Die ist ja immer mal weg. Macht Fernreisen, Kreuzfahrten und so.« Die Person hatte die Spitzen der Thujahecke mittlerweile auseinandergebogen und steckte ihren Kopf bis zum Hals hindurch. Es war ein Mann. Kahlköpfig und in etwa so groß wie der Kommissar selbst.

»Wer kümmert sich denn um die Blumen, Haustiere, den Garten?«

Die Zweige bogen sich noch ein Stück weiter auseinander. Rothko erkannte jetzt, dass der Mann ein kariertes Hemd anhatte, über dem er eine lederne Joppe trug.

»Dafür hat die einen Hausmeisterservice. Die lässt doch keinen in ihr Heiligtum!« Die Stimme hatte einen leicht keifenden Unterton.

»Sie mochten Ihre Nachbarin also nicht besonders.«

»Man kann ja jemanden nicht mögen, oder nicht nicht mögen, wenn er einem quasi völlig unbekannt ist.«

Rothko runzelte die Stirn. Die Zweige der Hecke begannen zu knacken. Er befürchtete, wenn er dem Mann nicht entgegenkam, würde nicht nur die Hecke furchtbar leiden, sondern der Kerl auch noch auf die Auffahrt seiner verhassten Nachbarin stürzen.

»Ich komme mal zu Ihnen«, bot Rothko an.

Die Zweige schnellten zurück, Rothko umrundete die Hecke, wo ihm der Mann schon mit vorgestreckter Hand entgegenschoss. »Körgens, mein Name!«

Rothko ignorierte die Hand, nickte dem Mann aber mit einem unverbindlichen Lächeln zu. Diese Mimik hatte er sich angewöhnt, weil sie den Menschen deutlich machte, dass er das Sagen hatte, dass er derjenige war, der die Fäden in der Hand hielt. Es wirkte auch jetzt. Körgens zog die Hand rasch zurück, sackte ein kleines bisschen in sich zusammen. Rothko registrierte mit Genugtuung, dass der Mann Respekt vor ihm hatte.

»Sie hatten also zu Frau Sandmann keinen engeren Kontakt.«

»Nicht mal den, den Nachbarn normalerweise miteinander haben«, grunzte Körgens. Jetzt klang es eher beleidigt.

»Wovon hat Frau Sandmann gelebt?«

Körgens schnellte aus seiner unterwürfigen Haltung hoch, als habe er auf genau dieses Stichwort gewartet. »Das, Herr Kommissar, haben wir uns auch immer gefragt. Immer haben wir uns das gefragt. Ich meine, wer so viel Geld hat, solche Reisen machen kann und einfach Sekretärin ist oder so etwas.«

»Sie führte also, wenn sie nicht gerade verreiste, ein normales Leben, ging einer geregelten Tätigkeit nach? Und wenn sie fort war, hat ein Hausmeisterunternehmen ihren Garten und so in Schuss gehalten«, fasste Rothko zusammen.

Körgens nickte. »So sieht das aus. Die Frau wohnt so viele Jahre hier, ist aber niemals, wirklich niemals bei irgendeinem Straßenfest gewesen, bei keinem Geburtstag, keiner Tupperparty. Irgendwann habe wir sie einfach nicht mehr eingeladen.«

»Wie heißt das Unternehmen? Die Hausmeisterei, meine ich.«

Körgens schürzte die Lippen, als müsse er ernsthaft nachdenken, obwohl Rothko sich sicher war, dass er genau wusste, wer nebenan zuständig war.

»Kathi, wie hieß noch das Hausmeisterunternehmen, das bei der Sandmann immer kommt?«, rief er in den Flur hinein, aus dem es nach Gebratenem roch. Kathi war anscheinend dabei, das Mittagessen vorzubereiten. Rothko hörte seinen Magen knurren. Er hatte seit dem schnellen Frühstück nichts mehr zu sich genommen.

»Kam aus Wittmund«, hörte Rothko. »Die hießen *Der Saubermann* oder so!«

Rothko schrieb sich den Namen auf. »Und wo war sie beschäftigt?«

Körgens zuckte mit den Schultern. »Wenn ich Ihnen das man sagen könnte.«

Rothko wollte gleich bei dem Hausmeisterunternehmen anrufen, um herauszufinden, wie lange Mathilde weg sein würde. Den Rest würde er schon noch herausfinden. »Hat sie in den letzten Tagen Besuch gehabt?«

Körgens setzte ein empörtes Gesicht auf, plusterte sich auf wie ein Pfau. »Wo denken Sie denn hin, Herr Kommissar. Wir stehen doch nicht den ganzen Tag hinter der Hecke, um diese Person zu beobachten.«

Rothko grinste, weil er genau das befürchtete, aber er wollte es sich mit Körgens nicht verscherzen. Der konnte so ungeheuer wichtig sein. Rothko behielt sein Lächeln bei, wartete darauf, dass der Nachbar sein Wissen an den Mann brachte.

»Eine junge Frau. Schwarze lange Korkenzieherlocken«, sagte Körgens schließlich. »Hübsche Frau. Ziemlich groß. Hatte kein deutsches Aussehen, wenn Sie verstehen. So ein bisschen türkisch, eben südländisch. Aber blaue Augen. Ein echter Kontrast.«

Rothkos Herz begann zu klopfen. Siri war also wirklich

hier gewesen. Trotz der Ernsthaftigkeit der Situation musste er jetzt ein breiteres Lächeln zurückhalten. Dafür, dass der Mann die Nachbarin eigentlich nicht genau beobachtet haben wollte, wusste er ziemlich gut Bescheid. Wenn er sogar Siris außergewöhnliche Augenfarbe nennen konnte. »Wissen Sie, wie lange sie drüben war?«

»Nicht lange. Zwei Stunden oder drei? Auf jeden Fall ist sie gegangen.«

Siri hatte das Haus also gestern definitiv wieder verlassen. Sie war bestimmt längst zurück auf Wangerooge. Warum nur hatte sie ihn nicht aufgesucht, von ihrem Besuch bei Mathilde berichtet?

»Ist Frau Sandmann ihr gefolgt?«

»Die hat nur ihre Musik wieder angestellt. Volle Pulle. Hat immer Klassik gehört. Am liebsten Chopin.« Körgens schien ungeheuer stolz darauf zu sein, dass er sich damit auskannte, wobei Rothko sicher war, dass er sich dieses Wissen erst angeeignet hatte, als er Mathilde Sandmann zur Nachbarin bekam. Er wirkte nicht wie ein kulturell angehauchter Mensch. Sein Wissen brauchte er nur, um vor den anderen Nachbarn glänzen zu können. Eine Frau wie Mathilde war für solche Menschen eine Steilvorlage, was den Tratsch anging.

»Wann ist sie denn genau gefahren?«

Körgens wuchs zusehends unter der Befragung. »Erst hat sie die Musik gehört, dann ist sie ungefähr zwei Stunden später weg. Mit dem Koffer.«

»Danke. Sonst hatte sie nie Besuch?«

Körgens schüttelte den Kopf. »Wäre mir in diesem Fall die junge Frau ja nicht aufgefallen.« Er streckte dem Kommissar wieder die Hand hin, ließ sie enttäuscht sinken, als Rothko sie wieder nicht ergriff. »Also dann …«

Rothko ließ sich noch im Davoneilen von seinen Kollegen die Telefonnummer des Hausmeisterunternehmens geben.

Kaum saß er im Wagen, wählte er die Nummer. »Nicht

verreist?«, wiederholte er. »Haus soll verkauft werden ... Danke.«

Mathilde Sandmann hatte sich also abgesetzt.

ooo

Siri wusste nicht, welche Tagszeit es war. Dazu war es in ihrem Verlies zu dunkel. Sie hatte viel zu viel Zeit. Ihre Gedanken kreisten jetzt nicht mehr um Elmar oder darum, dass sie keinem von ihrer Entdeckung erzählt hatte, sondern ausschließlich um Mathilde. Sie holte sich ihre Erinnerungen Stück für Stück zurück, ging jedes Wort, jede Geste von Mathilde im Geiste noch einmal durch.

Auch wenn sie vor Tagen mal kurz gedacht hatte, Mathilde selbst könne ihre Mutter sein, so schloss sie das hier, in ihrer Einsamkeit, völlig aus. Zu Mathilde hatte sie keinerlei engere Bindung. Es war nicht die Stimme, nicht der Geruch und nicht die Erinnerung, die sie an ihre Mutter zu haben glaubte. Siri spürte es einfach.

Sie war sich sicher, dass Mathilde kurz davor gewesen war, ihr die Wahrheit über ihre Herkunft zu sagen. Mathilde wusste alles. Und sie war eine schlechte Schauspielerin.

Siri hatte noch nie einen Menschen kennengelernt, auf den die Worte »wie in einem goldenen Käfig« besser zutrafen als auf Mathilde Sandmann. Sie war eingesperrt durch ihr Wissen, gefangen von dem vielen Geld, das sie umgab.

Siri war sich in den langen Stunden in dieser vollkommenen Dunkelheit immer sicherer geworden, dass es nicht nur um die Verdeckung ihrer Herkunft ging. Es spielte etwas viel Tiefgreifenderes eine Rolle. Nur was, was genau war es?

Wenn sie zu frieren begann, überkam sie das Gefühl eines Déjà-vu. Diese Gewissheit, all das schon einmal erlebt zu haben. Siri glaubte immer stärker, sie kenne dieses Ausgeliefertsein, diese Luft, die immer dicker und zäher zu werden schien, die die Lungenbläschen verstopfte, als trage sie Staub mit sich, der alles erstickte. Siri glaubte sich an die Kälte zu erinnern, die sich durch die Kleidung fraß und die Haut langsam auskühlte, bis sie auch innerlich einem Eisblock glich. Siri war überzeugt, die Stille zu kennen, die in den Ohren schmerzte. Nach und nach wurde die von einem lauten Piepen ersetzt, aber auch das brachte keine Erleichterung. Ja, Siri war sich sicher, all das schon einmal erlebt zu haben. Vor langer Zeit.

ooo

Karla war unruhig. Die Sonne stand schon hoch am Himmel, sie musste lange geschlafen haben. Auch in der Nacht war sie von einer seltsamen Unruhe gepackt gewesen, die sie zuerst nicht erklären konnte. Sie hatte immer wieder geglaubt, jemand schleiche um ihre kleine Holzhütte herum. Ständig war sie zu ihren kleinen Kindern gegangen, hatte sie zugedeckt und ihnen etwas vorgesungen. Sie sollten ja keine Angst bekommen, denn sie hatte etwas furchtbar Dummes getan und das würden die anderen merken. Sie würden sie bestrafen.

Sie hatte dem Kommissar zu viel erzählt. Das hätte sie nicht tun dürfen, das wurde nicht gern gesehen. Sie konnten ganz böse werden, die Leute. Sie war schuld, dass es so weit gekommen war. Das hatten sie ihr immer wieder gesagt. Sie hatte versagt damals. Sie allein. Obwohl sie nie verstanden hatte, warum. Das Kind lebte. Aber wenn die Leute sagten, dass sie schuldig war, dann hatten sie recht und sie irrte. Es war schon so lange her und sie konnte sich einfach nicht mehr an alles erinnern, so sehr sie es auch versuchte. Immer wieder war da eine Lücke, die sich nicht schließen wollte. Wie konnte sie da nur so überheblich sein und mit dem Kommissar reden. Sie hatten es bestimmt bemerkt. Ihnen entging nichts.

Karla wartete, seit der Kommissar da gewesen war, darauf, dass sie kamen. Dass sie sie bestraften. Am meisten Angst hatte sie um ihre Kinder. Sie musste sie doch beschützen, damit ihnen nichts passierte. Nicht wie dieses andere Baby, damals im Schnee. Es war so blass gewesen, fast blau. Es hatte einfach nicht mehr gewimmert. Als Karla es hochnehmen wollte, war es still gewesen. Die Schneeflocken hatten das kleine Gesicht umspielt und waren dann zu Tränen geschmolzen und in winzigen Bächen herabgelaufen. All das würde mit ihren Kindern hier nicht passieren. Darauf passte sie auf. Außerdem musste sie Siri schützen. Siri, die sie gerade noch gerettet hatte. Aus dem Schnee.

Karla umhüllte ihren knochigen Körper mit einer Stola und trat in die kalte Herbstluft. Es war so kühl geworden, dass sich vor ihrem Mund beim Ausatmen kleine Nebelwolken bildeten. Im Garten war alles ruhig, niemand war mehr da. Rings um ihre Laube aber war das gelbe Gras heruntergetreten worden, als habe jemand in jedes der Fenster gesehen. Karla wunderte es nicht. Sie hatte gewusst, dass sie kamen. Und irgendwann würden sie sie holen. Das war sicher.

ooo

Rothko hatte die nächste Schiffsverbindung zurück genommen. Er war unruhig wegen Siri. Zuvor hatte er in Wilhelmshaven Bescheid gegeben. Sie mussten Mathilde Sandmann finden. Rothko war froh, als er aus dem Zug steigen konnte. Sein erster Weg führte zu Siris Haus, das aber still und dunkel vor ihm lag.

Unschlüssig lief er vor dem Haus auf und ab. Rothko gab irgendwann auf, es war zwecklos, hier auf sie zu warten. Siri war eine erwachsene Frau und ihm nicht zur Rechenschaft verpflichtet. Vermutlich war sie einfach zurück nach Wilhelmshaven gefahren, schließlich musste sie ja auch irgendwann wieder arbeiten. Rothko grinste. Das war kein Problem. Darum konnten sich seine Kollegen doch kümmern. Er zückte sein Handy, gab durch, wo Siri wohnte und wo sie arbeitete. Das wusste er ja immerhin. »Und bitte sofort um Rückruf, wenn Sie etwas haben. Es eilt!«, befahl er.

Kraulke saß noch im Dienstzimmer. Er schrieb Berichte. Das war der einzige Wesenzug, den Rothko am Kollegen Kraulke schätzte. Er war dienstbeflissen, immer eifrig und korrekt, sodass auch der Paperkrieg nie auf die lange Bank geschoben werden musste. So gesehen, war es schon ein Vorteil, dass gerade er hier auf der Insel weilte.

»Was rausgefunden?«, fragte er seinen Kollegen, der den Blick nicht vom Blatt gehoben hatte.

»Ich habe die Proben der beiden genommen, die sind auf dem Weg in die KTU.«

Rothko nickte. »Mathilde Sandmann ist weg, hat das Haus zum Verkauf an einen Makler gegeben. Und Siri Gerken ist noch nicht wieder auf der Insel.«

Jetzt hob Kraulke doch den Kopf. Ein breites Grinsen zog über sein Gesicht. »Das ist die schlimmste Nachricht, Herr Kollege, oder?«

Rothko merkte, wie eine Röte sein Gesicht überzog, wie seine Hände schweißig wurden. Er musste eine geraume Weile überlegen, wie er darauf reagieren sollte, entschied sich letztlich, die Frage einfach unbeantwortet zu lassen. Mit etwas Glück würde Kraulke nicht wieder darauf eingehen.

»Ich habe Mathilde Sandmann zur Fahndung rausgegeben, sie ist eine wichtige Zeugin. Und ich lasse nachforschen, ob Siri wieder in Wilhelmshaven ist. Wir brauchen auch ihre DNA für den Vater-und Mutterschaftsabgleich. Das alles neben der Zuordnung der Hautpartikel und so.«

Rothko hängte seine Jacke an den Haken neben der Tür. »Was wegen dieser Ellen rausgefunden?«

Kraulke sog die Luft scharf ein, spitzte die Lippen und runzelte gleichzeitig die Stirn. »Da schweigen sie wieder, die Herrschaften. Sie behaupten durch die Bank, noch nie etwas von einer Ellen gehört zu haben, werden aber alle blass, sobald der Name fällt. Ich war gegen Mittag dann bei der alten Ordensfrau. Sie dreht total am Rad.«

»Inwiefern?«

Kraulke zuckte mit den Schultern. »Sie fing an zu wimmern, wirkte völlig durchgedreht, stammelte etwas davon, dass sie auf ihre Kinder aufpassen müsse, damit so etwas kein weiteres Mal passiert. Ich weiß nicht, was ich davon halten soll.«

»Wie hat sie denn auf den Namen Ellen reagiert?« Rothko begab sich noch während der Frage in sein Büro und fuhr den PC hoch.

»Ich habe sie gar nicht danach gefragt«, hörte er Kraulke aus dem Vorraum.

Rothko schnellte hoch. »Wie? Sie gehen dorthin und fragen Sie nicht nach dieser Frau?«

»Nicht direkt jedenfalls. Sie war doch so am Rumtickern, jaulte die ganze Zeit herum, dass ihre Babys in Gefahr sind, dass sie in der Nacht damals versagt hat und lauter so ein Zeug.«

Rothko ging zurück, beugte sich zu seinem Kollegen über den Schreibtisch. Seine Stimme zischte förmlich über die geringe Distanz. »Was heiß hier: nicht direkt? Kommen Sie zur Sache, Herr Kraulke! Wir eiern schon viel zu lange herum, müssen endlich konkreter werden, verstehen Sie?«

Kraulke fasste das Gespräch mit Karla nun rasch mit wenigen Worten zusammen. Rothko begann zu begreifen. »Ich habe sie anschließend gefragt, ob noch eine andere Frau dabei war, als das Baby so blau geworden ist.«

»Und, was hat sie geantwortet?«, drängte Rothko. Ihm schlug das Herz bis zum Hals, er war sicher, dass in der Antwort der Alten ein weiterer Baustein liegen würde, den er einfügen konnte. Karla war eine wichtige Informationsquelle und merkte es in ihrer kleinen Welt gar nicht.

»Sie hat gesagt«, Kraulke begann zu kichern, griff in

seine Hosentasche und warf sich drei Lakritz ein. Er kaute darauf herum, begann wieder zu kichern. »Sie hat gesagt ...« Jetzt sah er zu Rothko, wedelte mit der Handfläche vor seinem Gesicht herum. »Sie hat gesagt, da wäre noch die Muschelfrau gewesen. Ein Engel, der danach in den Himmel aufgefahren sei und nur die Kette zurückgelassen habe. Mit fünfzehn Muscheln aus dem Meer. Da waren eine Pfeffermuschel, eine Trogmuschel und so andere dran gewesen. Aber jetzt gäbe es nur noch die eine, die fürs Herz. Der Rest sei mit ihr geflohen vor der Grausamkeit auf Erden.« Kraulke kicherte immer noch. »Die tickt doch nicht ganz sauber. Ich habe den Namen Ellen dann schon noch fallen lassen, da hat sie mich angesehen, als habe ich sie nach einer Außerirdischen gefragt.«

Rothko setzte sich zurück auf den Stuhl. »Sie hat etwas von einer Muschelkette gesagt?«

Kraulke stopfte sich gerade eine weitere Handvoll Lakritz in den Mund. »Ja, hat sie.«

»Siri hat so eine als Erinnerung an ihre Mutter von Hanna Gerken bekommen. Es war nur noch eine Muschel dran. Die fürs Herz.«

Kraulke hörte auf zu kauen. Er schluckte den schwarzen Brei auf einmal herunter. »Die fürs Herz?«

»Eine Herzmuschel, Mann! Das sind die Muscheln, die zuhauf an den Stränden hier herumliegen.«

»Puh«, entfuhr es Kraulke nur. »Puh!«

ooo

Schweig, Muschel. Klaffe nicht zu weit auseinander, sonst reiße ich deine Schalen entzwei und lasse dich von der Gischt der Nordsee fortspülen ...

12.

Pantoffelschnecke – *Crepidula fornicata*

Die Pantoffelschnecke kommt im Watt und den Prielen vor, hat nur knapp zwei Windungen. Auf alten Weibchen sitzen die Nachkommen in Ketten. Die mittlere Reihe ist steril, obenauf sind die Männchen, die wesentlich kleiner sind. Sie leben erst seit 1934 in der Deutschen Bucht und sind mit Austern aus den USA eingeschleppt worden. Sie sind oft als Kutterbeifang zu finden.

Klaas war auf dem Weg zu Frerich. Er hatte gesehen, dass der merkwürdige Kommissar gestern bei Karla gewesen war und er war unsicher, wie sie mit der Alten verfahren sollten. Sie war dement und hatte nichts mehr im Leben zu verlieren. Außer ihren Puppenbabys. Für die würde sie das letzte Hemd geben. Was war diese Frau einmal selbstsicher und zielstrebig gewesen … Bis zu der Nacht, als sie versagt hatte. Sie wäre vielleicht diejenige gewesen, die noch etwas hätte drehen, alles retten können.

Danach war sie ein anderer Mensch geworden. Nie hatten sie gedacht, dass gerade Karla mal gefährlich werden könnte. Genau wie Hanna, die für alle der Fels in der Brandung gewesen war.

Frauen waren für Klaas' Begriffe einfach zu sentimental. Zu gefühlsbetont, extrem emotional gesteuert. Hanna war das beste Beispiel dafür. Und Karla hatte schließlich auch nichts verkraftet.

Je verwirrter die Alte nun wurde, desto mehr drohte sie zu reden.

Sie musste stärker überwacht, vielleicht in ein Heim gebracht werden. So war es zu gefährlich. Wie Klaas gehört hatte, war zumindest Mathilde verschwunden, was sicher ein kluger Schachzug von ihr war.

Trotzdem drohte nun alles einzustürzen, was sollte auch dieser DNA-Test? Er wusste nicht, ob sie damit etwas finden konnten. Die Technik heutzutage war so ausgefeilt … Klaas bekam es immer mehr mit der Angst zu tun. Ein Baustein war entfernt und alles marode geworden. Er hatte immer geahnt, dass es eines Tages so kommen würde. Und gleichzeitig gehofft, er würde sich irren.

Aber so rasch wollte Klaas nicht aufgeben. Er steuerte dagegen an, griff ein, wo immer er konnte, um den entstandenen Schaden wieder aufzufüllen. Doch er schaufelte Luft. Das Leck wurde größer und größer.

Frerich war zu ruhig, ihn interessierte das alles gar nicht. Er lebte in seiner kleinen Ökowelt, war über jeden Tag froh, an dem Birgit einmal lachte. Das reichte ihm, er wollte sich nicht mehr mit der Vergangenheit beschäftigen. Es war ihm gleich, ob die Kommissare hier auf Wangerooge herumschnüffelten. Es war ihm gleich, dass Hinnerk umgekommen war. Es war ihm auch gleich, dass Hanna Siri gesagt hatte, dass sie nicht die leibliche Mutter war. Frerich konnte und wollte nur weiterleben, indem er die Realität ignorierte.

Klaas stand bereits vor Frerichs Haus, hatte die Hand schon an der Türklinke. Er sah Birgit in der Küche hantieren. Sie hatte die Mundwinkel wieder nach unten gezogen, ihre Schultern hingen kraftlos herab und ihr Gang war schleppend. Es war kein guter Tag, um mit Frerich zu reden. Er würde Klaas wieder nicht zuhören, weil er nur Augen für seine Frau hatte und ihn das Leben an ihrer Seite viel mehr interessierte als das, was zu tun war, damit er sich dieses Leben erhalten konnte. Es würde an ihm, an Klaas hängen bleiben, alles weiter in der Spur zu halten. Es war seine Aufgabe, wenn er Frerich und sich retten wollte.

Er drehte sich um und ging ins Dorf zurück. Immer

stärker drängte sich ihm der Gedanke auf, er kämpfe allein auf weiter Flur und nur noch für sich. Doch er wusste, was er zu tun hatte.

°°°

Rothko wurde vom aufdringlichen Klingeln seines Weckers geweckt.

Er hatte verschlafen und wunderte sich, dass Kraulke noch nicht gegen seine Schlafzimmertür geklopft hatte, wie es sonst ständig der Fall war. Gestern hatte er noch erfahren, dass Siri weder in ihrer Wohnung noch am Arbeitsplatz aufgetaucht war. Die Pflegedienstleitung war bereits fuchsteufelswild, dachte aber, sie habe mit der Organisation ihres Nachlasses so viel zu tun. In jedem Fall würde sie mit der Kündigung rechnen können, da sie weder Urlaub eingereicht noch sich krank gemeldet hatte. Wobei es ihnen trotzdem ungewöhnlich erschien, dass Siri einfach wegblieb, weil sie eigentlich als überaus zuverlässig bekannt war. Aber in einem Trauerfall ...

Rothko ließ sich in sein Kissen fallen, spürte das gnadenlos heftige Klopfen seines Herzens.

Im Schlaf hatte er seine Angst um Siri einigermaßen verdrängen können, aber nun wuchs die Furcht von Sekunde zu Sekunde. Hatte Mathilde doch etwas mit ihr angestellt?

Bevor er weiter darüber nachsinnen konnte, klingelte sein Handy. Rothko saß senkrecht im Bett, als er verstand, was ihm sein Kollege am anderen Ende gerade mit sachlicher Stimme durch den Hörer mitteilte. Mathilde Sandmann war tot. Sie war mit hoher Geschwindigkeit in der Gegend von Freiburg gegen einen Baum gefahren. Man vermutete grobe Fahrlässigkeit oder Suizid. Am Fahrzeug habe man keinerlei Mängel entdecken können.

Rothko vermutete keine grobe Fahrlässigkeit, sondern abgrundtiefe Verzweiflung. Er raunte noch: »Ich brauche dringend die DNA der Toten für einen Abgleich«, und legte dann auf.

Seine wichtigste Zeugin hatte also den Freitod gewählt. Er hieb mit der geballten Faust in das Kissen. Was war in dieser verdammten Schneenacht bloß geschehen, dass es solche Spuren nach sich zog. Was, verdammt? Und wo steckte Siri?

Er stand auf, wollte gerade ins Badezimmer gehen, als das Handy ein zweites Mal loslegte. Einen Moment überlegte Rothko, doch nicht dranzugehen, als er einen Blick auf das Display warf. Es war seine Frau oder besser, seine Exfrau, er hatte ja in die Scheidung eingewilligt und alles andere war nur noch Formsache.

»Ich danke dir, dass alles so reibungslos vonstatten ging«, sagte sie. »Nun noch den einen Termin und dann ist es vorbei.«

Rothko schwieg. Sie hatten sich nichts mehr zu sagen. Es war gut, dass seine Frau das eher bemerkt hatte als er. Eigentlich war die ganze Ehe nur noch eine Farce und Quälerei gewesen.

»Mach's gut«, hörte er noch und dann war Stille.

Ihn wunderte, wie wenig ihn das jetzt noch berührte, nach all dem Schmerz, den er noch vor wenigen Tagen empfunden hatte. Ihre Ehe war schon lange nicht mehr das gewesen, was man normalerweise unter einer Ehe versteht.

Rothko stolperte im Flur über eine Jeans, die er sofort als die seine identifizierte. Kraulke war immer rigoros und warf alles, was sein Kollege herumliegen ließ, vor dessen Zimmertür. Auch Kraulke war anscheinend spät aufgestanden. Er war im Bad und schmetterte laut sein *»Strangers in the night«* unter der Dusche.

Rothko zog sich vorerst den Bademantel über und wünschte, bald wieder allein hier zu sein. Allein Herr über die Küche, das Bad und den Wohnraum. Wenn er dann über irgendwelche Anziehsachen stolperte, geschah es, weil er sie dort platziert hatte und nicht, weil sein nerviger Kollege mit einem Aufräumwahn, der an Pedanterie grenzte, ihm alles vor die Füße warf.

Der Tag hatte nicht gut begonnen und würde bestimmt weiterhin so negativ verlaufen, das hatten solche Tage an sich.

Vorhin bei dem Anruf wegen Mathildes Tod hatte er einen Augenblick befürchtet, man habe noch eine Beifahrerin gefunden, aber das schien nicht der Fall zu sein. Er ging also davon aus, dass Siri lebte. Alles andere würde ihn handlungsunfähig machen.

Er brauchte als Erstes Siris DNA, damit er sie mit der von Hinnerk und der von Mathilde vergleichen konnte. Er musste wissen, ob sie Siris leibliche Mutter war. Egal, was diese Nicole Wardenberg von einer Ellen gefaselt hatte. Noch musste er jeder Spur nachgehen.

Rothko überlegte einen Augenblick. Er würde sie sich von Siri holen, indem er in ihr Haus eindrang. Heimlich. Sie würde es ihm verzeihen, denn das war im Augenblick der einzige Weg.

Nachdem er sich angezogen und gefrühstückt hatte, machte er sich auch gleich auf den Weg zu Siris Haus. Die verglaste Terrasse wirkte leer, überhaupt machte alles den Anschein, als wäre niemand da. Rothko sah sich nach einem gekippten Fenster um, aber alle waren fest verschlossen. Sein Blick wanderte nach oben. Im Dach waren Fenster eingelassen. Rothko sah sich entschlossen um. Das war der Weg. Es gab keine bessere Einstiegsmöglichkeit in ein Haus, wenn man die Höhenbarriere erst überwunden hatte. Diese Information war ihm mal von einem Dachdecker gesteckt worden. Ganz nebenbei hatte der ihm auch gezeigt, wie leicht es war.

Das Einrennen von Türen mit der Schulter bescherte der Polizei nämlich eher ein paar blaue Flecken, als dass es zum Erfolg führte, egal, was im *Tatort* immer suggeriert wurde. Und im Knacken von Schlössern mit Hilfe von Haarnadeln oder Dietrichen kannte er sich einfach nicht aus. Für sein Vorhaben brauchte er aber eine Leiter.

Rothko umrundete das Haus, denn von der Straße

her wäre es doch etwas auffällig. Im Schuppen fand er, was er brauchte, stellte die Leiter an die Dachrinne und erklomm die Sprossen.

Dann hebelte er das Fenster mit ein paar gezielten und gelernten Griffen auf. Er hatte sich glücklicherweise für ein größeres Fenster entschieden, durch das er mit seinen Körpermassen hindurchpasste.

Allerdings war die Fallhöhe auch recht groß. Er würde in eines der Gästebetten stürzen und hoffte, dass es seinem Gewicht standhalten konnte. Rothko biss sich auf die Lippen, ließ sich dann fallen, es war seine einzige Chance.

Es knackte bedenklich, als er auf die Matratze aufschlug. Die Kissen rochen leicht muffig, waren nicht bezogen, der Raum war klamm.

Rothko schloss das Fenster. Er öffnete jede Zimmertür im oberen Stockwerk, wollte herausfinden, in welchem Raum Siri wohnte.

Vielleicht hatte sie ein altes Kinderzimmer, in das sie bei ihren Besuchen einzog. Doch Rothko war klar, dass es eine trügerische Hoffnung war. Die Inselkinder zogen oft bei Saisonbeginn in irgendwelche Keller- oder Heizungs- und Abstellräume um, weil deren Zimmer an die Gäste vermietet wurden. Siri lebte schon so lange auf dem Festland, da würde eine tatkräftige Frau wie Hanna Gerken doch bestimmt kein Zimmer leer stehen lassen. Obwohl Rothko die Frau gar nicht persönlich kannte, hatte er doch eine recht genaue Vorstellung von ihr.

Er ging von Raum zu Raum, war überrascht über die vorherrschende Gemütlichkeit. Jedes Zimmer war individuell hergerichtet, hatte bunte Gardinen, helle, freundliche Möbel und ein eigenes Bad. Der Gästebereich wirkte aber wie ausgestorben.

Rothko ging die Treppe hinunter. Unten war es merklich wärmer und roch bewohnt. Ein feiner süßlicher Duft zog sich über den Flur.

Der Kommissar wollte gern wissen, wie Siri in diesem

Haus lebte, hatte aber gleichzeitig große Furcht davor, ihr zu nah zu kommen und dass sie es als unangenehm empfinden würde.

Auch hier öffnete er leise jede Tür, schreckte vor dem dunklen Wohnzimmer zurück, das so gar nicht zu den freundlichen Gästeräumen im Obergeschoss passen wollte.

Schließlich fand er das Badezimmer. Es lagen mehrere Bürsten vor dem Spiegel und er konnte auf Anhieb keine erkennen, die eindeutig Siri zuzuordnen war. Er brauchte aber etwas von ihr, wo er sicher sein konnte, dass es von ihr stammte.

In der Küche standen zwei benutzte Tassen und ein Glas in der Spüle.

Rothko nahm eine davon und steckte sie in die mitgebrachte Plastiktüte. Die Tasse war eindeutig von Siri benutzt worden, es war ja sonst niemand hier und ein Rest von ihrem Lippenstift zeichnete sich am Rand noch ab. Eigentlich wollte er sofort nach draußen gehen, aber er konnte der Versuchung nicht widerstehen, doch nach Siris Zimmer zu suchen und so einen kleinen Blick von ihrer Lebenswelt zu erhaschen. Vielleicht gab es diesen persönlichen Raum, vielleicht hatte er sich in seiner Einschätzung getäuscht.

Rothko schlich über den langen Flur und kam sich vor wie ein Verbrecher. Was er hier machte, tat man einfach nicht. Es war eine Grenzüberschreitung. Er kannte sich selbst nicht wieder.

Schon das erste Zimmer war Siris. Dass Hanna es ihrer Adoptivtochter gelassen hatte, zeigte in seinen Augen, was für eine wichtige Rolle Siri in ihrem Leben eingenommen hatte, und spiegelte auf profane Art die Liebe der Frau zu ihrer Adoptivtochter wider. Hanna Gerken hatte alles anscheinend so gelassen, wie es bei Siris Auszug gewesen war. Es war das Zimmer eines jungen Mädchens, keiner erwachsenen Frau. Verspielte Vorhänge umrahmten das Fenster, die Möbel waren einfach, aus Kiefer. An den

Wänden lachten Bilder von Popstars herab, die Rothko nicht mehr kannte.

Er hätte Hanna Gerken diese Liebe nicht zugetraut und empfand ein winziges Stück Sympathie für sie. Es war in ihrem Leben wohl doch immer nur um die Liebe zu ihrer Tochter gegangen.

Siri dagegen hatte anscheinend kein Interesse daran gehabt, dieses Zimmer ein wenig mehr auf sich als erwachsene Frau zuzuschneiden.

Auf dem sehr aufgeräumten Schreibtisch lag die Muschelkette.

Rothko trat einen Schritt näher, betrachtete sie. Von ihr ging eine seltsame Aura aus, die Rothko beunruhigte. Er war sonst wahrlich nicht für solche Merkwürdigkeiten zu haben, aber diese Kette machte auf ihn den Eindruck, als wolle sie ihm etwas sagen.

»Blödsinn«, schimpfte Rothko. »Muschelketten, die einem etwas sagen wollen. Blödsinn!«

Er nahm die Kette trotzdem in die Hand, strich über das abgeschabte Leder und über die Riffel der kleinen Herzmuschel. Wieder war ihm, als wolle ihm die Kette eine Geschichte erzählen, ihn warnen. Rothko glaubte, sie würde heiß in seiner Hand, schien ihn fast zu verbrennen. Vorsichtig ließ er sie zurück auf das nachgedunkelte Kiefernholz gleiten. Es war so still hier, so tot und Rothko fühlte sich bestätigt in dem, was er die ganze Zeit schon vermutete: Siri war in Gefahr. Die Frau, in die er sich Hals über Kopf verliebt hatte, befand sich in einer vermutlich lebensbedrohlichen Klemme, genau wie die Trägerin der Kette vor über dreißig Jahren.

ooo

Birgit sah über das Wattenmeer, das sich heute in fast magischer Schönheit darbot. Über den nahen Salzwiesen schwebten feine Nebelschwaden, die aber zu harmlos waren, um auch nur einen Moment Unbehagen auszulösen.

Trotzdem war Birgit von einer seltsamen Unruhe getrieben. Die vermeintliche Ruhe der Natur war für sie vergleichbar mit der Metapher vom Wolf im Schafspelz. Ihre Unruhe wuchs sich so weit aus, dass die Finger zu kribbeln begannen, dass ihr Herz immer rascher schlug.

Frerich wurde von Tag zu Tag seltsamer und je öfter Klaas hier auftauchte, desto schlimmer wurde es.

Die beiden heckten irgendetwas aus, sie lauschte oft genug an den dünnen Wänden. Klaas ließ Frerich nicht in Ruhe. Die Frau auf dem Festland war in jedem Fall gewarnt und hatte das auch sehr ernst genommen. Beide Männer waren darüber sehr erleichtert. Birgit hatte sich schon immer gewundert, wie lange alle Beteiligten dichtgehalten hatten. Angst war ihr ständiger Begleiter, Spaß machte ein solches Leben nicht. Als sie Frerich geheiratet hatte, war ihr schon bewusst gewesen, dass er eine Vergangenheit mitgebracht hatte, die man nie beiseiteschieben konnte. Doch das Ausmaß, die Sprengkraft hinter all dem, konnte sie nie wirklich einordnen. Irgendwann hatte sie begonnen, sich ihre eigene Wahrheit zurechtzubasteln, die mit ihrer Welt zusammenpasste. Sie schnappte auf, was sie aufschnappen konnte, wusste nach und nach, wer zu dieser zweiten Welt ihres Mannes gehörte und vor wem er am meisten Angst hatte.

Ihr war auch rasch klargeworden, dass Klaas der Anführer war, dass Frerich sich ihm bedingungslos unterordnete und seine Anweisungen befolgte, ohne sie zu hinterfragen. Um was es im Einzelnen ging, bekam sie nicht immer mit, weil Frerich sich darüber ausschwieg. Also spionierte sie ihm nach. Ging an sein Handy und las die eingegangenen SMS-Botschaften, sah in seinem Mail-Account nach, was für Nachrichten dort aufliefen.

Nach und nach hatte sie sich so ihr eigenes Bild von der Sache damals gemacht. Sie wollte einfach nur wissen, worum es ging, musste doch wissen, was ihren Mann jede Nacht hochschrecken ließ, was ihm Angstschreie entlockte und sie selbst so lähmte, dass ihr das Leben an bestimmten Tagen unendlich gleichgültig war.

Nach und nach begann sie alle Beteiligten dieser Nacht zu hassen, Klaas allen voran. Er war die treibende Kraft und noch immer dabei, alle Menschen in seinem Umfeld zu manipulieren, sie so hinzubiegen, dass sein Plan von damals aufging.

Die einzige Hoffnung für sie selbst war schließlich, aufzuwachen, endlich zu reagieren. Den Panther zu verbannen. Etwas in die Hand zu nehmen. Eine unvorstellbare Kraftanstrengung für eine Frau wie sie, deren Leben sich nur um Murmelbahnen oder Muschelsammlungen drehte. Sie wollte sich nicht mehr damit abfinden, dass die Vergangenheit so allgegenwärtig war und ihr Leben nach wie vor bestimmte. Sie wollte sich aus den Fesseln befreien und hatte es geschafft, aus der eigenen Finsternis nach draußen zu treten.

Sie würde zukünftig ihr Leben schützen, damit sie endlich Frieden hätten, sie und Frerich. Sie liebte ihn so sehr, musste dafür sorgen, dass er Ruhe fand, konnte nicht zulassen, das Klaas diese Macht über ihn hatte.

Der sollte sein Spiel ohne Frerich spielen, sie einfach in Ruhe lassen. Birgits Gedanken drehten sich im Kreis, spielten alle Möglichkeiten durch, wie sie es stoppen könnte. Frieden, sie wollte doch nur Frieden.

ooo

»Rothko!«

»Polizei Jever. Es geht um Mathilde Sandmann.«

Rothko wurde sofort hellwach. »Ja, was gibt es?«

»Die Maklerfirma, die von Frau Sandmann beauftragt worden ist, das Haus im Brookmerlandring zu verkaufen, hat dort einen Brief gefunden. Es war eindeutig Suizid. Weiter schreibt sie, sie könne mit der großen Schuld nicht mehr leben. Mit der Last, die auf ihren Schultern ruhe.«

»Schreibt sie etwas von einer Siri Gerken?«

»Nein.«

»Nichts?«, wiederholte Rothko.

»Sag ich doch.«

Rothko drückte den Ausknopf. Mathilde Sandmann hatte sich also das Leben genommen. Welche Schuld meinte sie? Es wurde Zeit, dass er sämtliche DNA-Abgleiche bekam, damit er etwas in der Hand hatte. Er drehte sich ja furchtbar im Kreis, kam überhaupt nicht weiter. Ein bisschen gab Rothko Kraulke die Schuld, weil der es vermasselt hatte, sich vernünftig auf die Wangerooger Bürger einzustellen, und mit seiner grobschlächtigen Methode gleich jegliches Vertrauen zerstört hatte.

Da würde auch der alte Zöllner Ubbo Münkenwarf nichts mehr richten können. Im letzten Jahr war Rothko sehr froh gewesen, ihn zur Seite gehabt zu haben, auch wenn Ubbo sich bei einigen Befragungen sehr schwergetan hatte. Jetzt war der Zöllner ohnehin für ein paar Wochen in den Urlaub gegangen. Vermutlich war er froh, dass er seinen Mitbürgern in diesem Fall nicht auf die Füße treten musste.

Rothko raffte sich auf. Mit dem Ergebnis des Abgleichs konnte er frühestens am Montag rechnen. Er würde Klaas Meine noch einmal selbst auf den Zahn fühlen. Vielleicht gelang es ihm, einen Zugang zu dem Mann zu bekommen.

In seinem Haus traf er ihn nicht an. Doch als Rothko sich abwandte, kam er ihm mit schlurfendem Gang entgegen.

»Ich muss mit Ihnen reden«, begann Rothko. »In Ruhe und unter vier Augen.«

Klaas Meine wirkte weder überrascht noch abweisend, ihn umgab eher eine gewisse Resignation, die Rothko positiv zur Kenntnis nahm. Vielleicht würde die Fassade des Mannes doch irgendwann bröckeln, vielleicht sogar in sich zusammenbrechen.

Mit etwas Geduld hatte er bislang noch jeden geknackt.

»Wo?«, fragte Meine und deutete fragend mit dem Kopf in Richtung seines Hauses.

Rotkho nickte, fand es angenehm, dass sein Gegenüber kein Mann der vielen Worte war.

Meine schloss die Tür auf und Rothko umflutete der Geruch eines lange nicht gründlich gelüfteten Hauses. Zuerst atmete er nur ganz flach, dann hatte seine Nase sich an den süßlich abgestandenen Geruch gewöhnt.

»Meine Frau ist seit einer Woche auf dem Festland«, entschuldigte sich Meine. Er fragte den Kommissar gar nicht erst, ob er Tee wollte, sondern stellte gleich zwei Flaschen Jever Pils auf den Tisch. »Was wollen Sie denn noch wissen? Habe doch alles schon Ihrem Kollegen erzählt.«

»Wissen Sie, wo sich Siri Gerken aufhält?«, stieß Rothko hervor. Diese Frage brannte ihm unter den Nägeln.

Wenn Klaas Meine überrascht war, ließ er es sich nicht anmerken. »Woher soll ich das wissen?«

Rothko setzte die Bierflasche an den Mund, nahm einen Schluck. »Sie wissen doch auch sonst sehr gut über alles Bescheid, warum sollte Ihnen das nicht bekannt sein?«

»Sie ist aufs Festland gefahren, mehr kann ich nicht sagen«, brummte Meine. Es schien ihm unangenehm zu sein, dass er Siris Verschwinden bemerkt hatte.

»Ist sie auf die Insel zurückgekommen?«, fragte Rothko.

Meine zuckte mit den Schultern. »Ich überwache ja nun nicht jeden Zug, der die Gäste hierher bringt.«

»Sie ist zu Mathilde Sandmann gefahren, was wollte sie dort?« Rothko weidete sich an der zunehmenden Unsicherheit seines Gegenübers.

»Mathilde Sandmann«, wiederholte Klaas Meine. »Sie ist Siris Mutter«, gab er dann zu, wand sich unter Rothkos Blicken. Vermutlich war dieses Zugeständnis schon mehr, als er je hatte von sich geben wollen.

»Sicher?«, hakte Rothko nach. Vielleicht konnte man dem Gen-Test ja etwas vorgreifen, vielleicht musste der nur noch das untermauern, was im Vorfeld schon klar war.

»Sicher«, sagte Meine.

Rothko zuckte zusammen. Dieses »sicher« war kein

wirkliches »sicher«. Es klang nicht ehrlich, so als wisse der Sprecher gar nicht so genau, ob er mit seiner Behauptung richtig lag.

»Mathilde Sandmann ist tot, Herr Meine.«

Wenn ihn das jetzt überraschte, zeigte er es nicht. »Trotzdem war sie Siris Mutter«, brummte er.

»Und wer ist dann Ellen?«

Jetzt zuckte Meine wie unter einem Stromschlag zusammen. »Ellen«, wiederholte er und es klang wie von ganz weit entfernt, fast, als habe er den Namen längst vergessen und schaufele ihn nun aus den Tiefen seines Bewusstseins wieder an die Oberfläche. »Ellen.«

Rothko wartete einen Augenblick. Das war das richtige Stichwort gewesen. Er hatte Meine an einem wunden Punkt getroffen. Und das nicht am Rande, sondern mitten hinein. Er musste es nur sacken lassen, dem Mann ein wenig Raum zum Luftholen geben. Es galt, den rechten Augenblick abzupassen. Wenn er zu lange wartete, hatte Klaas Meine sich eine Ausrede zurechtgelegt, die dann nur schwer zu widerlegen war. Wenn er zu rasch nachbohrte, wäre der Mann noch zu geschockt, würde dichtmachen. »Ellen war«, Meine schluckte, sein Adamsapfel tanzte auf und nieder, »Ellen hatte ich ganz vergessen. Mein Gott, ist das lange her ...«

Rothko musste jetzt aufpassen, sonst verschwand Klaas Meine in Ausflüchten. »Sie wissen sehr gut, wer Ellen ist.«

Meine nickte fast unmerklich. »Sie war wie ein frischer Wind, wenn das Wetter schwül ist. Sie war wie ein Sonnenstrahl, wenn die Nacht schwindet.« Er stoppte sich, als wurde ihm erst jetzt bewusst, was er da eben gesagt hatte.

Rothko atmete auf. Meine hatte sich verplappert. Er wusste sehr genau, wer diese Ellen war. Die Frau, nach der Hinnerk in der Nacht geschrien hatte. »Sie waren in Sie verliebt?«

Meine lachte auf. »Verliebt, was heißt schon verliebt? Wir

waren jung und so viel ist auf der Insel nicht los. Da kam sie dann. Jung, frisch, aufregend.« Er sah dem Kommissar in die Augen. »Diese Frau war schön. Wunderschön. Wir waren vermutlich alle ein bisschen in sie verliebt.«

Rothko konnte es sich lebhaft vorstellen. Die jungen Männer machten Party, es gab nur wenige Mädchen und die kannten sie alle von Kindesbeinen an. Dann kam eine andere, eine junge Frau vom Land, dazu hübsch und vielleicht etwas unkonventionell. So wie die Mädchen waren, Anfang der Achtziger. Seine Jugend.

Rothko glitten die Gedanken ab. Er sah sich als junger Mensch in Bonn 1981, die größte Friedensdemo aller Zeiten. Dreihunderttausend im Hofgarten. Er hatte Coretta King, der Frau von Martin Luther King, gelauscht, alle Friedensbotschaften in sich eingesaugt. Damals hatte er angenommen, es könne eine friedliche, eine heile Welt geben. Eine Welt, in der die Menschen sich liebten. Den Polizisten hatten sie Blumen in die Knopflöcher gesteckt und er hatte an dem Tag beschlossen, auf dieser Seite für Recht und Gerechtigkeit zu sorgen.

Es war eine Zeit des Aufbruches gewesen, eine Zeit, in der man noch an das Gute geglaubt hatte. Eine Zeit, in der man dankbar für alles Neue und Erfrischende gewesen war. Wenn schon er so empfunden hatte, der die Weite der Welt täglich erleben durfte, wie sehr mussten sich diese jungen Burschen darüber gefreut haben.

»Was war Ellen für eine Frau?«, fragte er.

»Lebenslustig, voller Elan und guter Ideen, idealistisch, frech, irgendwie unkompliziert. Und dabei ein bisschen geheimnisvoll. Es wirkte, als sei sie tief in sich unendlich traurig. Wir hatten alle das Gefühl, sie beschützen zu müssen. Sie ist mal sehr verletzt worden, das hat man gespürt.« Klaas Meine hatte nicht lange überlegen müssen. Dafür, dass er sich angeblich gar nicht mehr an Ellen erinnert hatte, waren seine Angaben jetzt erstaunlich präzise.

»Woraus ziehen Sie die Information, sie sei mal sehr verletzt worden?«, fragte Rothko.

»Sie hat mal etwas angedeutet.«

Rothko beließ es dabei. Meine wirkte nicht, als wolle er mehr dazu sagen, und er wollte ihn jetzt nicht in Bedrängnis bringen. So wechselte er das Thema. »Was ist mit ihr geschehen?«, fragte er nach.

Meine zuckte mit den Schultern. »Sie war plötzlich weg. Einfach so. Das ist das Schicksal von uns Inselbewohnern: Die Leute kommen und gehen, bleiben so gut wie nie.«

Darauf konnte der Kommissar nichts erwidern, damit hatte Meine unweigerlich recht, wie er an Siri gesehen hatte. »Eine Frage habe ich aber noch: Mir ist zu Ohren gekommen, dass Hinnerk Heiken nachts ihren Namen gerufen hat. Im Tiefschlaf. Können Sie sich einen Reim darauf machen?«

»Ich glaube, er war wirklich schwer verliebt in die Frau. Danach hatte er eine Zeit lang richtig Liebeskummer.«

Rothko glaubte Klaas Meine kein Wort, konnte aber auch nichts entgegensetzen. »Wie hieß Ellen mit Nachnamen?«

Meine wich zurück, ließ ein »Puhhh« über seine Lippen blubbern. »Wie hieß sie mit Nachnamen?«, wiederholte er. »Wie hieß sie mit Nachnamen?«

Rothko runzelte die Stirn. »Ja, das habe ich gefragt.«

»Das weiß ich gar nicht mehr. Danach hat man damals auch nicht gefragt, wissen Sie. Das waren ja andere Zeiten.« Meine zog die Nase kraus. »Der Nachname«, er lachte kurz auf, »Sie fragen nach dem Nachnamen.«

Rothko wusste, dass Meine recht hatte. Wenn man ihn nach dem Zunamen seiner damaligen Freunde fragen würde, hätte er auch längst nicht alle parat. Ein paar, ja, aber flüchtige Freunde? Niemals. Da war er froh, wenn er die Vornamen zusammenbekam. Nur wurde er das Gefühl nicht los, dass Ellen für Klaas Meine einfach keine flüchtige Bekannte gewesen war. Der wusste genau, wie

Ellen mit Nachnamen hieß, und er hatte allen Grund, ihn dem Kommissar zu verschweigen.

ooo

Schweig, Muschel. Du hast keine Chance, was auch immer du tust oder machst.

13.

Linsenmuschel – *Montacuta bidentata*

Linsenmuscheln sind sehr kleine Muscheln mit feinen Schalen, nur fünf Millimeter groß. Sie leben im Schlick, geraten sie hinter die Priele, sterben sie. Die Linsenmuschel ist ein Zwitter und sie kommt in der westlichen Ostsee und in der Nordsee vor.

Siri erwachte mit einem schmerzenden Schädel. Sie hatte nicht gut geschlafen, war immer wieder von starkem Schüttelfrost heimgesucht worden. Sie fühlte ihre heiße Stirn, vermutlich hatte sie Fieber. Wie sollte es in diesem blöden Loch auch anders sein.

»Geht es dir nicht gut?«

Siri fasste neben sich. Sie fantasierte wirklich. Wer sollte sich mit ihr unterhalten? Sie spürte eine raue und faltige Hand an ihrer Stirn, der Gestank von lange nicht gewaschener Kleidung waberte ihr in die Nase. Ein Gesicht beugte sich über sie, fauliger Atem überdeckte den anderen Geruch.

Siri überlegte für den Moment, ob sie sich in der Hölle befand. Doch dazu hätte sie doch erst einmal sterben müssen und sie fühlte sich noch so verdammt lebendig, auch wenn sie noch nicht alle Sinne in vollem Umfang beisammen hatte.

Wieder strichen die knochigen Finger über ihr Gesicht, verharrten jetzt aber an ihrer Wange. Trotz des abstoßenden Geruchs empfand Siri die Berührung alles andere als unangenehm. Es hatte etwas Tröstliches nach all den einsamen Stunden in diesem Keller.

Sie hielt die Augen geschlossen, ließ es zu.

»Sie wollen nicht, dass die Wahrheit herauskommt. Sie werden uns töten, wenn sich die Gelegenheit ergibt«, sagte die Stimme. Sie drang immer deutlicher durch die Fiebernebelwand, die Siri umgab.

»Karla?«, fragte Siri und versuchte aufzustehen.

»Bleib liegen, Kleine. Nicht, dass dir auch noch etwas passiert. Mit euch kleinen Mäusen passiert immer so viel. Ich habe heute alle meine Kinder verloren, du bist das Einzige, das noch da ist, das ich umsorgen kann.«

Siri verstand nicht. Was erzählte Karla da. Warum war die Alte überhaupt hier?

»Welche Kinder, Karla? Welche Kinder?«

Die Alte begann zu singen. »Schlaf Kindchen, schlaf ...«

Siri fielen die Augen zu. Sie träumte wirre Dinge, sah einen Schneesturm, viele Leute, darunter auch Klaas. Sie beugten sich über ein Kind, ein Baby. Ganz schlaff lag es in Karlas Armen und der Schneesturm pfiff über die Gestalten hinweg, bedeckte ihre verstörten Gesichter mit Schnee.

ooo

»Ist der Abgleich da?«, fragte Rothko, der zu spät aufgestanden war und Kraulke schon mit einer Tasse Cappuccino am Schreibtisch vorfand. Sein Kollege deutete auf Rothkos Arbeitsplatz, wo auch schon eine Tasse Kaffee dampfte. Es war von Kraulke bestimmt nett gemeint, aber es ging Rothko doch etwas auf die Nerven, dass der Kollege sich aufführte wie eine Mutter. Wie eine Mutter ohne Brust, dachte er gehässig.

Er schwieg aber dazu und wiederholte lieber seine Frage nach der DNA-Analyse.

»Sie rufen durch, sitzen dran«, sagte Kraulke. »Aber die Kollegen aus Wilhelmshaven haben etwas bei Mathilde gefunden, was den einen Test völlig überflüssig macht.«

»Ach?«

Kraulke schob Rothko ein Fax rüber, das schon recht zerknittert aussah.

Egal, was alle behaupten: Ich bin nicht Siris Mutter. Wenn ich einmal sterbe, soll es alle Welt wissen. Klaas, Hinnerk, Frerich, Hanna und die Alte wissen, was damals geschehen ist. Ich hatte keine Wahl und doch habe ich so große Schuld auf mich geladen. Ich habe alles falsch gemacht, war unter Schock und habe mich der Macht der Allgemeinheit gebeugt. Habe genommen, was sie mir geboten haben, aus Angst, nie wieder den Himmel außerhalb der Gefängnismauern zu sehen. Und bin doch die ganzen Jahre unfreier gewesen, als ich es im Knast hätte je sein können. Dort hätte ich meine große Schuld gestanden und mit dem Bewusstsein gelebt, einen Fehler gemacht zu haben. So aber war ich nach außen hin unschuldig, die reiche Frau, die sich auf ihren Lorbeeren ausruht und sich sicher ist. Innen war ich eine zerfurchte Kraterlandschaft mit vielen tiefen Löchern, die nicht zu stopfen sind.

Sie werden immer tiefer und tiefer, höhlen mich aus, lassen mich verbluten. Unrecht muss gesühnt werden und doch bin ich zu feige, es zu tun. Habe Angst vor den anderen, sehe noch immer ihre schmalen Augenschlitze, die Brauen von Schnee bedeckt. Eismänner, deren Tränen niemals in Bächen rinnen werden, sondern genau wie bei mir als Eisperlen an den Wangen kleben bleiben, um dort die Haut zu verletzen. Eis an Haut schmerzt, reißt Blessuren. Jeden Tag, weil man nie aufhören kann, diese kalten Tränen zu weinen …

Rothko schob das Papier weg. Es berührte ihn mehr, als er zugeben wollte.

Mathilde Sandmann war also diesem Schreiben nach nicht Siris Mutter. Doch sie hatte die Wissenden genannt, diejenigen, die dafür verantwortlich waren, dass damals anscheinend alles aus dem Ruder gelaufen war. Und die alte Karla hing voll mit drin. Nun galt es noch abzuwarten, ob Hinnerk Heiken wenigstens Siris Vater gewesen war. Dann würde Rothko Karla aufsuchen und in die Mangel nehmen. Kraulke konnte sich derweil um Frerich Freersen und Klaas Meine kümmern.

Der Brief brachte keine Lösung, half ihnen aber ein gutes Stück weiter, denn sie hatten konkrete Anschuldigungen.

Er trank den Cappuccino, der schon merklich abgekühlt war.

»Übel, der Brief«, sagte Kraulke schließlich. »Da hat eine Frau ihr ganzes Leben unter einer großen Schuld gelitten und sich am Ende das Leben genommen. Weil andere etwas vertuschen wollten.«

»Sie hat ja ordentlich mit vertuscht«, sagte Rothko. »Mir scheint, sie ist selbst auch nicht unschuldig, was auch immer damals geschehen ist.« Er wischte sich den Milchbart ab. »Komisch ist, dass sie diese Ellen mit keinem Wort erwähnt.«

»Wenn es die Frau wirklich gibt«, sagte Kraulke.

»Oder gab«, antwortete Rothko und war selbst entsetzt über diese Aussage.

»Gab«, wiederholte Kraulke. »Was ist, wenn es so ist? Die Aussagen von Klaas Meine waren ja auch sehr dezent.«

Rothko nickte. »Es ist ein Kreuz, dass es keine Aufzeichnungen über verschollene Menschen zu dieser Zeit gibt. Wenn sie einfach so verschwunden ist, muss sie doch jemand vermisst haben.«

Kraulke sah Rothko ruhig an. »Wenn es so ist, dann

haben wir es mit zwei Toten zu tun. Mir kommt da folgende Idee: Es könnte doch sein, dass Ellen Siris Mutter ist, damals irgendetwas schiefgegangen ist und sie …« Er vollendete den Satz nicht und auch Rothko mochte die Idee nicht zu Ende denken. Was musste er der jungen Frau dann für eine Mitteilung machen?

Er wollte sich zuerst auf die Suche nach Karla machen. Aber er musste doch auch Siri finden. Ganz dringend. Siri, die sein ganzes Denken und Handeln besetzte.

ooo

Birgit schrubbte den Küchenfußboden. Frerich war heute Morgen aus den Salzwiesen mit äußerst dreckigen Schuhen zurückgekehrt und er nahm in der Regel wenig Rücksicht darauf, dass er seine Spuren hinterließ. Wie immer hatte er sich sehr früh auf den Weg gemacht, wie immer hatte er ihr nicht gesagt, wann er zurückkommen wollte. Sie war ihm sogar einmal gefolgt, weil sie befürchtete, er treffe sich mit einer anderen Frau. Aber er hatte nur dagestanden, mit seinem Fernglas in der Hand. Er hatte es nicht einmal benutzt, sondern eine geschlagene Stunde an ein und derselben Stelle verharrt und über das Wattenmeer geblickt, als erwarte er, jemanden aus den Frühnebelschwaden auftauchen zu sehen.

Danach war er weitergegangen. Jeder mit Wasser gefüllte Bombentrichter war ein Grund für ihn gewesen, anzuhalten, in das dunkle Wasser zu blicken. Auch hier schien es, als erwarte er jemanden. Trotz der oberflächlichen Ruhe, die die Szenerie vermittelte, wirkte ihr Mann gehetzt, fast verfolgt. Er ruhte nicht in sich, wie es äußerlich den Anschein haben mochte. Dafür kannte Birgit ihren Mann zu gut. Und sie wusste, wen er erwartete. Die Frau, die an allem schuld war, die die Insel damals besser nicht betreten hätte. Ellen, diese Schönheit, die allen jungen Männern schon am ersten Abend den Kopf verdreht hatte. Ellen, der es ein Spaß gewesen war, sie alle gegeneinander auszuspielen. Die keine Skrupel kannte, was die Gefühle der jungen Männer anging. Weil sie eitel war, sich gern bewundern ließ. Nur das war ihr wichtig gewesen. Nicht die Gefühlskrater, die sie hinterließ.

Wäre sie, Birgit, dabei gewesen, sie hätte der Frau etwas anderes erzählt. Hätte ihr deutlich gemacht, wie sehr Männer lieben konnten.

Birgit stellte Schrubber und Eimer an die Seite, setzte sich an den Küchentisch. Sie schob den Ärmel ihres Shirts hoch und pulte an der Kruste eines Kratzers. Mit versunkenem Blick verfolgte sie die abbröckelnden Krustenstücke, die sich fast unsichtbar auf dem terracottafarbenen Boden verteilten. Sie sollte aufhören zu denken. Es wäre besser, denn ändern konnte sie nichts mehr.

Aber die Gedanken kreisten immerfort in ihrem Kopf, waren wie ein Karussell, das nicht stoppen konnte. Sie hätte Ellen erzählen können, dass es sich bei manchen Männern mit den Gefühlen anders verhielt. Aber sie, Birgit, war nicht dabei gewesen. Sie hatte nur davon gehört. Bruchstückweise. Worte, die sie gestohlen hatte, weil es erlauschte Worte waren. Aber in all den Jahren hatte sie sich nach und nach ausmalen können, was in dem Bunker geschehen war. Birgit hatte ein klares Bild der Geschehnisse vor Augen. Jede Sekunde der nächtlichen Feiern glaubte sie nachvollziehen zu können. Sie hatte auch ein klares Bild von Ellen, obwohl sie die ja nie gesehen hatte. Aber sie kannte schließlich Siri Gerken, da wusste sie, wer Ellen gewesen war. Den Erzählungen musste nicht viel Fantasie hinzugefügt werden. Außer, dass Siri anscheinend andere Augen hatte. Dieses Blau beeindruckte alle.

Nun war Siri nach Wangerooge zurückgekehrt. Es wäre besser, sie hätte das nicht getan oder würde zumindest nicht in der Vergangenheit herumstochern.

Birgit war so hilflos, so ohnmächtig, wollte ihrem Mann so gern helfen, aus der Misere herauszukommen. Als

Siri die Insel damals verlassen hatte, waren alle ruhiger geworden. Es hatte tatsächlich Momente des Friedens und der Ruhe gegeben.

Birgit hatte daran glauben wollen, dass ihr Leben vielleicht ein Stück normal werden konnte. Doch dann war dieser schwarze Panther gekommen. Er versteckte sich in den Windungen ihrer Seele und sprang sie immer wieder an. Er zog sie in die Tiefen der Traurigkeit, nagte an ihr. Sie wusste nicht, warum das Raubtier plötzlich gekommen war, was es von ihr wollte.

Als Siri nun zurück auf die Insel gekommen war, war der schwarze Panther verschwunden, hatte anderen Dämonen Platz gemacht. Die, die wachsam machten. Die, die brutal darum kämpften, hellhörig zu sein, alles zu schützen.

Birgit fühlte sich nicht mehr phlegmatisch, sondern war munter und lebendig. Fast panisch, traute sich kaum zu ruhen, um alles im Blick zu behalten. Sie hatte sehr deutlich bemerkt, wie auch ein Ruck durch Klaas und Frerich gegangen war. Zudem ja Hinnerk ums Leben gekommen war. Siri und Ellen waren für Birgit Boten des Todes. Immer wenn sie in der Nähe waren, floss Blut. Sie hatte Siri warnen wollen. Gut, dass die wieder fort war. Es würde bestimmt bald Ruhe einkehren. Sie hoffte es so sehr für ihren Mann.

Birgit zog den Ärmel herunter. Die Wunde hatte erneut zu bluten begonnen.

ooo

Rothko hatte sich sein Fahrrad genommen und radelte in Richtung Flugplatz. Wegen der DNA-Proben hatte keiner mehr angerufen, sie hatten in Oldenburg anscheinend viel zu tun. Er war so unruhig wegen Siri, hatte aber keinen Anhaltspunkt, wo er zu suchen beginnen sollte. Er hatte keine Ahnung, ob sie auf dem Festland war, vielleicht bei ihrem Freund. Wenn sie einen hatte.

Jetzt wollte er sich den Wind um die Nase wehen lassen, bevor er in die muffige Bude von Karla ging. Er wusste, dass die Zeit drängte, aber er brauchte einen klaren Kopf, um bei der verwirrten Frau genau die richtigen Fragen zu stellen, die ihn letztendlich vielleicht zu Siri und zur Aufklärung des Mordes führen würden. Fünf Minuten hatte er sich gegeben. Nur fünf Minuten, einen kleinen Schlenker durchs Dorf.

Am Himmel türmten sich dicke Wolken, wahrscheinlich würde es bald regnen. Am Straßenrand in Höhe des Parks wuselten Kinder herum. Sie hatten ihre Ranzen abgelegt, wedelten mit einem bunten Tuch, spielten Zigeuner. Immer wieder schleuderten sie es herum. »Tanz, tanz weiter so ...«, sangen sie nach dem Lied von PUR. Rothko fuhr erst an den beiden vorbei, radelte ein Stück weiter. Dann aber stutzte er. Das Tuch, mit dem die Kinder gewedelt hatten, kam ihm bekannt vor. Rothko trat in die Bremse, drehte um. Die Kinder schienen genug von dem Spiel zu haben, warfen das Tuch achtlos in den Rinnstein und rannten fort.

Rothko strampelte kräftiger. Die Jungen durften ihm nicht entkommen. »Halt!«, schrie er, bis seine Stimme in ein Krächzen überging.

Die Kinder fuhren erschrocken zusammen, beschleunigten ihre Schritte. Ihnen schien der Mann mit den kurz geschorenen Haaren nicht geheuer zu sein.

»Ich bin von der Polizei!«, japste er.

»Kann ja jeder sagen!« Der eine Junge schien etwas mutiger zu sein. Er drehte sich um und machte eine lange Nase.

Dann erkannte Rothko ihn. »Hey, du bist doch Martin, warte!«

Der Junge wagte ein scheues Lächeln. »Ach, Sie sind das!« Er wandte sich zu seinem Freund. »Das ist der Kommissar, der mich gefunden hat und der den Mord untersucht.« Martins Stimme nahm mit jedem Satz an Kraft zu. Er war offenbar unglaublich stolz, dass er seinem Freund sagen konnte, wer da vor ihnen stand, und dass der Kommissar ihn sogar mit Namen kannte. »Was können wir für Sie tun, warum fahren Sie hinter uns her?«

»Ihr hattet da eben so einen Schal«, begann Rothko.

In Martins Gesicht stand die Enttäuschung geschrieben. »Ah, der blöde Schal.«

»Der lag da so rum«, erklärte der andere Junge. Er hatte vorne keine Zähne. »Daneben lag ein Handy, aber das ist Schrott.«

»Wo lag das alles?«, fragte Rothko.

Martin deutete die Straße hinunter. »Da hinten.«

Rothko blickte der ausgestreckten Hand nach. »Wo genau?«

»Da!« Martin lief voraus.

Rothko stellte das Rad ab und folgte dem Jungen. Martin deutete auf den Rinnstein.

»Da genau. Die Fransen hingen im Gully.«

Der andere Junge hatte derweil den Schal gepackt und schleppte ihn Rothko und Martin hinterher. »Den meinen Sie, oder?«

Rothko führte den Stoff in Richtung seines Gesichts und schnüffelte daran. Er roch noch ganz leicht nach Siris Parfüm. »Habt ihr ihn schon die anderen Tage dort liegen sehen?«

Martin schüttelte den Kopf. »Kann mich nicht erinnern.«

»Wir waren vorher aber auch nicht hier«, sagte der zahnlose Junge und zog geräuschvoll den Inhalt seiner Nase hoch.

Rothko betrachtete den Schal genauer. Er sah aus, als habe er schon eine Weile im Dreck gelegen. Rothko blickte sich immer wieder um, als erwarte er, dass Siri von irgendwoher auftauchte. Einfach so. Dass er sich geirrt hatte, dass nichts außergewöhnlich war.

Aber es war keine Siri zu sehen. Bis auf die beiden Jungen war die Straße leer. »Dann habt ihr wahrscheinlich auch nicht gesehen, wer den Schal verloren hat?«

Martin schüttelte den Kopf. »Der lag da einfach. Mit dem Handy.«

Rothko geriet in Panik. Siri war also definitiv auf die Insel zurückgekehrt. »Handy, was für ein Handy?«

»Na, ein Handy eben«, druckste der Junge herum.

»Wo habt ihr das Telefon? Damit kann die Polizei bestimmt noch etwas anfangen.«

Der rotznasige Junge grinste. »Damit nicht mehr.«

»Wo ist es?«

Der Junge deutete auf den Gully.

Rothko seufzte. Er würde es also dort herausholen müssen. »Ich danke euch beiden«, lächelte er den Jungen zu und klemmte den Schal auf seinen Gepäckträger.

Martin hob schüchtern die Hand, als er sich mit seinem Freund trollte.

ooo

Kraulke erwischte Klaas Meine gerade noch, bevor er mit dem Fahrrad verschwinden konnte. »Wir haben einen Brief gefunden.«

Meine schien nicht weiter überrascht. »Von Mathilde?«, fragte er.

»Woher wissen Sie?«

Meine lachte auf. »Immer wenn hier jemand stirbt, gibt es anscheinend neue Enthüllungen. Und da gerade Mathilde das Zeitliche gesegnet hat, liegt es ja auf der Hand. Was behauptet die Gute denn?«

»Das sie nicht Siris Mutter ist und Sie, Frerich, Hinnerk und Hanna genau wüssten, was Sache ist.«

»Das schreibt sie?« Klaas Meine winkte ab. »Es schreibt sich immer leicht, wenn man vorhat, den Abgang zu machen.«

»Sie hat den Brief schon vor langer Zeit geschrieben, was Sie allein daran erkennen können, dass sie Hinnerk und Hanna noch erwähnt hat.«

Meine schüttelte den Kopf. »Alles Blödsinn. Wer sonst sollte denn Siris Mutter sein, wenn nicht sie?«

»Das sollten Sie doch am besten wissen. Genau wie Ihnen

bekannt sein dürfte, wer Hinnerk Heiken umgebracht hat, weil er reden wollte – weil er dem Druck nicht mehr standhielt, den Sie jahrelang auf ihn ausgeübt haben.« Kraulke schoss jetzt blind, er wusste sich keinen Rat, wie er diesen Mann, der nur mauerte, zum Sprechen bringen sollte.

Meine kniff die Lippen zusammen. »Ich sage gar nichts mehr.«

Kraulke nickte und deutete an, ihm zu folgen. »Bitte aufs Revier«, sagte er.

Als Nächstes wollte er Frerich Freersen holen. Er würde die beiden schon zum Reden bringen. Der Fall näherte sich der Aufklärung, er war ganz sicher.

ooo

»Dürfen Sie das?« Die Frage war eher neugierig als mahnend. Ein Mann mit Gehstock sah dem Kommissar zu, der seine Hand im Gully hatte und dort im Dreck wühlte.

Rothko sah auf. »Bin der zuständige Polizist hier«, keuchte er.

Dem Mann stand der Zweifel ins Gesicht geschrieben. »Und dann wühlen Sie im Dreck?«

Rothko nickte, fühlte den modrigen Untergrund, grub ihn mit der Hand um, spürte den Matsch zwischen den Fingern. Ein Griff noch, dann würde er aufgeben. Er wühlte tatsächlich tief im Dreck, im wahrsten Sinne.

Je länger er suchte, desto sicherer war er, dass der Junge nicht die Wahrheit gesagt hatte.

»Sie sind wirklich hier der Polizist?«, setzte der Mann wieder an. Er trommelte mit dem Stock auf dem Asphalt herum. »Der sonst hier ist, der macht so was nicht.«

»Wir ermitteln in einem Mordfall, da kann jede Spur wichtig sein«, sagte Rothko und zog die Hand aus dem Dreck. Es roch schlimmer, als er es erwartet hatte.

»Hab ich noch nie gehört, dass man dazu im Gully suchen muss. Noch nie. Nicht mal im *Tatort*.« Der Mann schüttelte den Kopf und ging.

Nach einer Weile drehte er sich um. Er beobachtete, wie Rothko die Hand an der Hose abwischte und sich erhob.

»Wenn Sie das Handy suchen, das hat der ältere Junge in der rechten Hosentasche. Da sind Sie einer Täuschung aufgesessen. Hab ich gesehen. Aus dem Fenster.« Er nickte zu einem Haus, wo die Gardine wie zur Bestätigung noch beiseitegeschoben war.

Rothko starrte dem Mann hinterher, der nun unbeirrt des Weges zog. Das hätte der ihm auch früher sagen können. Vermutlich war es ein Glücksgriff für den Jungen gewesen, so an ein neues Handy zu kommen. Der Kommissar konnte es ihm nicht verdenken, obwohl es für ihn mehr als ärgerlich war.

Er würde Martin gleich aufsuchen müssen und ihn fragen, wo sein rotznasiger Freund wohnte. Das musste das Handy von Siri sein, wer wusste, was darauf zu finden war. Vielleicht ein Hinweis darauf, wohin sie wollte, und was genau sie von Mathilde erfahren hatte.

Sein Besuch bei Karla musste noch etwas warten.

ooo

»Was klingelt denn bei dir, Joost?« Martin war mit seinem Freund nach Hause gefahren.

»Nichts!« Joost fummelte an seiner Hosentasche herum, bis das Geräusch verstummte.

»Hast du das Handy mitgenommen?« Über Martins Gesicht glitt ein Leuchten.

Sein Freund nickte. »Ich wollte es dem Kommissar nicht geben. Der untersucht es doch nur.«

»Geh ran, los!«

Joost drückte die Tasten. Sofort sprang ihm eine Stimme entgegen. »Hey, Siri, ich muss mich einfach bei dir melden. Ich verstehe ja, dass du all das tun musst. Aber doch nicht zum Preis unserer Liebe. Ich liebe dich, Siri, ich will dir helfen! Was auch immer ist, Siri, ich helfe dir!« Die Stimme machte eine Pause. »Siri?«

Der Mann fragte noch dreimal nach ihrem Namen, dann legte er auf.

»Du musst das Handy Herrn Rothko geben«, flüsterte Martin. Seine Ohren glühten. Außer dem Besuch im Bunker hatte er noch nie etwas Verbotenes getan. Das Handy aber war so etwas. Er hatte genau gespürt, wie wichtig es für den Kommissar war. Der Mann hatte auch den dreckigen Schal mitgenommen und wenn der das tat, dann war auch das Handy wichtig.

Martin suchte in der Hose nach einem Taschentuch. Er fingerte eine Weile darin herum, bis seine Finger plötzlich den Ring umschlossen, den er an dem furchtbaren Abend im Bunkereingang gefunden hatte. Noch etwas, was bestimmt nicht richtig war. Er sollte ihn vielleicht auch dem Kommissar geben, aber dann müsste er zugeben, dass er ihn mitgenommen hatte. Er konnte Joost schon verstehen.

»Ich will das Handy behalten«, sagte Joost. »Es ist eins mit Touchscreen, so was kriege ich in meinem Leben nie wieder. Muss ja gar nicht das sein, was der Kommissar sucht. Wenn der Typ nicht zufällig vorbeigeradelt wäre, dann hätte er schließlich auch nicht gewusst, dass es das Handy am Straßenrand überhaupt gibt.«

So gesehen hatte sein Freund natürlich recht. Es war Zufall, dass Herr Rothko überhaupt davon wusste. Martin überlegte einen Moment. »Aber man kann Handys orten. Das habe ich mal im Fernsehen gesehen. Die haben so Geräte und dann wissen die, wo das Handy ist.«

Joost wurde blass. »Daran habe ich nicht gedacht«, gab er zu. Seine Zunge wanderte zwischen den Lippen hin und her, schob sich immer rascher vor und zurück. Schließlich klemmte er sie aber in den linken Mundwinkel. Dort verharrte sie.

»Diese SIM-Karte muss da raus. Nur damit kann man orten, glaub ich.« Er öffnete das Gehäuse und fummelte die kleine weiße Karte heraus. »Die kommt ins Klo.« Joost stürzte aus dem Zimmer, kurz darauf hörte Martin die Toilettenspülung.

ooo

Rothko nahm das Fax aus dem Gerät und zerriss fast das Papier, weil er es so eilig hatte. Er hatte eigentlich auf dem direkten Weg zu Martin fahren wollen, aber dann hatte er doch noch kurz an der Dienststelle angehalten, weil er einen unbändigen Durst verspürte und sich außerdem dringend die schmutzigen Hände waschen musste. Dabei war sein Blick auf das Faxgerät gefallen, das gerade dabei war, eine Info auszuspucken. Er überflog den Inhalt, setzte sich dann aber doch hin. Die Info war zu brisant. Er musste sie genauer zur Kenntnis nehmen.

Rothko las alles mehrfach, bevor er das Papier zu Kraulke auf den Schreibtisch warf. *Weitere Infos zum Blut/Partikelabgleich im Bunker folgen umgehend*, war der Zusatz.

Weder Mathilde Sandmann noch Hinnerk Heiken waren mit Siri Gerken verwandt.

Mathilde Sandmann hatte folglich nicht gelogen. Und Hinnerk Heiken war nicht Siris Vater. Er hatte seiner Verlobten etwas anderes beichten wollen.

Sie waren wieder genau dort, wo sie begonnen hatten. Sie stapften im Kreis. Rothko spürte, wie sein Blutdruck anstieg, der Stress überforderte ihn im Augenblick. Er musste Siri finden. Er musste zu Karla. Und zu Martin. Im Augenblick überschlugen sich die Dinge und doch stagnierte alles. Sie hatten nur Vermutungen, wilde Spekulationen, aber nichts in der Hand.

Nebenan saß Kraulke mit Frerich Freersen und Klaas Meine. Er versuchte, sie weichzukochen. Rothko wollte ihm die beiden überlassen, zumal schon wieder das Telefon klingelte. »Rothko«, brummte er in den Hörer.

»Ortgies. Elmar Ortgies. Ich bin der Verlobte von Siri Gerken.«

Rothko musste sich setzen. Ein Stich fuhr ihm durch den Körper, schmerzte überall. »Der Verlobte von Siri Gerken«, wiederholte er in der Hoffnung, der Anrufer würde jetzt das Gegenteil behaupten, sagen, dass Rothko sich verhört hatte, dass alles nicht so war, wie es schien.

»Sie kennen Siri?« Die Stimme war sympathisch, was Rothko überhaupt nicht gefiel. Wenn Siri schon einen Verlobten hatte, warum dann auch noch jemanden mit einer netten Stimme? Vermutlich sah er auch noch aus wie George Clooney. Obwohl George Clooney für Siri auch schon zu alt war. Rothko fiel nicht ein, auf welche Typen Frauen in Siris Alter standen.

»Ja, ich kenne sie. Ich versuche, Frau Gerken bei der Suche nach ihrer Mutter zu unterstützen. Was möchten Sie?« Rothko schwankte zwischen der Hoffnung, der Mann könne ihm etwas über den Verbleib der Frau sagen, die er doch so liebte, und der Angst davor, dass es wirklich so war, denn dann wäre sie bei ihm.

»Sie ist verschwunden. Etwas stimmt da nicht. Erst hat sie am Handy nicht geantwortet und nun ist sie unerreichbar. Sie hat hin und wieder merkwürdige Anwandlungen«, Elmar Ortgies schluckte, »sie wollte so lange den Kontakt zu mir abbrechen, bis sie in der Sache ein Stück weiter war.«

Rothko entspannte sich merklich. »Vielleicht möchte sie jetzt von Ihnen nicht erreicht werden?« Wieder dieser Zwiespalt, dieses Schwanken zwischen den zwei Hoffnungen.

»Sie ist manchmal so. Aber sie würde mich nicht anschweigen. Siri würde«, erneut druckste Elmar herum, »Siri würde toben. Mich anmachen, ob ich zu blöd sei, es zu kapieren und so. Alles würde sie tun, vielleicht sogar traurig dabei sein. Aber schweigen, nein, Herr Kommissar, schweigen und das Handy ausschalten würde Siri nie.«

Rothko musste Elmar recht geben. Und er wusste auch, warum ihr Verlobter keine Antwort erhalten hatte. Weil

Siri das Handy nicht mehr bei sich trug. Sie hatte es verloren. Auf dem Weg, als sie verloren gegangen war.

»Hallo? Sind Sie noch da?« Die Stimme ließ sich nicht abwimmeln.

»Ja. Ich suche Ihre Verlobte auch schon. Wir melden uns, wenn wir etwas in Erfahrung bringen.« Rothko wollte Elmar Ortgies loswerden.

»Ich komme nach Wangerooge. Ich denke, sie ist irgendwo dort, Herr Kommissar.«

»Besser nicht, Sie könnten die Ermittlungen behindern und …« Doch Elmar Ortgies hatte schon aufgelegt.

Rothko fasste sich an den Kopf. Das Ende des Fadens. Wo zum Teufel war das Ende des Fadens? Ihm fielen immer wieder nur die beiden übrig gebliebenen Männer bei Kraulke ein. Nur sie kannten das Geheimnis. Nur sie hatten Interesse daran, dass alles so blieb, wie es war. Rothko stand auf. Er musste wissen, ob sein Kollege ein Stück weitergekommen war.

ooo

Siri hatte Hunger. Zuerst war es nur ein leises Bauchgrummeln, dann begann es heftiger zu zwicken. Karla schien solche Gefühle nicht zu kennen, sie lag auf der Matratze und schnarchte seelenruhig vor sich hin.

Ich muss etwas essen, dachte Siri. Seit gestern Abend war der Kühlschrank leer und es war niemand gekommen, der ihn aufgefüllt hätte.

Es war kein feudales Essen darin gewesen. Trockenes Brot, etwas Butter. Ein Glas Marmelade, Mineralwasser. Aber immerhin etwas zu essen. Siri war so müde. So zermürbt. Es war komisch, aber die Dunkelheit hatte sie fast willenlos gemacht. Sie hatte nur noch ein Ziel vor Augen und das war, zu überleben. Sie fürchtete, sie und Karla könnten in diesem Loch einfach vergessen werden.

Ein lautes Knurren zog durch ihren Bauch. Verdammt, war sie hungrig. Siri ging zur Tür und trommelte mit

Wucht dagegen. »Aufmachen, ich habe Hunger!« Sie verstand einfach nicht, was los war. Warum hatte man nicht, als sie Karla zu ihr gebracht hatten, gleich auch etwas zu essen mit hineingeschoben? »Hunger!«, schrie sie wieder. »Ich habe Hunger!«

Es blieb still, lediglich der alten Karla entwich so etwas wie ein vereinzelter Schnarchton.

Siri öffnete den leeren Kühlschrank, um etwas Licht zu haben, und betrachtete die Alte genauer. Sie wirkte klein und zerbrechlich in der Dunkelheit. Unter die Decke hätte sie zweimal gepasst. Und doch wusste Siri, wie viel Kraft und Energie in der Frau steckten.

Mit einem Mal glaubte sie sich an knorrige Finger und die krächzende Stimme Karlas zu erinnern. »Ich will dir helfen ...«

Immer wieder dieses »Ich will dir helfen ...«

Je länger Siri darüber nachdachte, desto deutlicher wurde ihr, welcher Stimme sie in den Keller gefolgt war. Es war nicht Birgit gewesen.

Nur: Warum hatte Karla das getan und sich mit ihr zusammen in diesem Loch verkrochen? Bildete sie sich ein, sie müsse auf sie aufpassen? Weil sie Siri genauso ansah wie ihre lächerlichen Babypuppen. So merkwürdig diese Vorstellung auch war, dennoch fühlte Siri sich wohler, weil sie mehr und mehr ihr Erinnerungsvermögen zurückbekam.

»Karla!« Siri stieß die Frau in die Seite. »Karla!«

»Will schlafen, mein Kind, und nicht mehr erwachen. Es ist zu spät für uns.«

Siri zog der alten Frau die Decke weg. Sie würde wohl kaum so friedlich daliegen, wenn sie fror.

Tatsächlich schlug Karla nach einer Weile die Augen auf und starrte Siri an. »Du bist zurückgekommen. Du bist zurück, du Racheengel!«, lachte sie irr. Dabei rollten die Augen wie wild hin und her. »Du mochtest diese kleinen Muscheln, die so winzig wie Linsen waren. Die eine habe ich dir geschenkt, weißt du noch?«

»Ich bin's, Siri!«

Die Alte ignorierte den Einwand. »Weil du so traurig warst. Weil du dachtest, alle Männer sind gleich. Wollen nur das eine und sind dann weg. Du hattest immer die Falschen. Die, die deine Schönheit wollten, nicht dich selbst.« Karla hielt inne. »Du hast immer zu schnell vertraut, Mädchen. Hast einfach nicht geglaubt, dass man dich belügen könnte, dich nur ausnutzen.« Sie strich Siri mit der Außenkante des Zeigefingers über die Wange. »Und dann hast du begonnen zu hassen, wolltest es ihnen zeigen. Allen. Sie haben dir wehgetan, die Männer. Versprochen, dir die Sterne vom Himmel zu holen und alle waren sie weg, wenn es nur darum ging, das Licht im Haus anzuzünden.« Karla schüttelte den Kopf. »Es waren die Falschen. Immer die Falschen. Und der Letzte hat dir die Seele geraubt, als er dich mit dem Kind sitzen lassen hat.« Dann begann sie zu singen.

»Ich bin Siri«, begann Siri erneut. Sie wollte nicht, dass Karla aufhörte zu reden.

»Siri …« Das Gesicht der Alten verzog sich zu einem seligen Lächeln. »Du bist Siri? Der kleine Zwerg, der kleine Schreihals? Weiß nicht, weiß nicht. Ich muss dich umsorgen, muss auf dich aufpassen.« Die Hand tastete sich wieder in Richtung von Siris Gesicht. »Siri?«

Die wich zurück. »Wer soll ich sonst sein?«

Jetzt versteinerte das Gesicht der Alten. Sie schien in zwei Welten zu leben. Für jede hatte sie eine andere Mimik.

»Ellen. Du bist Ellen. Was fragst du so dumm?«

Siri zuckte zusammen. Ellen … Karla hatte von Ellen gesprochen, und obwohl Siri den Namen zum ersten Mal in ihrem Leben hörte, wusste sie doch sofort, dass es sich dabei um ihre Mutter handelte. Es war die Art, wie Karla es aussprach, und dass sie Siri mit ihr verwechselte.

»Ja, ich bin Ellen. Ich bin zurückgekommen.« Siris Sinne waren mit einem Mal geschärft. Karla war die Lösung. Jetzt oder nie. Sie war kurz vor dem Ziel.

Die Alte begann am ganzen Körper zu zittern. Ihre Lippen bebten, ihr Körper wackelte, als befände sie sich auf einem Rüttler.

»Du bist tot«, brach es aus ihr hervor. »Du kannst nur aus einem Grund zurück sein …«

»Richtig«, bestätige Siri. »Ich bin nur aus einem Grund zurück.«

»Du willst dein Kind«, flüsterte Karla. »Du willst es zurück.«

»Ja, so ist es. Ich will sehen, was für einen Menschen ihr aus ihr gemacht habt. Will sehen, wie ihr es geschafft habt, sie ohne Wurzeln inmitten eines Grabes aus den vielen Muscheln, die ich euch hinterlassen habe, großzubekommen. Sag es mir, Karla!«

»Hanna war eine gute Mutter«, winselte die Alte. »Nicht böse sein. Hanna hat ihre Sache gut gemacht.«

»Warum konnte Siri dann nicht auf der Insel bleiben?«

»Gerüchte, Ellen. Es gab so viele Gerüchte.« Karla begann ein Lied zu singen. Es klang in Siris Ohren wie *Bright Eyes* von Art Garfunkel.

»Du weichst aus«, sagte Siri und versuchte, mit fester Stimme zu reden. Karla sollte nicht aus ihrem Wahn erwachen, denn jetzt, nur jetzt, bestand für Siri die Möglichkeit, etwas über ihre Mutter zu erfahren. Etwas Handfestes, etwas, das ihr weiterhelfen konnte. Jetzt, solange Karla nicht ganz bei Sinnen war und die Vergangenheit dicht vor Augen hatte.

»Es war eine schlimme Nacht, das weißt du.«

»Schneetreiben?«

Karla nickte. »Eisige Schneeböen. Du hast alle verrückt gemacht mit deiner Schönheit.«

»Ich habe …?!«

»Eine Hexe warst du, Ellen. Auch wenn du verletzt warst, ist das keine Entschuldigung. Alle hingen an deinen Lippen, wo auch immer du aufgetaucht bist. Jeder wollte dich berühren, dich lieben. Und du hast sie an ihren Fäden tanzen lassen. Tanzen, tanzen ... wie die Schneeflocken sind sie um dich herumgetanzt. Ihr seid in den Bunker gegangen.« Karla begann erneut zu singen. Ganz leise ertönte dieses Lied, das sich in Siris Gehörgang fraß, sich dort niederließ und vermutlich nie wieder verschwinden würde. »*Bright Eyes, burning like fire* ...«

Siri glaubte, ihre Mutter zu sein. In der alles entscheidenden Nacht. Sie fühlte wie sie. Sie war Anfang zwanzig. Sie war schön und die Männer lagen ihr zu Füßen. Sie genoss die schmeichelnden Blicke, die Worte, die an ihr abglitten wie mit duftendem Öl benetzt. Sie war Ellen, ihre Mutter. 1979 in den Dünen der Insel, von Schneeflocken umgeben.

»Wer waren die Männer, ich habe die Namen vergessen«, sagte Siri.

Karla unterbrach ihren Gesang nur kurz. »Hinnerk, Frerich und Klaas. Du musst dir ihre Namen merken, Ellen. Das ist wichtig!« Karla summte weiter, hielt dann aber mitten im Lied inne. »Du hast die Männer auf der Insel verrückt gemacht. Ihre Gefühle nicht ernst genommen. Das darf man nicht.« Karla schnellte hoch, umklammerte Siris Hand. Ihr übel riechender Atem umhüllte sie, und Karlas Gesicht schien hasserfüllt.

»Ich ... was habe ich getan, was war mit Mathilde?«

»Mathilde«, Karla spuckte den Namen nur so aus, »Mathilde war noch schlimmer als du, diese Rabenmutter. Ihr wollt nur eines, ihr Weiber. Und darüber vergesst ihr eure Babys.« Karlas Stimme brach, ging wieder in ein Winseln über. »Und ich muss alles richten, muss für eure Kinder sorgen, weil ihr nur Spaß wollt.« Jetzt kicherte Karla. »Den habt ihr dann ja auch gehabt. Über dreißig Jahre friert ihr nun schon. Über dreißig Jahre seid ihr in eurem Seeleneis eingefroren.« Karla taxierte Siri. »Es geschieht euch recht. Wie recht es euch geschieht. Eine lebendige Tote, und eine, deren Seele so kalt ist, dass selbst das Höllenfeuer sie nicht auftauen kann und sie in der ewigen Verdammnis nach ihrem Kind schreit und schreit und schreit ...« Karla sackte in sich zusammen.

Es war Siri klar, dass der Anfall vorerst vorbei und aus der alten Frau nun nichts mehr herauszukriegen war.

ooo

Klaas Meine und Frerich Freersen schwiegen nach wie vor. Kraulke saß mit hochrotem Kopf vor ihnen und es tat sich nichts. Beide Männer wirkten, als hätten sie in den letzten Tagen völlig verlernt, den Mund aufzumachen.

Rothko platzte beinah der Kragen. Er baute sich ein letztes Mal vor den beiden auf, verschränkte die Arme vor der Brust und bemühte sich, imposant zu wirken. Das hatte schon oft Erfolg gehabt. Dieses Mal verfehlte es die Wirkung völlig. Die beiden Männer schienen sich eher zu amüsieren, als dass sie Respekt hatten.

Zumindest fanden sie aber kurz ihre Stimmen wieder, als Rothko erneut Ellen erwähnte.

Sie wüssten nicht, wie Ellen mit Nachnamen hieß und keiner der beiden hätte Hinnerk auf dem Gewissen. Das könne nur ein Irrer gewesen sein, Sie hätten keinen Dreck am Stecken, nie gehabt.

Mathilde hätte das Kind nicht mehr haben wollen und so sei es zu Hanna gekommen. Auf Rothkos Einwand, Mathilde sei aber gar nicht die Mutter, entgegnete Meine: »Wenn das so ist, dann erklärt das ja, warum sie sich so unkompliziert von dem Mädchen trennen konnte und danach auch keinen Kontakt mehr zu ihr hatte.« Er wirkte stolz auf seinen Einfall.

»Nun sagen Sie uns zumindest, wo Siri geblieben ist. Sie muss ja nicht auch noch sterben!« Rothko presste die Worte zwischen den Lippen hervor. Wenn er sie auch nur ein Stück weiter öffnete, hätte er seine Gefühle nicht mehr im Griff und würde seinem Gegenüber an den Hals gehen.

Beide Männer schwiegen erneut, wollten nicht mit der Sprache raus. In ihren Köpfen aber arbeitete es. Das sah

Rothko an ihrer Mimik. Klaas Meine kaute auf der Backe herum, Frerich Freersen hielt die Augen geschlossen, als müsse er nachdenken.

»Kraulke, die beiden Zellen sind frei und die Betten können problemlos bezogen werden.«

Er lächelte grimmig, als er die fassungslosen Gesichter sah. Damit hatten sie nicht gerechnet und Rothko gefiel das. Er beschloss, jetzt sofort zu Martin und Karla zu fahren. An den beiden sturen Holzköpfen hier konnte sich Kraulke die Zähne allein ausbeißen.

ooo

Der Geruch von Braten und Blumenkohl schob sich Rothko entgegen, als Martins Mutter mit einer Schürze vor dem Bauch öffnete. »Sie wünschen?«, fragte sie und wischte ihre Hände an dem Stoff ab, bevor sie Rothko begrüßte.

»Ist Martin da? Ich habe eine Frage an ihn.«

Sie wandte sich um und rief nach ihrem Sohn, der recht ungestüm um die Ecke schoss. Als er den Kommissar in der Tür stehen sah, stoppte er abrupt. »Hallo.«

»Ihr habt doch das Handy in den Gully geworfen«, begann Rothko. Er lächelte und hoffte, dass es auch seine winzigen Augen erreichte.

»Haben wir«, sagte Martin und es klang recht tapfer. Fast so, als habe er die Antwort schon im Vorfeld geübt.

»Habt ihr nicht.« Rothko lächelte weiter, aber er merkte selbst, dass es ein wenig maskenhaft wirkte.

Martin sah zu seiner Mutter, die mit strengem Blick auf ihren Sohn schaute. Der Junge versteifte seine Körperhaltung merklich.

»Sie können ruhig weiterkochen, es sind banale Fragen. Martin und sein Freund haben heute etwas Wichtiges gefunden, ich muss nur dazu etwas wissen«, sagte Rothko. Er hoffte, dass die Mutter ihn mit Martin allein ließ, denn sonst würde mit Sicherheit nichts aus dem Kind herauszubekommen sein.

»Wenn es nicht um den Toten im Bunker geht. Da wäre ich dann schon gern dabei«, wandte Martins Mutter ein.

»Nein, es geht nicht darum. Nur um den Fund eines Handys und eines Schals.«

Martins Mutter winkte Rothko hinein und er war froh, dem frostigen Inselwind zu entkommen.

Er folgte Martin in sein Zimmer, das von einer Playmobilburg dominiert wurde. Auf dem Boden waren zahlreiche Legosteine in verschiedenen Farben verteilt, so dass Rothko Mühe hatte, einen freien Platz für seinen Schuh zu finden.

»Ich baue gerade«, sagte Martin. »Eine neue Abschussrampe für die Raketen.« Er steckte seine Hand in die Hosentasche, nestelte darin herum.

Rothko deutete es als Verlegenheit und versuchte eine Brücke zu bauen. »Wo ist das Handy denn nun wirklich, Martin?«

Der Junge ließ die Hand in der Tasche, schob ein paar der Steine an die Seite und betrachtete den Kommissar mit großen Augen. »Weiß nicht. Weg. Im Gully.«

»Ich habe danach gesucht, es ist dort nicht. Hat dein Freund es mitgenommen?«

In Martin arbeitete es. Er schluckte schwer und focht einen inneren Kampf aus. »Weiß nicht«, sagte er schließlich.

»Schau mal, es geht hier nicht um den Diebstahl. Aber eine junge Frau ist verschwunden. Wahrscheinlich schwebt sie in Lebensgefahr. Das Handy könnte uns helfen, sie zu finden, weil wir schauen können, mit wem sie telefoniert hat, was für SMS sie geschrieben hat. Bitte, wo ist das Handy, Martin?«

»Joost ist nicht mehr mein Freund, wenn ich das verrate. Sören ist es auch nicht mehr, seit der Mann tot ist, weil Sören seitdem nur noch kotzt. Dann habe ich gar keinen mehr, wissen Sie?«

»Ich rede mit Joost. Es ist ein Notfall. Du musst es mir sagen!«

»Da hat jemand drauf angerufen«, sagte der Kleine.

»Wer?«

»Ein Mann. Der hat sie gesucht und war ganz aufgeregt.«

Rothko sah Martin fragend an.

»Das war aber schon bei Joost zu Hause. Wir haben dann die Karte da rausgemacht, weil das Handy sonst ja geortet werden kann.« Martin schien sehr stolz auf sein Wissen, die Stimme des Jungen hatte bei den letzten beiden Sätzen merklich an Festigkeit gewonnen. Mittlerweile wühlte auch die Hand nicht mehr in der Hosentasche herum.

»Was habt ihr denn mit der Karte gemacht?«

»Joost hat sie ins Klo gespült.«

Rothko seufzte auf. Damit hatte sich die Handygeschichte erledigt. Die einzige Hoffnung bestand darin, dass auf der Festplatte des Telefons noch Daten gespeichert waren. »Ich brauche das Handy«, sagte Rothko schließlich.

»Erst wollte Joost es behalten, weil es Touchscreen hat. Aber dann hat er Angst bekommen. Weil er doch kein Dieb sein wollte.«

»Und?«

»Zertrümmert und in alle möglichen Mülltonnen verteilt.«

Rothko konnte sich trotz der Ernsthaftigkeit der Lage die beiden Jungen wunderbar vorstellen, wie sie sich, mit den Einzelteilen des Handys bewaffnet, über die Insel zu den Mülltonnen und Mülleimern schlichen und dort alles entsorgten. Wäre die Lage nicht so ernst, hätte man wirklich darüber schmunzeln können. So verhärtete sich sein Gesicht aber rasch wieder.

»Komme ich jetzt in den Knast?«, fragte Martin. »Weil ich mit geklaut habe?«

Rothko strich dem Jungen übers Haar. »Nein, da mach dir mal keine Sorgen. Und Joost brauchst du auch nicht zu sagen, dass du es mir gesagt hast. Dann bleibt er dein Freund. Freunde sind wichtig.«

»Ehrenwort?«

»Indianerehrenwort!«

ooo

Birgit starrte den Telefonhörer in ihrer Hand an. Es war Frerich gewesen. Dieser Trenchcoat-Kommissar hatte tatsächlich ihren Mann verhaftet. Alle ihre schlimmen Ahnungen waren eingetreten, alles war genauso gekommen, wie sie es all die Jahre befürchtet hatte.

Was hatte sie alles getan, um das zu verhindern! Nichts war am Ende wirksam gewesen, nichts hatte etwas genützt. Sie würde am Ende allein bleiben, ganz allein auf der Insel. Ohne Kinder, ohne echte Freunde. Sie würde das Haus am Wattenmeer mit den Füßen voraus verlassen, wie alle Vorfahren. Sie würde zeit ihres Lebens mit dem Panther leben müssen, denn er würde wiederkommen und sie langsam zerfleischen.

Nichts war so gekommen, wie sie es sich zu Beginn ihrer Ehe einmal ausgemalt hatte. Sie, die junge Braut im weißen Kleid vor der Kirche in Wangerooge. Voller Stolz war sie den schmalen Gang hinaufstolziert, voller Stolz hatte sie Frerichs Hand in die ihre genommen und war an seiner Seite zum Altar geschritten. Das Haar hatte im Licht der einfallenden Sonne geglänzt, denn Birgit hatte sehr darauf geachtet, dass ein paar der damals noch langen Strähnen aus dem Schleier herausragten. Zuvor hatte sie neben dem Altar eine der langen Kerzen angezündet, zugesehen, bis sie in dem mit Sand gefüllten Stein niedergebrannt war. Sie hatte kaum geflackert und Birgit hatte das als gutes Zeichen für den Beginn ihrer Ehe genommen.

Sie hatte zu der Zeit noch geglaubt, Frerich würde glücklich sein, würde mit ihr das Glück einfangen und umschließen. Nie hätte sie gedacht, dass die Vergangenheit eine solche Macht über sie haben würde. Vergangenheit, das war mit Anfang dreißig etwas, das man einfach noch nicht hatte. Die alten Leute lebten mit ihren Erinnerungen, mit ihrer Schönrederei des Gewesenen. Aber als junger Mensch? Da sah man nach vorn. Was hatten ihre Großeltern immer gesagt? Im Alter haben Erinnerungen denselben Stellenwert wie in der Jugend die Träume.

Birgit hatte seinerzeit noch geträumt.

Doch kaum war der Ehealltag eingetreten, nahmen die Erinnerungen bei Frerich überhand. Er lebte mit einem Teil seiner Seele in der Vergangenheit.

Sie hatte irgendwann begonnen, Karla aufzusuchen. Anfangs war die Alte noch sehr verschwiegen gewesen. Hatte sich nicht wirklich zu den Vorfällen geäußert, sich in Andeutungen verloren. Doch mit zunehmender Demenz hatte sich aus den Bruchstücken ihrer Erzählungen immer mehr ein Ganzes gefügt. Je nach Stimmungslage lebte sie entweder in ihrer heilen, sich selbst zurechtgeschusterten Welt, mit der sie die Jahre überlebt hatte, oder sie hatte den klaren Blick, mit dem sie die Wahrheit haarscharf erkannte. Birgit hatte sie so oft aufgesucht, bis sie am Ende die Geschehnisse vor Augen gehabt hatte. Sie wusste genau, was passiert war, sie wusste genau, wer in jener Nacht welche Rolle in diesem Ränkespiel innegehabt hatte. Und ihr war klar, dass sie Ellen auf ewig hassen würde, weil Frerich sie sein Leben lang mehr geliebt haben musste als sie. Es war ihr nie klar gewesen, dass man eine Tote so abstoßend finden konnte.

Birgit hatte Frerich nie von ihrem Wissen in Kenntnis gesetzt, sich lieber hinter ihrem Panther verkrochen, wenn ihre Ohnmacht und ihr gleichzeitiger Kampf gegen eine Verstorbene zu schlimm wurden. Aber irgendwann war der Zorn nicht mehr aufzuhalten gewesen. Irgendwann hatte sie sich wehren wollen. Diese Mischung aus Wut und Hass und Sorge ging einfach nicht mehr zusammen.

Hinnerk hätte nicht mit seiner Verlobten reden sollen. Er hätte es nicht tun dürfen. Nicht einmal abgestritten hatte er es. Er liebe die Frau und sie solle alles wissen, hatte er gesagt. Birgit war so hilflos gewesen. Sie war sich vorgekommen wie ein Pinguin, der plötzlich fliegen sollte.

»Komm zum Bunker«, hatte sie zu ihm gesagt. »Um achtzehn Uhr!«

Er war ihren Anweisungen gefolgt wie ein treuer Hund.

Sie hatte sich dort die Kleider vom Leib gerissen, ihm ihren Körper dargeboten, weil sie wusste, dass er sie einmal sehr begehrt hatte. Immerhin war auch von ihm einst ein Antrag gekommen, doch sie hatte sich für Frerich entschieden.

An dem Abend aber hatte Hinnerk nur dagestanden, die Arme seitlich am Körper schlenkernd.

Dann war sein Kopf in Bewegung geraten. Ganz langsam hatte er ihn zuerst nach rechts, dann nach links wandern lassen. Immer schneller war er geworden. Nein, er wolle nichts mehr von ihr, er sei jetzt verliebt und sein Leben sei ein anderes. Er könne nun neu beginnen, abseits von all dem, was geschehen sei. Er würde reinen Tisch machen, endlich abschließen.

Birgit war auf ihn losgegangen. Hinnerk hatte nach Zigarettenqualm aus dem Mund gerochen. Und nach Kaffee. Seine Lederjoppe hatte sich weich angefühlt, viel zu weich, als dass die ihn schützen konnte vor dem, was nun mit ihm passieren würde. Birgit war wieder von ihrem Panther angesprungen worden, aber dieses Mal lähmte er sie nicht. Dieses Mal ließ er sie rotsehen, sie überkochen. Sie hatte nach Hinnerk geschlagen und er sie am Arm verletzt. Zwei unschöne Kratzer auf ihrer makellosen Haut. Sie hatte die Hand abgewehrt, sich wie eine Wildkatze an seinen Hals gekrallt. Doch dann war da ein Geräusch gewesen.

ooo

Schweig, Muschel. Es wird mir unbändigen Spaß machen, dich andernfalls zum Schweigen zu bringen …

14.

Strahlenkörbchen – *Mactra corallina*

Das Strahlenkörbchen wird auch Narrenkappe genannt und gehört zu den Trogmuscheln. Es hat eine hellbraun bis goldene Färbung und sehr dünne und zerbrechliche Schalen. Sie sind sehr glatt und glänzend. Die Schalenoberfläche ist von radialen, hellen Streifen durchzogen. Die Muschel lebt in der Gezeitenzone der Nordsee bis in etwa zwanzig Metern Wassertiefe.

Rothko lehnte sich unzufrieden zurück. »Die Hautpartikel und das Blut unter Hinnerk Heikens Nägeln stimmten weder mit Klaas Meine noch mit Frerich Freersen oder Hinnerk Heikens selbst überein. Es muss also doch noch jemand am Tatort gewesen sein. Mr X quasi. Mr X ist also vermutlich unser Mörder.« Er trommelte mit den Fingern auf dem Tisch herum. »Mr X. Was für eine Aussage! Es muss jemand dort gewesen sein, den wir noch nicht auf dem Schirm haben.« Rothko hatte gehofft, mit den Laborergebnissen entweder Meine oder Freersen überführen und wenigstens diesen einen Fall abschließen zu können. Wenn es so weiterging, würden sie Weihnachten noch daran arbeiten. Es ging überhaupt nicht voran.

»Mathilde Sandmann?«, fragte Kraulke.

»Das hätten die sofort gemerkt, ihre DNA haben die ja.« Rothko hatte die Lippen fest zusammengekniffen, die Stirn gerunzelt. Gerade als er von Martin zurückgekommen war, hatte ihn der Telefonanruf aus dem Labor davon abgehalten, endlich Karla aufzusuchen. Und nun saß er schon wieder in einer Sackgasse. »Frerich Freersen und Klaas Meine bitte noch einmal herkommen lassen.«

Er würde sie laufen lassen müssen, egal, was Mathilde Sandmann in ihrem Brief für Anschuldigungen von sich gegeben hatte.

Kraulke eilte zu den Zellen, um die beiden zu holen. Anschließend saßen beide mit stumpfem Blick vor einer Tasse Tee im Büro, wirkten wie Schafe, die zur Schlachtbank geführt werden sollten.

»Sie können nachher gehen«, grunzte Rothko. Als er ihre erwartungsfrohen Blicke sah, fügte er aber hinzu: »Wenn Sie mir die restlichen Fragen beantwortet haben.« Die kurzfristig entspannten Gesichter verhärteten sich wieder.

»Wer ist Ellen und was ist passiert?«, sprang Rothko gleich ins Geschehen. Ohne Hintergrundwissen würde er Hinnerk Heikens Mörder nicht stellen können. »Wir haben Beweise, dass die Frau damals auch im Bunker war, und Sie täten gut daran, uns endlich die Wahrheit zu sagen.«

»Sie war da«, druckste Freersen herum. Er konnte nicht mehr, das sah Rothko sogleich. Sein Kinn zitterte, die Hände verschränkten sich immer wieder ineinander, als kneteten sie die aufkommenden Gedanken durch, um sie in Form und dann an die Oberfläche zu bringen.

Klaas Meine nickte. Ein bitterer Zug breitete sich um seinen Mund aus. »Sie hat einfach nicht gemerkt, wie anziehend sie war. Denn eigentlich war sie ja ganz natürlich. Und lieb. Irgendwie.«

»Was ist mit ihrem Kind?« Kraulke warf sich eine Handvoll Katjes ein, wie immer, wenn er aufgeregt war.

»Siri …«, sagte Meine. Dann schlug er sich mit der Hand vor den Mund. Rothko sah, dass er sich verplappert hatte. Er hatte es gesagt, er hatte zugegeben, dass Siri Ellens Tochter war. Ein Umstand, den er sicher schon jetzt bereute. Er, der vorgab, der Macher zu sein, hatte das große Geheimnis selbst ausgeplaudert.

Rothko blickte zu Kraulke. Er warnte ihn mit seinem

Blick. Nicht dass der Kollege jetzt seine gehässige Tour fuhr, dem Mann deutlich machte, dass sie, die Polizei, gewonnen hatten. Glücklicherweise begriff Kraulke und hielt den Mund.

Rothko setzte sein freundlichstes Lächeln auf, wollte sich so den beiden Männern nähern. »Was ist passiert damals, was vor einer Woche mit Hinnerk, was jetzt mit Siri und mit der alten Schwester?«

Klaas Meine zuckte mit den Schultern. Er wiegte den Kopf bedächtig hin und her, grinste Rothko dann an. »Was ich weiß, wissen Sie.«

Mit Rothkos Ruhe war es vorbei. Er sprang auf und knallte die Faust auf den Tisch. »Reden Sie endlich! Mir reicht es!«

Kraulkes Hand schnellte vor und tätschelte die seines Chefs behutsam, was der aber eher unwillig zuließ und sie rasch wegzog.

Sie taxierten Frerich Freersen, der abwesend erschien. »Herr Freersen?«, sprach Rothko ihn an.

Er zuckte zusammen.

»Siri? Karla?«

Freersen schien nicht recht zu wissen, was die beiden Kommissare von ihm wollten. »Was ist mit den beiden?«

»Sie sind verschwunden und wir denken, dass Sie ganz gut wissen, wo wir sie finden können.«

Auch Klaas Meine sah die beiden Polizisten erstaunt an. »Wir haben viel verkehrt gemacht, Herr Rothko. Damals, in unserem jugendlichen Leichtsinn. Aber wir haben damit jetzt gar nichts zu tun. Überhaupt nichts. Genau wie mit Hinnerk. Mit dem haben wir auch nichts zu tun.«

Rothko ließ sich schwer atmend gegen die Lehne seines Stuhls fallen. »Okay, dann beginnen wir ein Stück früher. Eben vor etwa dreißig Jahren. Wir machen eine Zeitreise.« Rothko sprach zu den Männern, als habe er kleine Kinder vor sich. Dann verschärfte sich seine Stimme kurz.

»Aber gnade Ihnen Gott, wenn Siri etwas passiert und Sie wussten, wo sie steckt.«

»Sie kam mit dem Schiff«, begann Meine. »Ellen kam mit dem Schiff.«

»Wie auch sonst«, knurrte Kraulke.

»Mit dem Flieger. Es kommen viele mit dem Flieger.«

Kraulke runzelte die Stirn und auch Rothko dachte, dass das damals sicher nicht so häufig vorgekommen war.

»Sie kam also auf die Insel«, nahm er den Faden wieder auf.

»Wann genau?«

»Anfang Februar, vor dem 11.2.1979. Bevor das Chaos begann.« Klaas Meine wusste es wirklich ganz genau.

Rothko sah ihn abwartend an.

»Sie hat bei Hanna gewohnt. Mit dem Kind. Wir wussten das aber nicht, sie hat es geheim gehalten. Das Baby hat sie, bis auf das eine Mal, immer dort gelassen, weil Hanna es so gern betreut hat und weil Ellen froh war, mal etwas Luft zu haben. Angemacht hat sie uns. Alle.«

Kraulke hatte schon wieder den Mund voll, warf aber ein: »War ihr das Baby lästig?«

Beide Männer schüttelten fast synchron den Kopf. »Sie hat es fast abgöttisch geliebt. Aber sie war überfordert, wollte hier auf der Insel einfach ausspannen, weil es keinen Kerl dazu gab. Sie mochte Männer deshalb nicht, sagte, keiner sei zuverlässig, alle irgendwie gleich.«

»Das hat sie aber nicht davon abgehalten, mit Ihnen allen zu flirten?«, fragte Kraulke.

»Und wie sie geflirtet hat. Diese Augen, der Schwung mit den Hüften. Mehr als flirten hat sie aber nicht zugelassen.« In Meines Stimme klang noch immer so etwas wie Trauer mit. »Außer das eine Mal.«

Rothko sah ihn fragend an, aber er wechselte sofort das Thema. »Das Kind war ihr wichtig. Sie wollte jeden Abend pünktlich gehen, damit sie die Kleine selbst ins Bett bringen konnte.«

Das passte so gar nicht zu dem Bild, das die beiden Männer sonst von der männerverschlingenden jungen Frau gemalt hatten. Ellen war eben nicht einfach zu fassen und weil Rothko Siri kannte, konnte er sie sich sehr gut vorstellen. »Sie war also eine fürsorgliche Mutter und ein Vamp«, fasste er zusammen.

»Ein *man-devouring vamp*«, bestätigte Freersen. »Ohne zu wissen, dass sie es war. Sie war so tief verletzt worden. Mit dem Kind im Stich gelassen, von der Familie verraten. Wir wollten ihr helfen. Alle.« Er verteidigte Ellen immer noch, so als müsse er die junge Frau weiter schützen.

Vielleicht hätte er sie damals besser schützen sollen, da hätte es noch etwas genützt, dachte Rothko. Er nahm den Satz kommentarlos hin. »Was haben Sie denn zusammen gemacht?«

»Gefeiert«, sagte Klaas Meine. »Jeden Abend. Wir hatten uns im Bunker einen Treffpunkt gebaut. Wir waren dort ungestört, konnten laut sein, uns gehen lassen. Hier gibt es nicht viel für junge Menschen.«

»Und Ellen?«

»Sie hatte Röcke an. Kurze Röcke. Sie war recht groß, hatte lange, schlanke Beine.« Über Meines Gesicht glitt ein Lächeln. Es musste ein schöner Anblick gewesen sein.

»Sie trug hohe Schuhe. Oder nachher Stiefel, als Schnee lag. Immer mit Absatz«, ergänzte Freersen. Auch er lächelte. Die Erinnerung an Ellen war nicht ausschließlich von Hass geprägt, aber das war dem Kommissar auch vorher schon aufgefallen.

»Sie war auch nett.«

»Nett? Sie war umwerfend charmant.«

»Dieses Lächeln, Klaas. Hast du je wieder eine Frau so lächeln sehen?«

Klaas Meine schüttelte den Kopf.

Rothko und Kraulke zogen sich instinktiv aus der Unterhaltung zurück.

»Ihre Zähne glichen Perlen. Kennen Sie diese echten

Perlen, die bei Lichteinfall zu funkeln beginnen und von so reinem Weiß sind, dass man nur danach lechzt, sie anzufassen?«

Rothko zuckte zurück. Er hatte noch nie Zähne anfassen wollen. Aber er schwieg, die beiden Männer waren wie in Trance, wollten das loswerden, was sie seit Langem belastete.

»Ihr Atem war frisch, egal, wie viel sie getrunken hatte, und ihre Augen waren wie Sterne, die auf die Erde gefallen waren«, sagte Freersen. »Blaue Sterne. Sie waren blau und haben gefunkelt wie Sterne. Einzigartig schön.«

Wie Siris, dachte Rothko.

Freersen ergänzte: »Und ihr Haar war eine wallende Mähne, Rapunzel wäre neidisch auf sie gewesen.«

»Obwohl Ellen ja dunkle Haare hatte. Nicht blond. Rapunzel ist blond.«

Meine und Freersen verloren sich immer mehr in ihren Schwärmereien, es ging weder vorwärts noch zurück.

Rothko und Kraulke hörten es sich noch eine Weile an und als sprächen die beiden Kommissare plötzlich die gleiche Sprache, beschlossen sie, die Vernehmung als Konfrontation im Bunker fortzuführen.

ooo

Siri starrte ins Dunkel. Sie konnte nicht sagen, wie lange sie nun schon kein Tageslicht mehr gesehen hatte. Zu Beginn hatte sie versucht, sich den Tag nach den Mahlzeiten einzuteilen.

Aber nun hungerte sie, es war ihr unmöglich zu sagen, wie lange sie schon nichts mehr zu essen bekommen hatte.

Karla war wirklich undurchschaubar. Sie war nicht nur verwirrt und irre, sie war auch von etwas Geheimnisvollem umgeben, das nicht zu unterschätzen war. Mittlerweile ließ Siri sogar den Gedanken zu, Karla habe übersinnliche Fähigkeiten. Es wurde wirklich Zeit, dass Siri aus diesem Gefängnis hier herauskam, sie wurde ja selbst schon völlig irre und verlor den gesunden Menschenverstand.

»Karla!«, versuchte sie die schnarchende Frau zu wecken. Sie hatte einfach nicht vor, hier in diesem Loch gemeinsam mit der Alten zu verrecken und nur zu warten, wer von ihnen beiden die Erste sein würde.

Wenn sie doch Elmar bloß nicht gesagt hätte, dass er sich im Moment nicht melden solle, weil sie Zeit für sich brauche. Wenn er sie nicht erreicht hätte, wäre er zur Polizei gegangen. Elmar war kein leiser Typ. Er wäre wie der Prinz auf dem weißen Pferd auf die Insel gekommen und hätte sie befreit. Aber so würde er sie nicht suchen, in Wilhelmshaven bleiben, sie nicht einmal vermissen, weil er sich bestimmt an ihre Anweisungen hielt.

Er war so stolz. Nie würde er sich dazu herablassen, sie trotz ihres Verbotes zu kontaktieren. Siri hätte sich selbst in den Hintern treten können, dass sie all diese Dinge zu ihm gesagt hatte.

Karla musste ihr auf dem Weg hierher das Handy weggenommen haben. So schlau war sie immerhin.

Siri hielt inne.

Karla sollte ihr das Handy weggenommen haben? Das war lächerlich. Die Alte wusste doch nicht einmal, dass es solche Kommunikationsmittel überhaupt gab. Sie lebte in einer völlig anderen Welt. Niemals würde sie auf eine solche Idee kommen.

Siri rüttelte die Alte noch einmal.

Es dauerte eine Weile, bis sie die Augen öffnete. »Mein Baby«, hauchte Karla Siri mit ihrem süßlichen Atem an. Ihr Haar roch muffig.

»Ich bin nicht dein Baby, ich bin Siri. Und ich möchte jetzt, verdammt noch mal, aus diesem Loch raus. Wo ist der Schlüssel?« Sie begann in der Jacke des Wollmantels zu wühlen. Karla umklammerte ihre Hand. »Du bist mein Baby. Ich habe dich gerettet. Jetzt, damals. Immer habe ich dich gerettet.« Über die Lippen der Alten huschte ein geisterhaftes Lachen, das Siri Angst machte und in ihrer Bewegung erstarren ließ.

»Wo ist mein Handy?«

Karla starrte Siri an, als habe sie sie nach dem Verbleib des Saturns gefragt. Sie hatte wirklich keine Ahnung, was ein Handy war.

»Habe ich auf dem Weg hierher etwas verloren oder hast du es eingesteckt? Ich brauche es dringend.«

Karla setzte sich hin, stierte auf den Boden, ergriff dann Siris Finger und strich mit leichten Bewegungen über ihren Handrücken. »Ich habe dir das Leben gerettet. Du darfst nicht undankbar sein, meine Kleine. Ich weiß nicht, was sie mit dir getan hätten, wäre ich nicht gewesen. Krankenschwestern retten immer Leben.« Die Alte kicherte. »Ich bin für dich da, würde alles tun, um meine Babys zu schützen.«

Siri versuchte ruhig zu bleiben. »Was alles würdest du tun?«

»Es war so kalt in der Nacht. Wenn die Menschen frieren, suchen sie die Nähe zum anderen Geschlecht und machen Liebe, zeugen Kinder. So wollte es der Herrgott.«

Siri schluckte. Karla war bereits wieder in der anderen Zeit.

»Aber es ist ja schon ein Kind da. Ein kleines Baby. «

Siri verstand kein Wort, aber es war klar, dass die Alte völligen Blödsinn redete.

»Sie haben getanzt im Schnee. Der Bunker war auf, darin war es warm, der Ofen war an und es roch nach Zigaretten und Schnaps. Es war der dreizehnte Februar. Die Dreizehn ist eine schlimme Zahl, bringt Unglück. Vor Wangerooge war ein Tanker gestrandet, mit Öl beladen. Böse Dinge kündigen sich durch Zeichen an und das war eines. Kein Mensch konnte ahnen, wie heftig der Wintereinbruch noch sein würde. Es war der Anfang. Schnee, Schnee, Schnee. Dazu der Wind.« Karla hielt kurz inne, als müsse sie sich sammeln. »Sie haben gefeiert. Noch fuhren die Schiffe. Aber alles war voller Eis und Schnee. Bald war Schluss damit. Bald ging nichts mehr, auch kein Flugzeug. Das Festland war bereits lahmgelegt.«

Siri wurde ungeduldig. Sie kannte die Berichte der Schneekatastrophe von 1978/79. Voller Ehrfurcht und mit einem Schmunzeln im Gesicht redeten die, die dabei waren, darüber. Auf dem Festland gab es Erzählungen, wie man mit Skiern über die Autodächer gefahren war, weil man sie unter dem Schnee gar nicht mehr erkennen konnte.

»Was war denn noch los an diesem dreizehnten Februar?«, fragte Siri und hoffte, Karla in die Spur zu bringen und die wesentlichen Dinge zu erfahren.

»Die Nacht der Liebe«, sang die Alte mit einer monotonen Stimme, die immer weniger von dieser Welt zu sein schien. Es war völlig klar, dass Karla etwas mit Siris Entführung und vermutlich auch mit dem Verschwinden ihrer Mutter zu tun hatte. Die Frau wirkte so harmlos in ihrer scheinbaren Hilflosigkeit und doch war sie klar genug, das Leben so zu drehen, dass es zu ihrer eigenen Welt passte.

»Die Leute haben also Liebe gemacht?«, hakte Siri nach und stellte sich eine Orgie vor.

Karla starrte Siri an. »Sie hat Liebe gemacht. Zu viel Liebe. Zu viel Liebe ist nicht gut.« Ihre Stimme war wieder in den Singsang abgeglitten.

»Was ist mit dem Baby?« Siri war verzweifelt. Sie hatte gedacht, genau diese Frau wäre vielleicht ihre Mutter, aber da war wohl der Wunsch stärker gewesen als die Realität. Obwohl – bestimmt hatte die Alte es nur vergessen …?

»Mathilde hatte ein Kind. Es hat geweint. Hinnerk hat Liebe mit Ellen gemacht, die Frauen haben gestritten. Mein Baby hat geweint und sie haben es draußen vergessen. Stell dir vor, sie haben dich vergessen.«

»Mich?«

»Dich. Du bist immer ruhiger geworden, ganz weiße

Finger hast du bekommen und deine Nase ist ganz schmal geworden. Ich habe dein Wimmern gehört, aber gedacht, deine Mutter kümmert sich um dich.«

»Meine Mutter?«

»Sie ist keine Mutter. Sie hätte dich nicht vergessen dürfen. Gut, dass es Hanna gab. Hanna hat alles geregelt mit Klaas. Weil du still warst und nichts mehr gesagt hast. Mathilde hat geweint, geschrien, aber Klaas hat ihr den Mund zugehalten.«

»Und die andere Frau?«, fragte Siri.

»Die hat noch Liebe gemacht. Immer noch mit Hinnerk. Aber sie wollte nicht. Als sie dazugekommen ist, hat sie geweint. Ihr schönes Haar war ganz stumpf, obwohl die Kerzen daraufgeschienen haben. Alle gleich, hat sie immer wieder geflüstert. Alle gleich.«

»Die fremde Frau war Ellen, oder?« Siri wusste nicht, warum, aber sie hatte die Szenen ganz genau im Blick, als ob sie selbst dabei gewesen wäre. Sie sah die Schneeflocken, die sich in Mathildes Haar festsetzten, sie sah die Frau vom Festland, deren Haar ihr wirr ins Gesicht hing. Und sie sah die Panik in den Gesichtern, als das Kind keinen Mucks mehr von sich gab. Weil sie es im Kinderwagen draußen im Schneegestöber hatten stehen lassen, weil im Bunker Dinge passierten, die nicht zu stoppen waren. Diese Dinge waren so schlimm, dass eine der Frauen die Zeit vergessen hatte. Zu groß waren das Entsetzen und die Ohnmacht. Siri sah Karla, die hilflos lauschte und nicht verstand, was hier geschah. Sie sah die alte Schwester, wie sie sich hilflos über das kalte Baby beugte, nichts mehr tun konnte. Wie sie realisierte, dass es ihre Pflicht gewesen wäre, eher einzuschreiten, um das zu verhindern, was wohl aber nicht mehr zu verhindern gewesen war. Die Frau, die darüber wahnsinnig geworden war, dass sie versagt hatte. Dort, wo sie nicht hätte versagen dürfen.

»Karla?«, sprach Siri die Alte an, die mit geschlossenen

Augen neben ihr auf dem Bett saß. Zwei Tränen hatten sich schon unter den geschlossenen Lidern hervorgewagt und suchten sich ihre Spur durch das faltige Gesicht.

»Karla?«, wiederholte Siri. »Wo ist die Frau, die Liebe gemacht hat, wo das tote Baby und was ist mit Hinnerk geschehen?«

Die alte Frau bewegte ihre Lippen lautlos. »Tot? Es ist nicht tot. Du lebst. Es ist das Einzige, was ich noch tun konnte.«

»Ich?«

»Ja, du bist das Baby.«

ooo

Klaas Meine starrte mit ausdruckslosem Gesicht, als er am Tatort stand. Rothko fand, es wirke wie ein Pokerface. Er nahm dem Mann die Gleichgültigkeit einfach nicht ab.

Freersen machte einen wesentlich nervöseren Eindruck. Er hatte die Hände vor dem Bauch verschränkt und knetete weiterhin seine Finger.

»Raus mit der Sprache. Hier sind zwei Dinge geschehen, die Sie vertuschen wollten. Womit möchten Sie beginnen?«

»Wie Hinnerk hier umgekommen ist, weiß ich nicht«, quetschte Klaas Meine zwischen den Zähnen hervor. »Ich bin kein Mörder.«

»Und damals?«

»Ellen hatte sich an einer kaputten Flasche geschnitten«, sagte Freersen. »Hinnerk hat sie getröstet. Das war alles. Sie ist dann abgehauen in der Nacht. Jedenfalls war sie plötzlich weg. Wir waren ja alle dicht, haben das nicht mehr so im Blick gehabt. Aber an den blutigen Finger, daran erinnere ich mich noch.«

Rothko lachte grimmig auf. »Mehr ist nicht geschehen?« Er machte eine kurze Pause. »Verarschen Sie mich nicht!«

Klaas Meine begann zu zittern. Erst war es nur ein winziges Zucken der Hände, dann begannen die Lippen und anschließend der Körper zu beben. »Wir haben sie geliebt und sie hat uns hingehalten. Sich darin gesonnt, dass ihr alle zu Füßen lagen. Ich habe mein Herz und meinen Verstand an diese Frau verloren. Bis heute.« Meine versagte die Stimme. Freersen nahm den Faden wieder auf. Ihm zitterte die Stimme. »Hinnerk hat sie aber zumindest noch rangelassen. Uns hat sie den kleinen Finger hingehalten. Mit einem Lächeln, einem Blick, der uns die Füße weggezogen hat. Sie hat so getan, als wolle sie uns alle und dann hat sie die Diva gegeben. Rattenscharf hat sie uns gemacht und das war's dann. Kennen Sie solche Frauen?«

Rothko zog fröstelnd die Schultern hoch. Vor seine Augen schoben sich Bilder, die er dort lieber nicht haben wollte. Er hasste die Rechtfertigungen solcher Männer.

»Sie haben sich dann genommen, was Ihnen Ihrer Meinung nach zustand und sie danach getötet«, sagte er. »Das Kind haben sie dann Hanna untergeschoben. Und ein bisschen dran gedreht, dass sie es adoptieren konnte. Damit war ihr schlechtes Gewissen befriedigt. Und Mathilde Sandmann musste aussagen, dass sie die Mutter war. Dafür haben sie ihr ordentlich Geld zugesteckt, wo auch immer sie es herhatten. Als Hinnerk dann reden wollte, drohte ihr ganzer Plan zu platzen und sie haben ihn erschlagen, genau wie damals Siris Mutter.« Rothko wähnte sich am Ziel der Ermittlungen, die Puzzleteile fügten sich. »Nun stellt sich noch die Frage, wo sie im Augenblick Siri Gerken versteckt halten.«

Kraulke zupfte Rothko die ganze Zeit am Ärmel, wirkte wie ein aufgeregtes Kind, das seiner Mama ganz dringend etwas erzählen musste.

Aber der Kommissar ignorierte das, hatte jetzt wirklich keine Lust auf das Geschwafel seines Kollegen, der diesen Fall ja nun mal allein nicht gelöst bekommen hatte. »Wo zum Teufel ist Siri?«

Kraulke zog noch immer an Rothkos Ärmel.

Unwirsch schüttelte der den Kopf.

»Herr Kommissar, da stimmt was nicht in ihren Überlegungen«, sagte Kraulke, ungeachtet der deutlichen Ablehnung seines Chefs.

Rothko zog den Kollegen ein Stück beiseite. »Warum?«

»Was ist mit Karla? Und außerdem: Wenn Mathilde ein Kind zur Adoption freigeben konnte, musste sie doch auch eines gehabt haben. Das wäre doch sonst aufgefallen.«

»Das hat Klaas Meine so gedreht …«

Kraulke schüttelte den Kopf. »Nein, Chef. Da steckt mehr dahinter.«

ooo

Schweig Muschel, sonst wirst du brennen.

15. Und die letzte Muschel

Auster – *Ostrea edulis*

Austern leben im Plankton und sind Zwitter. Die männliche und weibliche Phase wechseln sich miteinander ab. Sie haben eine Größe von ungefähr zehn Zentimetern. Die pazifische Auster kommt an der Nordseeküste inzwischen sehr häufig vor und verdrängt sogar teilweise die Miesmuschel.

Siri roch den Gestank nach Verbranntem zuerst. Dann sah sie den Qualm, der unter dem Türschlitz hindurch in den Raum waberte. Erst waren es nur feine Schwaden, dann verdichteten sie sich zu einer Wand, die die Dunkelheit ergrauen ließ. Siri musste husten. Sie riss die Decke von Karla, die laut schnarchend auf der Matratze lag.

Sie stopfte sie vor den Türschlitz, obwohl ihr klar war, dass diese Maßnahme nur kurzfristig helfen würde. Wenn nicht bald Hilfe nahte, würden sie hier drin geräuchert werden.

Siri trommelte an die Tür, schrie aus Leibeskräften. Irgendwer musste doch das Feuer bemerken, hören, dass sie hier drin waren. Doch das Einzige, was an ihre Ohren drang, war das Knistern und Knacken, während sich das Feuer durch den ihrem Verlies vorgelagerten Raum fraß. Siris einzige Hoffnung war die Metalltür, die das Ganze eine Zeit lang stoppen konnte.

Siri stürzte zu Karla, die von all dem nichts mitbekommen hatte. »Wo ist der Schlüssel? Es brennt! Wir müssen hier raus!«

»Feuer ist die Kraft der Reinigung«, sagte die Alte und drehte sich um. Dann bemerkte sie, dass die Decke nicht mehr über ihr lag. Blitzschnell richtete sie sich auf und funkelte Siri mit zusammengekniffenen Augen an. »Ich friere.« Gleich darauf begann sie zu husten.

»Nicht mehr lange, Klara, und dann wird dir verdammt heiß sein«, sagte Siri und wunderte sich über ihren Sarkasmus. »Gib mir den Schlüssel!«

»Welchen Schlüssel? Ich habe keinen.«

Siri durchsuchte Karlas Sachen, aber das hatte sie in den letzten Tagen schon so oft getan und immer ergebnislos. Was war, wenn die Alte wirklich keinen Schlüssel besaß?

Der Qualm hatte es jetzt geschafft, sich auch an der Decke vorbeizumogeln. Es war nur eine Frage der Zeit, bis sie an einer Rauchvergiftung sterben würden. Karla schien das ziemlich egal zu sein, sie hatte mit dem Leben bereits abgeschlossen, war nicht mehr bereit zu kämpfen. Sie wollte ihre Schuld einfach so mit ins Grab nehmen und hoffen, dass die dunkle Erde alles verdecken würde. Aber das war Siri gerade jetzt zu einfach. Sie war jung. Sie wollte leben. Und sie wollte so kurz vor dem Ziel nicht aufgeben, sondern wissen, wer ihre Mutter gewesen und was genau in der Schneenacht vom dreizehnten Februar geschehen war.

ooo

Birgit wusste nicht, was sie tun sollte. Ziellos irrte sie durchs Dorf, blieb immer wieder stehen, drehte um, lief ein paar Schritte zurück. Es war wie in dem blöden Spiel, das sie als Kinder immer gespielt hatten. »Ein Hut, ein Stock, ein Regenschirm, drei Schritte vor und zwei zurück.« Es war wie damals: Man kam nicht richtig von der Stelle. Sie war wie eingemauert, hatte sich ihre eigenen Grenzen gezogen und wusste nun nicht, wie sie die durchbrechen sollte.

Was hatte sie alles getan, um ihre Ehe zu retten, um ein bisschen von dem Glückskuchen abzubekommen, den andere täglich serviert bekamen.

Sie war gescheitert, kam nicht von der Stelle. Drei Schritte vor …

In Birgits Kopf trudelten die Gedanken wirr durcheinander, sie schaffte es nicht, sie zu ordnen. Wenn ihr Frerich damals wirklich schuldig geworden war, wenn es stimmte, was der Kommissar ihm vorwarf, dann hatte sie über zwanzig Jahre mit einem Mörder zusammengelebt. Hatte neben einem Menschen geschlafen, der, um seine Haut zu retten, einen anderen Menschen auslöschte, als puste er eine Kerze aus.

Sie hatte in dem Fall über zwanzig Jahre mit einem Mann gelebt, der einmal in seinem Leben so eiskalte Gedanken gehabt hatte, dass er keine Skrupel gehabt hatte, zu töten. »Töten« war ein schreckliches Wort. Es klang hart, wollte nicht so recht über die Lippen kommen. Birgit versuchte es, flüsterte: »Töten.«

Es war ein böses Wort, man konnte es nicht freundlich sagen. Sie wiederholte es ein weiteres Mal: »Töten.«

Es passte nicht zu Frerich. Zu Frerich passten die Fliedertöne der Salzwiesen im August oder wenn im Herbst Strandsode und Queller alles in ein sattes Dunkelrot tauchten. Zu Frerich passten das weiche Gefieder der Seevögel und das Plätschern der Nordsee an den Wattsaum. Die höheren Wellen an der Nordseite der Insel waren schon zu hoch, zu hart für ihn. Frerich war ein sensibler Mann, rettete verwaiste Tiere und stand auch ohne Murren in der Nacht auf, wenn sie gefüttert werden mussten. Frerich war ein Mann, der sich opferte. Der Rücksicht nahm, wenn ihr Panther wieder da war. Nie hatte er ein barsches Wort für sie gehabt, wenn er kein Essen vorgefunden hatte, weil sie gerade mit sich selbst kämpfte. Nie war er ungeduldig geworden. Birgit war zum dritten Mal an derselben Stelle angekommen. Drei Schritte vor …

Sie überlegte, ob sie ihren Mann in all den Jahren auch nur einmal aufbrausend erlebt hatte. Ihr fiel keine Situation ein und für den Moment kam ihr der Gedanke, dass auch Resignation der Grund dafür gewesen sein könnte. Vielleicht hatte er das Schlimmste in seinem Leben bereits erlebt, so dass ihn nichts, aber auch gar nichts mehr auf dieser Welt aufregte. Je länger Birgit lief, desto sicherer war sie, dass Frerich nur darauf wartete, es möge vorbei sein. Er hatte sein junges Leben komplett verwirkt. Sein Anspruch auf Glück war völlig erloschen. Einen Moment hatten sie gedacht, ihr Schicksal stünde doch unter einem guten Stern, sie könnten sich wehren gegen das Unausweichliche. Alle bösen Gedanken waren mit ihrer Hochzeit weggewischt. In der Zeit hatte Frerich gelächelt. Zumindest hin und wieder.

Dieses Lächeln war rasch verglommen, als der Alltag eingekehrt war. Etwas in Frerich war für immer abgestorben. Tot. Das Wort »sterben« brachte Birgit ebenso wenig über die Lippen wie das Wort »töten«. Jetzt, jetzt, wo alles zu spät war, für sie, für ihn, versuchte sie es noch einmal. »Sterben. Töten. Sterben – Töten. Sterben – Töten ...« Sie gab das Vor-und-zurück-Spiel auf und lief im Takt der beiden Worte. Sterben – Töten ...

Wenn es so war, wie es wahrscheinlich war, dann hatte sie alle Opfer umsonst gebracht. Immer hatte sie Klaas die Schuld in die Schuhe geschoben. Immer gedacht, er sei derjenige, der alles angeleiert hatte. Geglaubt, dass er der war, der getötet und alles verdreht, verschleiert und verwoben hatte. Nach dem Anruf war sie in die Polizeistation gegangen. Sie musste Klarheit haben. Doch als sie dort in Frerichs Augen geblickt hatte, war ihr klargeworden, dass sie sich all die Jahre etwas vorgemacht hatte. Ihr ganzer Tribut war umsonst gewesen. Alles, was sie versucht hatte, war falsch gewesen. Auch das, was sie mit Hinnerk ... Sie war eine Närrin.

Birgit drehte schon wieder um, konnte sich nicht für eine Richtung entscheiden. Drei Schritte vor, zwei zurück ...

ooo

Rothko war mit Kraulke und den beiden Verdächtigen auf dem Rückweg, als sie das Feuer sahen. Es schlug mit großen Flammen aus einem der Häuser gegenüber der Schule. Die ersten Feuerwehrleute waren schon vor Ort. Sie sicherten die Nachbarhäuser, dass die Funken nicht übersprangen. Das Feuer schien sich noch auf das Erdgeschoss zu beschränken. Es loderte im unteren Fenster, tanzte hinter der geschlossenen Scheibe einen bizarren Tanz in bunten Farben. Hin und wieder knackte es. In der einsetzenden Dunkelheit zeichneten die Flammen ein schauriges Bild. Rothko zog fröstelnd die Schultern zusammen. Ein Brand und die Ermittlung der Umstände waren nicht das, was er sich erträumte. Er erwog erneut, doch zurück aufs Festland zu gehen. Dort war es zwar auch nicht ruhiger, aber seine Möglichkeiten etwas vielseitiger. Außerdem verstieg er sich mittlerweile in der Annahme, dass die Verbrechen auf der Insel sofort aufhören würden, wenn er erst seinen Dienst hier quittiert hatte. Ihm war schon aufgefallen, dass die Wangerooger ihn als Dämon sahen, der das Böse mit auf die Insel gebracht hatte, denn bevor er aufgetaucht war, hatte es hier nicht einen Mord gegeben. Alles war in ruhigen und beschaulichen Bahnen verlaufen, nichts hatte die Bevölkerung aus dem gewohnten Tritt gebracht. Manchmal sah er sich schon selbst in dieser Rolle. Er, der Teufel persönlich, der alles Unheil anzog, das wie Pech an ihm kleben blieb.

»Was ist passiert?«, fragte er den Feuerwehrhauptmann, der mit ruhiger Stimme auf Platt seine Anweisungen gab.

»In jedem Fall ist das Feuer in der Küche ausgebrochen.«

»Sind alle Leute aus dem Haus?« Rothko beschlich mit einem Mal ein komisches Gefühl. Es war der Spürhund, der der immer diese Spuren witterte und der ihn noch nie getäuscht hatte. Mit diesem Feuer stimmte etwas nicht. Es war nicht einfach so ausgebrochen, es war kein Unfall.

Es hatte etwas mit Siris Verschwinden zu tun.

»Schauen Sie nach, ob wirklich keiner mehr im Haus ist.

Gibt es Nebenräume, Keller, keine Ahnung was!«, brüllte er los und war über die Lautstärke selbst verwundert.

»Da ist niemand drin. Ist ein Appartementhaus und der Besitzer sagt, dass nichts vermietet ist. Da brauchen wir unsere Leute doch der Gefahr nicht auszusetzen.«

»Und wenn der Mann sich irrt?«, schrie Rothko. Er geriet in Panik, ganz entgegen seiner sonstigen Gewohnheit. »Gibt es jemanden, der außer dem Besitzer Zugang zu dem Haus hat?«

Der Feuerwehrmann zuckte mit den Schultern. »Fragen Sie ihn doch selbst. Da vorne steht er.« Der Mann nickte mit dem Kopf in die entsprechende Richtung. »Es ist der Neffe der alten Karla. Vielleicht hat die Irre es ja angezündet!« Er lachte über seinen eigenen Witz.

Rothko zuckte zurück. »Der Neffe von Karla?« Ihn durchfuhr eine entsetzliche Ahnung. »Wir müssen dort hinein. Ich denke, es sind Menschen drin!«

»Wir müssen erst sichern. Sonst brennt hier gleich noch viel mehr!« Der Feuerwehrmann war recht entspannt. »Herr Kommissar. Es steht leer um diese Jahreszeit. Sie brauchen sich nicht aufzuregen.«

Rothko beruhigte diese Antwort keineswegs. Von allein brach in einem leer stehenden Haus kein Feuer aus. Diese Katastrophe hatte jemand absichtlich herbeigeführt. Im vollen Bewusstsein, dass die Feuerwehr genau so reagieren würde, wie sie es jetzt tat.

Es musste jemand sein, der sich hier auskannte und der großes Interesse daran hatte, dass Siri für immer schwieg. Karla, verdammt, sie hatten Karla unterschätzt!

Hatten sie die alte Frau dermaßen in die Enge getrieben? Oder wen noch? Hanna Gerken hatte sie gewarnt und er hatte nichts getan, um Siri zu stoppen. Wenn sie jetzt in den Flammen umkam, war es seine Schuld. Er allein hätte die Möglichkeit gehabt, ihr die Verantwortung abzunehmen. Aber Siri war einfach niemand, die sich etwas aus der Hand nehmen ließ.

Rothkos Gedanken tanzten Rock 'n' Roll, während er alle durchging, die für diesen Brand verantwortlich sein könnten. Mathilde hatte geschrieben, Karla sei eine Mitwisserin. Er war am Nachmittag aber nicht mehr zu der alten Schwester gefahren, weil er den Schal gefunden hatte und die Sache mit dem Handy vorrangig gewesen war. Dann war er an Freersen und Meine hängen geblieben.

Er hatte den falschen Weg eingeschlagen, er hätte sich nicht durch die äußeren Begebenheiten von seinem Instinkt abbringen lassen sollen. Er hätte Karla aufsuchen müssen. Die Fäden liefen bei der Alten zusammen. Sie war diejenige, die ganz tief mit drinsteckte, so wirr sie auch war. Seine beiden Hauptverdächtigen konnten das Feuer schließlich nicht gelegt haben. Karla aber, die unscheinbare alte Krankenschwester … In Rothko wuchs das Entsetzen. Sie war dermaßen durch den Wind, vermutlich war ihr gar nicht bewusst, was sie tat. Vielleicht handelte sie auch im Auftrag von Klaas Meine. Hanna hatte sie schließlich auch gut bewacht und wahrscheinlich gelenkt.

Weil der Kommissar im Augenblick nichts tun konnte, schnappte er sich sein Rad und strampelte in Richtung Laubenkolonie.

Vor Karlas Parzelle warf er das Fahrrad ins Gras und stürzte zu ihrer kleinen Holzhütte. Wenn ihn schon das geöffnete Gartentor stutzig gemacht hatte, so verwunderte ihn die sperrangelweit offen stehende Tür gar nicht mehr.

Im Ofen der Alten verglomm die letzte Glut, die »Kinder« hatte sie wie mit einem Leichentuch abgedeckt. Karla war ausgeflogen und schien nicht vorzuhaben, zurückzukehren.

ooo

Siri musste husten. Immer wieder taxierte sie den dunklen Raum. Es musste doch einen Weg geben, sich und Karla zu retten. Von draußen hatte sie Stimmen gehört, der Brand war entdeckt worden, aber anscheinend kam niemand auf die Idee, dass sich hier unten irgendwer befinden konnte. Siri nahm an, dass sie sich in einem Haus mit Ferienwohnungen befand, genau dort, wo kein Mensch jetzt jemanden vermutete. So schnell würde demnach keiner zum Keller durchdringen und wenn sie Pech hatte, waren sie bis dahin einer Rauchvergiftung erlegen. Siri glaubte, dass genau das der Plan des Brandstifters gewesen war. So hätte er sich locker der nervigen Tochter entledigt.

Hatte sie bis dahin vermutet, dass Karla sie hierher verschleppt hatte, musste sie sich jetzt eingestehen, dass das nicht so sein konnte. Wie sollte die das Feuer gelegt haben? Auf der anderen Seite benahm die Alte sich wirklich seltsam. Als wolle sie zusammen mit ihrem letzten Baby sterben. Dem Baby, dem sie das Leben gerettet hatte. Obwohl Siri den Zusammenhang nicht richtig voreinander bekam. Das Baby, von dem Karla erzählt hatte, war weiß und blau gewesen, hatte keinen Mucks mehr von sich gegeben. Wie konnte es dann noch leben? Siri sah in Gedanken ein lebloses Bündel, erfroren.

Karla begann zu husten.

Siri nahm die Frau hoch. »Was«, krächzte sie, »was ist mit dem Baby von Mathilde passiert?«

Ein seliges Lächeln glitt über den schmalen Mund und wieder umhüllte Siri dieser faulig süßliche Mundgeruch, der sie abstieß. Aber sie musste es jetzt wissen, musste wissen, was passiert war. Es war ihre letzte Chance, denn so langsam wurde ihr die Luft knapp, bekamen die Rauchschwaden immer mehr Macht über sie.

Sie spürte den schwachen Herzschlag, wenn sie nicht bald gerettet wurden, würde Karla mit all ihrem Wissen hier unten in ihren Armen sterben und sie vermutlich gleich mit.

Karla hustete wieder. »Sie haben sie umgebracht. Aber das Baby, das lebt. Ich habe es gerettet. Jetzt kann ich nichts mehr für mein Baby tun. Bin alt, bin schwach. Habe alles versucht, dass es leben kann, aber die Leinentücher des Todes sind gespannt. Weiße Leinentücher über den Bettchen. Ich durfte sie noch drüberhängen, bevor ich gehen musste, um hier zu sterben. Mit meinem letzten Baby.« Karla schloss die Augen.

Siri merkte, dass sie weinte, dass ihre Tränen auf das Gesicht der alten Frau tropften. Karla hatte also den Mord an ihrer Mutter miterlebt und sich darum gekümmert, dass Siri weiterleben konnte, weil sich kein Mensch um sie, das kleine halb erfrorene Baby, gekümmert hatte. Warum auch immer Karla dort gewesen war, sie war der Engel in der Nacht gewesen. Nur würde das wohl nie jemand erfahren. Siri hustete immer stärker und sie merkte, dass auch ihr die Sinne schwanden. Das Letzte, was sie sah, waren die vielen Muscheln, die sich nach und nach an die Kette hängten und sie vervollständigten.

ooo

»Was ist da passiert?« Rothko fühlte eine Hand an seinem Unterarm, als er sich mit dieser Frage an den Feuerwehrleuten vorbeikämpfen wollte. Er war noch völlig außer Atem, weil er von der Laubenkolonie hierher zurückgehetzt war.

»Sehen Sie doch«, brummte der Feuerwehrmann.

Dessen Kollegen waren eben in das Haus eingedrungen, jetzt war es möglich.

Rothko war unruhig und trat von einem Bein auf das andere. Er erwartete das Schlimmste. Karla also. Karla war die, die verhindern wollte, dass Siri die Wahrheit herausfand. Sie hatten die ganze Zeit in die falsche Richtung ermittelt.

»Wir haben übrigens vorhin miteinander telefoniert.« Er deutete mit dem Kopf zum Feuerwehrmann. »Er hat mir gesagt, wer Sie sind.«

Rothko zuckte zusammen und betrachtete den Mann neben sich genauer. Er war hochgewachsen und blond, hatte eine gerade Nase und eine hohe Stirn mit einer leichten Neigung. Der Mund war in der Mitte sehr vertieft, aber er hatte schöne Lippen, nicht so schmale Striche wie der Kommissar. Rothkos Blick wanderte weiter und er erkannte breite, muskulöse Schultern und ein recht angenehmes Gesicht. Der Typ musste Rothko nicht erklären, wer er war. Er wusste es auch so.

»Haben Sie Siri schon gefunden?« Seine Stimme klang besorgt, war angenehm warm und unter normalen Umständen hätte Rothko ihn sogar sympathisch gefunden.

»Nein«, quetschte er zwischen den Zähnen hervor. Er wollte dem Mann keinen Anlass geben, an seiner Sorge teilzuhaben. Wenn der Kerl schon Siris Lover war, so wollte er selbst, der verschmähte Mann, wenigstens allein Angst um sie haben dürfen. Mehr blieb ihm ja nicht. Ihm, dem Narren, der sich tatsächlich eingebildet hatte, eine so junge und so schöne Frau könne auch nur den Funken Interesse an einem schweinsäugigen, dicklichen und um Jahre älteren Kerl wie ihm haben.

Frauen wie Siri wünschten sich Familie und einen Mann, der sie über Jahre hinweg dabei begleiten konnte und nicht vorzeitig alterte. Er war eben nicht Pierre Brice, bei dem das Alter den Frauen egal war, weil ihm noch immer der Winnetou-Mythos anhaftete.

»Warum sind Sie hier bei dem Brand?«, fragte der Mann und Rothko glaubte sich an den Nachnamen Ortgies zu erinnern.

»Muss überall sein, wo es was aufzuklären gibt«, grunzte Rothko und wünschte, der Typ würde verschwinden.

»Bin extra geflogen«, sagte Ortgies. »Ich bin so in Sorge um Siri. Sie ist die Frau meines Lebens.«

Nicht nur deine, dachte Rothko und schämte sich etwas. Immerhin war er lange verheiratet gewesen, hatte mal geglaubt, seine Frau bis ans Ende seiner Tage lieben zu können.

Plötzlich kam Hektik in die Menge. Die Herumstehenden bewegten sich auf die Absperrung zu. Ein paar Frauen begannen zu rufen.

Rothko ließ den Blick von Ortgies, der ohnehin zielstrebig an ihm vorbeischoss. »Siri!«, schrie er, kletterte gegen den Protest der Feuerwehrleute unter dem Absperrband hindurch.

Rothko folgte ihm, wie von einem unsichtbaren Band gezogen.

Siri wurde auf eine Trage gelegt, kurze Zeit später schleppten die Männer eine weitere Person aus dem Haus. Irgendwer schrie danach, den Helikopter anzurufen, andere riefen, er sei schon bestellt.

Elmar Ortgies kniete schluchzend vor Siri, küsste ihre Hand und war mit den Nerven völlig am Ende. Rothko stand hilflos neben den beiden leblosen Frauen, fragte sich zum wiederholten Mal, von welchem Dämon er besessen war, um ein solches Unglück anzuziehen.

Elmar Ortgies schienen ähnliche Gedanken durch den Kopf zu gehen. Er hob den Kopf mit tränenverschleiertem Blick und durchbohrte Rothko mit einem Blick, der hasserfüllter nicht sein konnte. »Und Sie sagen, es ginge hier nicht um Siri. Warum? Warum?« Seine Stimme brach.

Rothko drehte sich ab, wollte nicht weiter mitbekommen, was hier geschah. Wenn Siri nicht mehr lebte, würde er es nicht ertragen. Sie hatte es in den wenigen Tagen, seit er sie kannte, geschafft, sein Herz und seine Seele zu besetzen. Wenn ihre Mutter genauso gewesen war, konnte er für Klaas Meine, Hinnerk Heiken und Frerich Freersen direkt einen Hauch von Verständnis für ihre abgöttische Liebe zu Ellen aufbringen.

Mit schweren Schritten wandte der Kommissar sich ab. Wenn Siri tot war, würde er die längste Zeit Polizist gewesen sein. Niemand, wirklich niemand konnte von ihm verlangen, dass er mit dieser Schuld weiter seinen Dienst versah.

ooo

Kraulke sah seinen Kollegen durch die Charlottenstraße auf die Polizeistation zukommen. Er machte einen seltsam geduckten Eindruck. Auch wenn Rothko glaubte, der Kollege vom Festland sei gefühlsmäßig ein Rhinozeros und würde nicht bemerken, was in anderen Menschen vorging, so hatte Kraulke doch Empathie. Er ließ es nur nicht so raushängen, weil er Gefühlsduseleien nicht ausstehen konnte. Und Rothko auch nicht. Er war der Letzte, der seine Gefühle zeigte. Um so beeindruckender war es für Kraulke nach der langen Zeit der Zusammenarbeit, dass Rothko Gefühle zeigte, wenn es um Siri ging. So konnte er eins und eins zusammenzählen.

Kraulke fischte sich drei Lakritz aus der Hosentasche, pustete ein paar Flusen ab, die daran hafteten, und aktivierte die Kaffeemaschine.

Wenn Rothko so down war, brauchte er Kaffee in hohen Dosen, das war Kraulke ja bekannt.

Noch während sein Kollege die Polizeistation betrat, mahlte der Automat den Kaffee und schäumte die Milch in die Tasse. Rothko war wie im Trance. Er ging ins Dienstzimmer, warf sich auf einen Stuhl und stierte den Schreibtisch an. Sein Kinn zitterte, die Hände wanderten auf der Tischplatte hin und her. Als Kraulke ihm wortlos den Cappuccino hinstellte, sah er, dass sein Kollege mit den Tränen kämpfte. Er nahm jedoch die Tasse und kippte den Inhalt in einem Zug hinunter. Kraulke zog sich wortlos zurück. Doch als seine Hand die Türklinke umschloss, erwachte Rothko aus seiner Starre. »Bleiben Sie! Bitte!«

Der Tonfall war so warmherzig, wie Kraulke seinen Boss nicht kannte und für den Augenblick dachte er sogar, der wolle ihm jetzt das Du anbieten. Fast alle Kollegen duzten sich, nur Rothko behielt die Förmlichkeit bei. Eine Macke, die belächelt, aber im Allgemeinen akzeptiert wurde, da Rothko großes Ansehen genoss, wegen der großen Fachkompetenz und der Belastbarkeit. Dass es mit der Belastbarkeit nicht so weit her war wie gedacht, war das erste Mal aufgefallen, als er diesen Kurantrag gestellt hatte, den jedoch niemand ernst nehmen wollte. Rothko war so etwas wie ein Urgestein, hatte auch hier auf der Insel nie seine Contenance verloren. Ganz souverän hatte er die Kindermorde im letzten Jahr aufgeklärt, obwohl das sicher eine Wahnsinnsbelastung gewesen war.

Jetzt aber war der Mann an seine Grenzen gekommen und Kraulke begriff, wie sehr Rothko unter dem Druck der Mordaufklärung gelitten hatte. Dazu war seine Ehe endgültig gescheitert und irgendetwas war mit der Frau geschehen, in die er sich verliebt hatte.

»Was ist passiert?« Kraulke bewegte sich langsam auf Rothko zu, als befürchte er, sein Chef würde es sich noch anders überlegen.

»Es hat gebrannt.«

»Ich weiß, darum sind Sie ja dorthin gegangen.«

»Siri war in dem Haus. Und Karla.« Rothko stützte seinen Kopf in die Hände. Die Schultern zuckten, er weinte lautlos.

»Sind sie ...« Kraulke wollte das Wort nicht aussprechen. Es war, als rede er den Umstand erst herbei, wenn er es sagte.

Rothko antwortete ihm nicht. Er saß jetzt reglos über den Tisch gebeugt, es wirkte, als hätte er seine Gefühle, seine Anwesenheit völlig abgeschaltet.

Kraulke stellte den Kaffeeautomaten ein weiteres Mal an, erhöhte aber die Konzentration der Kaffeemenge. Egal, ob Rothkos Blutdruck zu hoch war, der brauchte jetzt seine Dosis, sonst klappte der hier noch zusammen. Wieder stellte er seinem Kollegen die Tasse vor die Nase.

Rothko sog die Luft tief ein und mit diesem Einsaugen wurde seine Haltung immer aufrechter, so als blase man einen Luftballon auf und knote ihn unten zusammen, damit die Luft ja nicht entweiche.

»Wo sind Klaas Meine und Frerich Freersen? Die koche

ich mir weich. Ich muss wissen, was damals passiert ist. Dann weiß ich auch, wer an diesem Brand schuld ist.«

»Noch in den Zellen. Hab sie einfach noch nicht rausgelassen. Geht aber nicht mehr lange«, sagte Kraulke. Er stand auf, um die beiden zu holen.

Meine war merkwürdig blass um die Nase, Freersen war noch mehr in sich zusammengefallen.

Kraulke war erstaunt über die Verwandlung der beiden.

»Sie sollten wirklich reden«, stieg Rothko sofort in das Gespräch ein.

»Siri und Karla sind vermutlich bei einem Brand ums Leben gekommen. Wahrscheinlich im Auftrag von Ihnen gelegt. Die Schlinge um Ihre Hälse wird immer enger und Sie können nur noch verlieren, meine Herren.«

Kraulke sah Rothko erstaunt an, sein Kollege war wieder voll da, ohne Zweifel. Wie der Mann das in seinem Zustand hinbekam, war ihm ein Rätsel.

Meine und Freersen sahen sich kurz an, nickten sich unmerklich zu.

»Wir haben beschlossen, Ihnen von der Nacht damals zu erzählen. Über Hinnerks Tod können wir aber nichts sagen. Das waren wir nicht. Unsere Schuld ist eine andere.« Meines Stimme brach.

»Wird Zeit«, grunzte Rothko. Nichts, gar nichts deutete mehr auf den Zusammenbruch von eben hin.

Kraulke kam nicht umhin, seinen Chef dafür den größten Respekt zu zollen.

ooo

Birgit stand am Absperrband, hörte das Dröhnen der Rotoren des Hubschraubers. Siri und die Alte trugen Atemmasken, der Inselarzt hatte mit den zwei Notfällen alle Hände voll zu tun, da sein Kollege im Augenblick auf dem Festland weilte. Zu allem Überfluss begann es zu regnen. Dicke Tropfen benetzten den Asphalt, über die Verletzten hielt man Schirme.

Birgit war eher neugierig, als dass sie Mitleid für die auf der Trage liegenden Frauen empfand. Sie fühlte sich wie eine typische Schaulustige, die geifernd am Rand stand. Unter einem Vordach stand ein Defibrillator, das Leben der beiden hing also am seidenen Faden. Noch schlugen deren Herzen, aber das konnte auch eine Frage der Zeit sein, denn bestimmt hatten ihre Lungen gelitten. Sie mussten viel Qualm abbekommen haben, sonst würden sie nicht mit den Sauerstoffmasken herumliegen.

Der Regen wurde heftiger, er prasselte jetzt vom Himmel, als wolle er all das Übel von der Insel fortwaschen.

Es war so oder so vorbei. Entweder waren die Frauen in den nächsten Tagen auf dem Weg in den Himmel oder alles würde auffliegen. All der Dreck der letzten drei Jahrzehnte würde jetzt freigelegt werden. Sie hatten alles verloren.

Die Alte hätte eher sterben sollen als Hanna. Sie war immer das größte Risiko gewesen, weil sie mit ihrer Schuld nie klargekommen war.

Karla war seitdem nicht mal mehr an den Strand gegangen. Sie konnte keine Muscheln mehr sehen. Wenn sie eine berührte, löste das in ihr Panikattacken aus, Erinnerungen schoben sich durch ihre irre Nebelwand und ließen sie plaudern. Birgit war dann irgendwann die Idee mit der mobilen Krankenstation gekommen und sie hatte ihr die neuen Kinder geschenkt. Danach war Karla ruhiger geworden, konnte wieder ihrem »Beruf« nachgehen und fühlte sich ständig als die Retterin, die Lebensbringerin.

Hanna war sehr glücklich über Birgits Einfall gewesen. Sie hatte ohnehin immer geglaubt, sie wären Freundinnen. Lächerlich. Wie sollten sie unter solchen Umständen befreundet sein? Sie waren allenfalls Verbündete. Auch wenn die anderen nicht wussten, wie verbündet sie mit Birgit waren, denn keinem aus der Clique war klar, dass die alles wusste. Vielleicht hatten sie es geahnt, aber da Birgit ihnen ungefährlich erschien, hatten sie es einfach hingenommen. Sie war ja die Kranke, die depressive Spinnerein, die nur hin und wieder im Leben auftauchte, dann so schlaue Dinge wie das mit Karla tat und dann wieder in ihrer eigenen Welt verschwand.

Aber sie war es, die Mathilde im Schach gehalten hatte, die sich um Hinnerk gekümmert hatte, auch wenn das dann anders gelaufen war als geplant. Sie fasste sich an die Wunde, die schon wieder mit einer Kruste verschlossen war.

Sie, Birgit, war es, die Karla mit Siri in das Haus hatte gehen sehen und die Tür später hinter ihnen verschlossen hatte, damit sie verschollen blieben.

Sie war es, die die beiden im Feuer der ewigen Verdammnis hatte brennen lassen. Sie wollte ihre Welt, ihre Liebe und Frerich retten. Doch alles war zu spät. Sie hatten die Alte und Siri gefunden. Wahrscheinlich zu früh.

Der Hubschrauber landete im Kurpark auf der Wiese und die beiden Frauen wurden dorthin verfrachtet. Es wirkte grotesk, denn die Feuerwehrleute hielten während des Transportes noch immer Schirme über die beiden.

Alles würde seinen Weg gehen. Birgit konnte nicht mehr, wollte den Kampf nicht mehr führen. Es war vorbei.

ooo

»Hinnerk hat das Rennen gemacht«, begann Klaas Meine. »Er hat also mit Ellen geschlafen.«

Freersen zuckte mit den Schultern. »Nur er. Im Bunker. Vermuten wir mal. Sie haben geknutscht, er hat ihr unter den Pullover gefasst.« Er klang noch immer bitter. »Dabei habe ich ihr die Muschelkette gebastelt, nicht er. Es war meine Idee. Jeden Tag bin ich zum Strand gegangen und habe verschiedene Muscheln gesucht, auch ganz seltene. Ganz vorsichtig habe ich die Schale durchbohrt und sie aufgefädelt. Sie hat sich auch darüber gefreut.«

Klaas Meine nickte. »Nur die eine Muschel, die hat Karla ihr mal gebracht. Den Rest hatte sie von ihm. Sie hat ihm dafür einen Kuss auf die Wange gegeben. Das hätten wir alle gern gehabt. Jeder hätte was darum gegeben, von ihr auf die Wange geküsst zu werden.«

»Aber sie hat mit Hinnerk geschlafen.«

»Vielleicht. Eher er mit ihr. So genau wissen wir das ja nicht.«

Klaas Meine wand sich unter der Befragung. Er schien zu wissen, dass es ganz und gar nicht freiwillig geschehen war.

»Hätte keiner ertragen, das zu sehen.«

Die beiden glitten wieder in ihren Dialog ab. Ein Verhalten, das auf jahrelange Verbundenheit schließen ließ. Rothko wollte sie gewähren lassen. Sollten sie sich gegenseitig die Geschichte erzählen, er würde sich zurückhalten. Denn die Verletzungen würden so viel stärker deutlich werden.

»Ich hab die Geräusche noch im Ohr«, sagte Meine. Es klang unendlich traurig. Er war wohl wirklich sehr in Ellen verliebt gewesen. »Ich bin weggegangen. Da war dann Mathilde. Draußen.«

Rothko zog die Brauen hoch, wollte sich einklinken, nahm sich dann aber wieder zurück. Frerich würde schon erzählen, welche Rolle Mathilde in der Nacht gespielt hatte.

»Sie hat geweint«, ergänzte Klaas.

»Und wie sie geweint hat. Immerhin war sie mit Hinnerk zusammen, er wollte der Vater für ihr Kind sein und da kommt eine vom Festland und die große Liebe ist kaputt.«

Rothko war angespannt wie ein Flitzebogen, als er das Wort »Vater« vernahm. »Mathilde war Hinnerks Freundin?«

Meine und Freersen nickten im Duett. »Sie hat die Welt um sich herum vergessen. War eifersüchtig. Sie hat Hinnerk geliebt. Hat echt ihr Kind vergessen deshalb. Aus Kummer, verstehen Sie?«

Rothko und Kraulke schossen zeitgleich mit dem Oberkörper vor. »Welches Kind?«, fragte Kraulke sofort, bemerkte den Rippenstoß von Rothko nicht. Er fixierte die beiden Männer.

Die hatten seine Frage gar nicht zur Kenntnis genommen, befanden sich augenscheinlich wieder in der Nacht vor dreißig Jahren.

»Das Kind von Hinnerk und Mathilde. Es war ›Die unendliche Geschichte‹. Sie waren zusammen, sie waren getrennt. Sie konnten nicht miteinander, sie konnten aber auch nicht richtig zusammen. Bis Ellen kam, waren sie sich aber immer treu. Na ja, ein paar Wochen vor Ellens Ankunft hat Mathilde dann das Kind bekommen und Hinnerk wollte sie nicht heiraten, weil sie sich immer wieder gestritten haben. Er hatte wohl Angst vor einer Bindung.« Klaas Meine nickte, als wolle er sich selbst bestätigen.

»Und dann vögelt Hinnerk eine andere.« Frerich Freersen seufzte. »Wir waren alle eifersüchtig, aber Mathilde hatte als Einzige einen richtigen Grund.«

»Sie ist in den Schnee gelaufen, mitten ins Schneegestöber. Wir waren so in Sorge. Ich bin ihr dann nach, wollte das mit Ellen und Hinnerk auch nicht weiter miterleben«, setzte Meine die Erklärungen fort.

»Es war saukalt.«

»Mir sind die Zehen eingefroren. Mir fehlt eine seit dieser Nacht«, ergänzte Meine. »Weil wir nachher Hinnerk gesucht haben, der ist ja auch abgehauen.«

»Aber erst später«, sagte Freersen. »Erst habe ich das Baby gefunden. Es war erfroren, Mathilde hat einfach vergessen, dass es draußen gestanden hatte. Mitten im Schneesturm, die Decke lag nicht richtig drauf. Es war ganz weiß, fast blau. Und es war so still.« Frerich zitterte. »Plötzlich war diese Krankenschwester da. Warum auch immer. Sie gehörte nicht zu uns. Sie schimpfte, hat sich furchtbar aufgeregt. Wir könnten doch bei solchem Wetter keine kleinen Babys mitnehmen, es wäre doch zu kalt.«

»Ich hatte gerade Mathilde gefunden. Sie war völlig verfroren. Dann hat sie den Kinderwagen gesehen, das tote Kind im Arm der Schwester, die immer mehr am Rad drehte. Karla war völlig von der Rolle, als sei sie es, die das Kind erfrieren lassen hatte.« Klaas Meine schien eine Pause zu brauchen. Rothko schob ihm ein Glas Wasser hin, das er glucksend leer trank.

Dann sprach er weiter. »Hinnerk und Ellen waren wohl fertig, jedenfalls kamen sie völlig zerzaust, mit nassem Haar und roten Wangen aus dem Bunker. Ellen sah todunglücklich aus. Ihre Augen haben nicht gestrahlt. Wir sind dann alle rein in den Bunker. Es war ja arschkalt. Da ist Mathilde ausgetickt. Karla hielt noch immer das tote Kind im Arm, pustete ihm ins Gesicht, massierte seine Haut.«

Klaas Meine wischte sich seinen Pony aus dem Gesicht. »Mathilde ist auf Ellen los, hat ihr die Nägel ins Gesicht gekrallt.«

»Hinnerk hat beide weggezogen.«

»Ellen hat gelacht. Hysterisch gelacht. Sie hatte das mit dem toten Kind noch nicht mitbekommen, dachte, Mathilde sei eifersüchtig«, sagte Meine.

Nun hielt es Rothko doch nicht mehr auf dem Stuhl. Er sah die Situation so genau vor sich. Hinnerk Heiken machte verantwortungslos mit einer anderen Frau herum und die war so verletzt, dass sie ihr eigenes Kind im Schneesturm vergaß. Er verstand es nicht. Wie konnte eine Mutter ihr Kind vergessen? »Hatte Mathilde getrunken?«

Freersen nickte. »Wir hatten alle getrunken. Und Gras geraucht. Sonst wäre das wohl alles anders gekommen.«

»Drogen und Alkohol.« Rothko war fassungslos und er sah, dass es Kraulke ähnlich ging.

»Wer hat sie dann umgebracht?«

Jetzt herrschte Schweigen. Klaas Meine druckste herum. »Eigentlich wir alle, aber am Ende doch nur eine.«

Freersen schüttelte den Kopf. »Es war Mathilde. Sie hat zuerst gestoßen.«

»Danach hat Ellen aber noch gelacht. Immer noch dieses hysterische laute Lachen.« Klaas Meine klang bitter.

»Ich habe sie dann auch geschlagen. Sie sollte still sein, einfach still.«

Er schluckte. Es fiel ihm sehr schwer, weiterzusprechen. »Ich wollte Hinnerk abhalten, weiter zu treten. Er war wie von Sinnen. Weil das Baby tot war und Ellen nicht aufhörte zu lachen. Aber als ich sie am Boden sah, dieses Grinsen im Gesicht, das wie erstarrt war … Ich habe ihr in den Bauch getreten.«

»Dann hat Hinnerk den Stein genommen.« Freersen wirkte immer abwesender.

»Den hat Mathilde ihm aber dann abgenommen. Und sie hat zugeschlagen. Wieder und wieder hat sie zugeschlagen. Es ist völlig mit ihr durchgegangen.« Klaas Meine verlangte nach einem weiteren Schluck Wasser. »Sie lag dann so da, atmete noch. Wir haben Angst bekommen …«

»… haben sie zum Bunkereingang geschleppt. In den Schnee. Die bekloppte Krankenschwester stand im Weg, hat gar nichts davon mitbekommen, wollte das Baby immer noch reanimieren.« Freersem wurde immer leiser. »Das hat sie eine ganze Zeit getan.«

»Und es lief dieses Lied. Von Art Garfunkel. *Bright Eyes*«, ergänzte Meine. »Immer dieses *Bright Eyes*. Es hat gar nicht aufgehört. Einfach nicht aufgehört …«

»Sie haben Ellen also halbtot in den Vorraum geschleppt?« Kraulke konnte die Grausamkeit kaum fassen.

»Wir waren stoned und völlig besoffen. Überfordert«, versuchte Klaas Meine es zu rechtfertigen, aber er wusste wohl selbst, dass es keine Rechtfertigung gab. »Vielleicht hat sie auch gar nicht gelacht. Und wir haben das nur gedacht.«

»Auf die Idee, einen Arzt zu holen, ist keiner von Ihnen gekommen?«, fragte Rothko.

»Keiner«, sagte Meine.

Freersen nickte. »Dann war sie tot. Ging ganz schnell bei der Kälte. Oder auch nicht. Wir waren voll ab von der Rolle. Haben noch die Muscheln zertrampelt, die von der Kette abgefallen waren. Vor Wut. Vor Ohnmacht. Sie hat uns alle verarscht und dann war Mathildes Kind tot.«

Kraulke räusperte sich. »Aber was hat das alles mit Siri zu tun?«

»Siri stand hinten im Bunker im Kinderwagen. Ganz warm eingepackt. Mit einer Wärmflasche«, erklärte Klaas Meine.

Rothko sog die Luft ein.

»Ich will es zu Ende bringen«, sagte Freersen. Mit einem Mal schien er wieder ganz da zu sein und unglaublich erleichtert, dass er endlich reden durfte. Seine Stimme wurde klarer, seine Angaben präziser. »Karla hatte aufgegeben, Mathildes Kind zu retten, aber sie war jenseits der Realität, obwohl sie die Einzige war, die nichts geraucht oder getrunken hatte. Ich habe ihr dann die weinende Siri in den Arm gelegt. Karla ist merklich aufgetaut, dachte, sie hätte das Kind doch gerettet. Aber sie hat ein Trauma von dieser Nacht, ist nie mehr normal geworden. Die ersten Jahre ging es noch, war grenzwertig, aber dann ... Im tiefsten Innern weiß sie vermutlich, dass Mathildes Kind tot war. Sie stammelt jedenfalls nur noch wirres Zeug.«

»Und wie hängt es mit Hanna Gerken zusammen?«, fragte Kraulke.

»Sie war plötzlich da«, sagte Klaas Meine. »Hanna hatte erst kurz zuvor eine Fehlgeburt gehabt. Wir hatten ein Kind zu viel, Mathilde war als Mutter unfähig, sie war schließlich mit ihrem Baby schon völlig überfordert gewesen. Wie sollte sie mit einem fremden klarkommen? Hanna ist reich. Sie hat Mathilde viel Geld gegeben, Klaas hat sich um die Formalitäten gekümmert. So war das«, schloss Freersen ab.

Rothko war noch immer fassungslos. »Das war es noch nicht. Wo ist Ellen, wo das tote Kind?«

»Erst haben wir beide gut eingewickelt und hinten in den Bretterverschlag im Bunker versteckt. Da kommt ja sonst keiner hin.«

Rothko erinnerte sich an den linksseitigen Raum und den Verschlag, der wohl eine Zeit als Grab gedient hatte.

»Und dann?« Rothko ahnte Fürchterliches. Das bestätigte sich auch sogleich.

»Als es etwas wärmer wurde, haben wir sie aufs offene Meer gebracht. Dorthin, wo die Strömung günstig ist, dass sie nicht anlanden konnten. Ellen und das andere Kind.«

Rothko seufzte. Wenn Siri überlebte, würde er nur schlechte Nachrichten für sie haben. Kein Grab ihrer Mutter, nichts, um das sie trauern konnte. Nur das endlose Meer, in dem sie irgendwo herumgetrieben war, bevor sie mit ihm eins wurde. »Warum hat sie keiner vermisst? Irgendwer muss doch eine junge Mutter mit Kind vermisst haben.«

Klaas Meine atmete tief ein. »Sie war von einem Ausländer schwanger und ist von ihren Eltern verstoßen worden. Ihnen und ihren Freunden hat sie gesagt, sie geht nach Indien. Sich selbst finden. Das haben viele zu der Zeit getan. Bhagwan und so.«

»Und der Mord an Hinnerk Heiken?«

Klaas Meine und Frerich Freersen hoben abwehrend die Hände. Sie schüttelten fast synchron den Kopf.

»Sie wissen, wer es war!«

Freersen wurde blass. Er bekam Furcht, das sah Rothko. Er kannte den Mörder oder die Mörderin. Er wusste, wer Siri entführt hatte.

Er formte die Lippen, als wolle er einen Namen loslassen. Klaas Meine schien zu ahnen, was Freersen sagen wollte und er schüttelte den Kopf. »Du irrst, Frerich. Sie war es nicht.«

Rothko sah verständnislos von einem zum anderen. »Bitte?«

»Ich dachte, es war Birgit«, sagte Freersen und Rothko sah, dass er sich vorkam wie der größte Verräter überhaupt. Er lieferte seine Frau ans Messer. »Sie ist schon lange krank. Hat Angst, dass unsere Welt zusammenbricht.

Sie hat alles belauscht, sie kennt die ganze Geschichte, denkt aber, ich weiß es nicht. Und als Hinnerk es dann der Verlobten erzählen wollte, hat sie einfach durchgedreht.« Er weinte. »Sie wollte einfach unsere Welt bewahren, wissen Sie!«

Klaas Meine legte seine Hand auf Frerichs Arm. »Sie war es nicht. Ich weiß es genau.«

»Wer dann, Klaas, wer dann?«

»Mathilde.«

Frerich fuhr herum. »Mathilde?«

»Sie hat Hinnerk noch immer geliebt. Eben ›Die unendliche Geschichte‹«

»Du meinst ...«

»Ich hatte immer Kontakt zu ihr, musste sie in Schach halten, sie kontrollieren. All die Jahre«, sagte Meine. Es klang fast entschuldigend. »Sie hat bis zum Schluss gehofft, Hinnerk kehrt zu ihr zurück. Hat er auch zwischendurch getan. Kurz. Die große Schuld hielt sie zusammen, aber es war eine Hassliebe. Und dann geschah das Unfassbare. Hinnerk wollte sich aus der wirklich kranken Beziehung, die ja nie eine wirkliche Beziehung war, lösen. Wollte heiraten, ein neues Leben beginnen.«

»Sie war also hier.« Freersens Stimme war tonlos. Er hatte seine eigene Frau für eine Mörderin gehalten, ihr so etwas zugetraut. »Sie ist in der Nacht, als Hinnerk starb, losgegangen. Sie war lange weg und ist so aufgewühlt zurückgekommen, dass es mir Angst gemacht hat. Außerdem hatte sie eine Wunde am Unterarm. Zwei dicke Kratzer. ›Er ist tot‹, hat sie gesagt. Ich habe nicht nachgefragt und gehofft, sie meint den Panther« Er sah die Kommissare an. »Den Traurigkeitspanther. So haben wir ihn immer genannt. Ich habe nicht nachgefragt, aber als sie dann Hinnerk gefunden haben, war ich mir ganz sicher, dass ...« Frerich sprach den Satz nicht zu Ende.

Rothko und Kraulke sahen sich an. »Woher wissen Sie so genau, dass es Mathilde war?«

»Sie hat es mir gestanden«, sagte Klaas Meine. »Bevor sie gegen den Baum gerast ist, hat sie mich aus einer Telefonzelle angerufen. Suchen Sie im Bunker nach ihrem Ring. Sie muss ihn irgendwo hingeworfen haben, bevor sie Hinnerk an den Ofen geschlagen hat. Den Ring hat er ihr vor dreißig Jahren geschenkt und es war ihr Abschiedsgespräch.«

Rothko fasste sich an den Kopf. Vor sein inneres Auge schob sich Martins Bild. Wie er in der Hosentasche herumsuchte, etwas umfasste, von dem er überlegte, ob es für den Kommissar wichtig sein könnte. Rothko wusste, wer den Ring hatte. Er würde noch gleich zu Martin fahren und ihn abholen. Er hoffte, dass er ihn nicht genauso entsorgt hatte wie Siris Handy.

»Einen Ring haben wir nicht gefunden«, sagte er. »Aber ich weiß, wo er ist.«

Kraulke sah Rothko erstaunt an, fragte aber nicht nach.

»Jedenfalls konnte Mathilde so nicht mehr leben. Nicht mit der großen Schuld, die sie auf sich geladen hatte«, schloss Klaas Meine ab. Der Schweiß lief ihm über die Stirn. Er war völlig am Ende.

»Warum nur haben Sie das alles all die Jahre gedeckt?«, fragte Kraulke.

Freersen zuckte mit den Schultern. Es war eine Geste der Hilflosigkeit. »Wir waren mit schuld, haben Ellen ja nicht geholfen, sie sogar mit verletzt. Und Hanna, die war froh, ein Baby zu bekommen. Glücklich ist sie nie geworden.«

»Nun muss nur noch geklärt werden, wie Siri und Karla in diesen Ferienkomplex gekommen sind«, sagte Rothko. Er spürte, dass ihm eine große Last immer mehr von den Schultern rutschte. Zumindest waren die Morde geklärt. Wie er das alles Siri beibringen wollte, war ihm allerdings ein Rätsel. Im Augenblick hoffte er einfach, sie würde überleben.

»Dann haben wir es, Kollege« sagte Kraulke. Er griff zum Hörer. Die Kollegen vom Festland konnten die beiden Kerle heute Nacht noch holen. Er wollte sie nicht mehr sehen.

Einen Monat später

Es hatte geschneit in der Nacht und die Insel verbarg sich wie unter einer Puderzuckerdecke. Siri ging mit Rothko zum Friedhof und suchte Hannas Grab auf. Siri wollte versuchen, ihrer Adoptivmutter zu verzeihen, um selbst zur Ruhe zu kommen. Es würde schwer sein.

Hanna hatte auf ihre Weise Schuld am Geschehen, konnte aber nichts dafür, dass Siris Mutter nicht mehr lebte.

Alle hatten einen hohen Preis gezahlt, aber trotz allem fand Siri, dass sie die teuerste Variante gehabt hatte. Siri ohne Wurzeln, Siri, die immer eine Handbreit über dem Boden schwebte.

Neben der Grabstelle spielten die Gießkannen wieder ihr dumpfes Lied, begleitet vom melodischen Scheppern des Trinkwasserschildes.

»Leb wohl, Hanna«, flüsterte sie. »Ich werde nicht mehr zurückkommen. Es ist besser so.«

Rothko wartete geduldig, bis Siri ihr Zwiegespräch beendet hatte.

»Ich möchte noch einmal in die Dünen«, sagte sie zu ihm, als sie sich umdrehte.

»Ich habe eine Idee«, sagte Rothko und blickte die junge Frau liebevoll an, was sie sehr wohl bemerkte. »Sie haben doch die Kette mit der letzten Muschel, oder?«

Siri nickte, fingerte in ihrer Manteltasche und zog die Muschelkette heraus. Siri sah ihn fragend an. Der Kommissar wirkte anders, weicher.

»Ich dachte, wenn Sie schon ihre Mutter nicht beerdigen können, dann sollten wir das symbolisch tun. Im Wäldchen unter einem Baum. Wird nicht ganz leicht, weil der Boden ein wenig gefroren ist, aber das schaffen wir schon.«

»Sie meinen, ich soll die Kette anstelle meiner Mutter begraben?«

Rothko nickte, hatte Angst, dass Siri ihm diese Idee übel nehmen würde. Gefühlsmäßig war er ja eher ein Trampel.

Aber sie nahm ihn in den Arm, drückte ihm einen Kuss auf die kalte Wange. »Danke«, sagte sie. »Danke für alles.«

Sie machten sich auf den Weg ins Wäldchen, das vor vielen Jahren einmal von einer Schulklasse angelegt worden war.

Siri fand rasch eine Stelle unterhalb eines gefällten Baumes. »Ich brauche die Stelle nicht wiederzufinden, weil ich nicht zurückkommen werde. Aber meine Mutter soll hier liegen. Sie hat schließlich kein Zuhause.«

Sie hoben ein kleines Loch aus, in das sie die Kette legten.«

Siri weinte ein wenig, legte ihren Kopf an die Schulter des Kommissars. »Wissen Sie, was das Schlimmste ist?«

Rothko zog die Brauen hoch.

»Dass sie so allein war. Richtig einsam. Klaas hat erzählt, sie habe niemanden mehr gehabt. Von den Eltern verstoßen, vom Vater des Kindes verlassen, die Freunde dachten, sie sei nach Indien ausgewandert. So konnte sie sterben, ohne dass es jemand bemerkt hat. Ist das nicht grausam? Man stirbt und keiner, wirklich keiner merkt etwas?«

Rothko nickte. An der Geschichte war noch so viel mehr grausam.

»Wie geht es Karla?«

Siri lächelte, jetzt strahlten ihre Augen kurz auf. »Meiner Berufskollegin?«

Rothko nickte.

»Ich habe sie in ein gutes Heim bringen lassen. Durch

Hannas Geld kann ich es mir leisten, wenn auch die Pflegestufe greift. Sie soll es gut haben. Ihre Babys durfte sie mitnehmen und es geht ihr gut, weil sie sie wieder pflegen darf.«

»Dann verschleppt sie Sie wenigstens nicht mehr.«

Siri lachte kurz auf. »Das hat sie echt geschickt gemacht. Aber sie hatte Angst davor, mich jetzt doch zu verlieren. Sie lebt immer noch in ihrer Welt, in der es nur ein Baby gab, das sie gerettet hat. Lassen wir sie in dem Glauben.« Siri sog die Luft ein, schlug vor, noch in die Heide zu gehen, einmal über die Dünenlandschaft zu sehen. »Dass Birgit dieses Feuer gelegt hat, war letztendlich Glück für uns. Ich danke Ihnen, dass sie mir das gesagt haben, damit ich alles, aber auch wirklich alles begreife.«

Rothko lächelte die junge Frau an. Mehr hatte er nicht für sie tun können.

Siri warf ihm einen warmen Blick zu, sprach dann aber weiter. »Klara wollte in dem Loch sterben und ich wäre verhungert. Und für Birgit ist es auch gut, jetzt bekommt sie endlich die Hilfe, die sie braucht. Sie ist wirklich krank. So wie alle, die mit dieser Nacht auch nur im Entferntesten zu tun hatten. «

Rothko stapfte über die gefrorene Heide. Sie erklommen eine Düne, unter der sich einer der alten Bunker der Insel verbarg.

»Überall die Kriegsreste«, sagte Siri. Es klang ein bisschen bitter.

»Aber sie wachsen immer mehr zu, bald sind sie nicht mehr zu entdecken. Das Leben hat Wangerooge lange zurückerobert«, sagte Rothko.

»Sie fühlen sich hier wohl? Noch immer? Trotz allem?«

Rothko sah sich um. Die Sonne verschwand langsam im Westen, war knallrot. Linker Hand lag das Wattenmeer und auf dem Festland waren Lichter zu sehen, vereinzelt ragten dort Windräder wie schwarze Schatten in den immer dunkler werdenden Himmel. Zum Westen hin war der Westturm zu erkennen, vom Norden erklangen die Geräusche der an den Strand rollenden Wellen. Und zum Osten hin lag das Dorf mit dem rot-weißen Leuchtturm. Sein Wangerooge. Er hatte das Gefühl, gleich nach Hause gehen zu dürfen, obwohl ihn nur die kahle Dienstwohnung erwartete, die den wischbaren Boden hatte und in der kein Staubsauger bewilligt wurde. »Ja«, sagte der Kommissar, verlor sich in den Augen der jungen Frau, genoss noch einmal die intime Atmosphäre, die für den Augenblick nur ihnen beiden gehörte. Mehr würde er nie haben, das wusste er. Rothko spürte ihre Hand auf seiner, fühlte ihre Lippen flüchtig über seine Wange streifen. »Ja«, sagte er. »Wangerooge ist mein Zuhause. Ich werde mir eine Wohnung suchen. Etwas Gemütliches.«

Siri nickte. »Ich kann Sie verstehen. Aber hier hängen zu viele negative Dinge für mich persönlich in der Luft ...« Sie sprach nicht weiter, sah Rothko an: »Es tut mir leid, dass es ist, wie es ist. Sie haben so viel für mich getan. Aber mein Leben ist ein anderes.«

»Sie werden heiraten?«

Siri nickte. »Ich liebe Elmar. Er ist immer für mich da. Er trägt mich auf Händen. Er ist mein Fels in der Brandung. Das weiß ich jetzt.« Sie stand auf. Drückte Rothko ein letztes Mal. Dann sprang sie die Dünen hinunter, ihr Haar wehte im Wind. Sie drehte sich nicht mehr um und Rothko sah ihr nach, bis sie in den Dünen verschwunden war.

Nachtrag

Muschelgrab ist ein Roman. Die Geschichte und die darin handelnden Figuren sind frei erfunden und entbehren jeder realen Grundlage. Nur Curt Hanken und Bounty von der *Kogge* entsprechen der Wirklichkeit und ich danke ihnen, dass ich der Geschichte mit ihrer Nennung der Story ein wahres Stück »Wangerooge« einhauchen durfte.

Mein Dank gilt in erster Linie natürlich allen Wangeroogern und Insulanern. Ich bin auf der Insel jedes Mal mit großer Herzlichkeit empfangen worden und freue mich auf ein Wiedersehen. Ein ganz besonderes Dankeschön gilt auch dieses Mal wieder Curt Hanken vom *Hotel Hanken* für die so tolle Unterstützung bei meiner Recherche und den Lesungen. Und natürlich Irma Hinrichs. Zu ihr hat sich eine wunderbare Freundschaft entwickelt, die ich nicht missen möchte.

Dann bedanke ich mich bei Herrn Jürgens, der mir »vor 60 Jahren« Einblicke in die beschriebenen Bunker gegeben hat.

Und bei Herrn Bremer, dem Polizisten von Wangerooge, der mir mit großer Geduld die Polizeiarbeit auf der Insel, die Dienststelle und auch Rothkos Wohnung gezeigt hat.

Wie immer hat mir Polizeioberkommissar Onno Folkers aus Jever wichtige Informationen gegeben und mir den Kontakt zur Rechtsmedizin nach Oldenburg verschafft. An der Stelle auch ein Danke an den Pathologen Dr. Ast.

Es gibt bei der Arbeit immer wieder Kollegen, die einen unterstützen und einem unter die Arme greifen. Hier möchte ich dieses Mal gern Klaus-Peter Wolf danken. Er weiß schon, warum! Danke Klaus-Peter!

Weiter war auch die Zusammenarbeit mit meiner Lektorin Maeve Carels sehr effektiv. Es war ein tolles Lektorat! Danke.

Und natürlich möchte ich auch meine Eltern und meine Familie, allen voran meinen Mann Frank, an dieser Stelle nicht vergessen.

Regine Kölpin

Regine Kölpin

ist 1964 in Oberhausen (NRW) geboren und lebt in Friesland. Sie liebt die Nordseeküste, weil sie das raue Klima, die Weite des Meeres und der Landschaft als Inspiration braucht.

Regine Kölpin hat einige Preise und Auszeichnungen erhalten. Zuletzt war sie nominiert für den *Kärntner Krimipreis 2008*, hat 2009 den *E.G.O.N. – Naturgeschichten für Kinder* gewonnen und für das Jahr 2010 das Krimistipendium *Tatort Töwerland* erhalten.

Im Leda-Verlag erschienen bisher die Kriminalromane *Krähenflüstern*, *Spinnentanz* und *Otternbiss* sowie mehrere Kurzgeschichten.

Für Kinder und Jugendliche schreibt sie unter ihrem Mädchennamen Regine Fiedler.

Regine Kölpin arbeitet freiberuflich und an Schulen als Dozentin für kreatives Schreiben. Sie ist Mitglied im *Verband deutscher Schriftsteller (VS)*, in der Europäischen Autorenvereinigung *Die Kogge*, im *Syndikat* und bei den *Mörderischen Schwestern*. Dort ist sie Chefredakteurin der Website und 2. Vizepräsidentin.
www.regine-koelpin.de

Regine Kölpin
Krähenflüstern
OstFrieslandkrimi
978-3-934927-95-7
224 S.; 8,90 Euro

Regine Kölpin
Spinnentanz
OstFrieslandkrimi
978-3-939689-13-3
208 S.; 8,90 Euro

Regine Kölpin
Otternbiss
Inselkrimi
978-9-939689-35-5
9,90 Euro

TrioMortabella
Liebe, Laster, Leichen
Im Altersheim ist nicht gut Kirschen essen
978-3-939689-28-7
8,90 Euro

P.eter Gerdes (Hrsg):
Inselkrimis
Kriminelles zwischen Strand und Düne
978-3-939689-56-0
9,90 Euro

H. & P. Gerdes (Hrsg):
Mordkompott
Meerumschlungen
SchleswigHolstein
978-3-939689-68-3
9,90 Euro